獣王子と忠誠の騎士
A beast prince and the knight who promise the loyalty

獣《けもの》王《おう》子《じ》と忠《ちゅう》誠《せい》の騎《き》士《し》

宮《みや》緒《お》葵《あおい》

ILLUSTRATION：サマミヤアカザ

獣王子と忠誠の騎士

LYNX ROMANCE

CONTENTS

獣王子と
忠誠の騎士

緑はクリスティアンにとって最も馴染《なじ》み深い色だ。クリスティアンを育んでくれた常緑樹の森の色であり、好物のアルの実の色でもある。嫌な思い出など何も無いはずなのに、じっと見詰めていると何故《なぜ》か胸がざわめき、重苦しくなってくる。

　クリスティアンは木の幹に背を預け、空を見上げた。晴れ渡った青空には雲一つ無く、黄金《おうごん》の太陽が燦々《さんさん》と輝いている。澄んだ青と黄金の組み合わせを眺めるうちに、胸の苦しさはいつの間にか霧散し、代わりにぽかぽかとした温かいものが湧いてくる。

「…行く、か」

　わざわざ言葉を紡ぐのは、そうするよう養い親であるブランカに煩《うるさ》く言われているからだ。ブランカとは念じるだけで意志の疎通が図れるし、森の魔獣たちは一瞥《いちべつ》すれば大体の感情を読み取れるのだから、本来、言葉など必要無い。

　だが、それでは駄目なのだとブランカは言う。言葉は使わなければ忘れてしまう。クリスティアンにはいずれ必ず必要になるのだから、覚えておかなければならないのだと。

「いい、天気」

　清々《すがすが》しい森の空気を胸いっぱいに吸い込み、クリスティアンは軽やかに駆け出した。

　クリスティアンが大樹のうろの中の寝床でじっとしているのは眠る間くらいだ。そろそろ冷静さを身につけろとブランカはたしなめるが、若い身体には溢《あふ》れんばかりの精気が漲《みなぎ》っていて、とても大人しくなどしていられない。

　木々の狭い隙間を駆け抜けるたび、クリスティアンの長く豊かな銀糸の髪が風に舞い、きらきらと煌《きらめ》いた。小さな顔に収まるのは少しでも乱雑に扱ったら壊れてしまいそうなほど繊細に整った美貌だが、深い紫の双眸《そうぼう》も、辛《かろ》うじて平たい胸や股間を隠すだけの薄衣から伸びるしなやかな白い四肢《しし》も、儚《はかな》さとは無縁の力強い躍動感に満ちている。

花の麗《うるわ》しさと獣の強靭《きょうじん》さが少しの違和感も無く融

合した姿は、風雅を解する者なら森に住まう神秘の精霊かと感嘆し、その姿を画布にでも留めようとするに違いない。森に住まうのはクリスティアンを除いてはみな美醜に拘泥《こうでい》しない獣たちだし、クリスティアン当人とて己《おのれ》の容姿など気にかけたことすら無いのだが。

涼やかな風が全身を撫《な》でていくのがいつもながら心地良い。

「ふふ…っ、ははは…っ」

快活な笑い声に誘われ、警戒心の強い小鳥やリスたちがひょこりと木々から顔を覗《のぞ》かせた。こっちを見て、とばかりに頭上を飛翔《ひしょう》する青い羽毛に鮮やかな紅《あか》い冠羽の鳥は、今年孵化《ふか》したばかりのドードだ。

森に住まう獣たちはみな強い魔力を有し、翼あるものであれば魔鳥、大地を駆けるものであれば魔獣と呼ばれるのだと、ブランカが教えてくれた。

ドードも強い魔力を持つ凶暴な魔鳥だが、普段は収納されている鋭い鉤爪《かぎづめ》がクリスティアンを引き裂くことは決して無い。それどころか、このドードはたまたま孵化する瞬間に居合わせたせいもあり、クリスティアンにことのほか懐《なつ》いていた。走りながら手を差し出してやれば、ガアっと嬉《うれ》しそうに鳴いて舞い降りる。

黄色いくちばしに小さな紅い実を咥《くわ》えているのに気付き、クリスティアンは足を止めた。

裸足《はだし》のまままずいぶんと長い間森の中を疾走していたのに、白く滑らかな肌には傷一つ無い。常に腹を空《す》かせて獲物を狙《ねら》う肉食の獣…赤色《あかいろ》狼《おおかみ》や日輪熊《にちりんぐま》たちも、クリスティアンには従順なものだ。

何も不思議なことではない。森や、そこに住まうものは、決してクリスティアンを傷付けない。何故なら、クリスティアンはブランカの…この森を統《す》べる王の、養い子なのだから。

「…しまった。はやく、もどらなくちゃ」

出て行ったまま戻らないクリスティアンを呼び戻すのに、ブランカはよくこうして鳥たちを使う。紅い実は、今すぐ帰れという意味だ。戦いの訓練ならいいが、きっとまた言葉の練習をさせられるのだろうと思うと憂鬱《ゆううつ》になる。

少し前から、ブランカは心で念じれば済む場合でも、クリスティアンには必ず喋《しゃべ》らせるようになった。森にはブランカとクリスティアン以外には言葉を解する生き物は居ない。そんなことよりもっと戦いの訓練を積み、ブランカを倒して降参させてやりたいのに、お前は自分の身を護《まも》れれば充分だと言われるばかりだ。

クリスティアンは不承不承、ブランカの元へ向かうことにした。さぼりたいのは山々だが、後で罰として一日みっちり言葉を練習させられるのは経験上明らかだ。ブランカはクリスティアンの懐《ふところ》深く優しい親であると同時に、厳しい師でもある。

ドードに了承の証《あかし》の青い実を咥えさせてブランカの元に放ち、せめてもの抵抗にゆっくりと歩き出した時だった。クリスティアンの耳が、聞き慣れない異質な音を拾ったのは。

「な、に…？」

とっさに瞼《まぶた》を閉じ、耳を澄ます。音は遥《はる》か遠く、森の入り口の方からこちらに近付いてきていた。湿り気を帯びた大地を踏みしめる音——何かの足音だ。

だが、規則的で一定の速度を保ったそれは、クリスティアンの知るどんなものとも違う。

魔獣たちならもっと速く、殆《ほとん》ど音などたてずに移動する。その上、どうやら足音の主は複数だ。木々が密集した森の中、群れで移動する間抜けな魔獣など存在しない。だが、ブランカに戦うすべを叩き込まれたクリスティアンの鋭い神経は、足音の主たちが獣に劣らぬ強さを有していると感じ取っていた。

縄張りを侵された魔獣が、息を詰めて侵入者たちの動向を窺《うかが》っている気配が伝わってくる。確か、このあたりを縄張りにしているのは若い牡《おす》の日輪熊だ。獰猛《どうもう》なクリスティアンやブランカ以外が侵入すれば、獰猛な牙と爪で即座に追い出しにかかるのに、自分では侵入者に勝てないと野生の本能で判断したらしい。こんなことは初めてだ。

森に仇《あだ》なすのであれば、足を踏み入れた瞬間ブランカが圧倒的な力でもって排除している。王であるブランカは、森の中ならばどんなに遠くまでもつぶさに見通せるのだ。侵入者たちの存在も、とうに把握しているだろう。

ごく稀《まれ》に、外からやってきた命知らずの若い牡《おす》が王に成り代わろうと侵入することがあったが、そういった輩《やから》は魔獣に喰《く》われるか、ブランカに排除されるのが常だ。

森の中に入れたということは、侵入者たちはブランカに害意無しと認められたらしい。どういうつもりかはわからないが、目的さえ果たせば速《すみ》やかに出て行くのだろう。ただし、弱者は強者に喰われるのが森の摂理であり、そこに自ら踏み込んできたからには従わなければならない。侵入者を珍しい獲物と判断した魔獣たちが襲いかかってきても、ブランカは助けてはくれない。

侵入者たちの進行速度は遅い。クリスティアンの足なら、遭遇を避けて充分に退避が可能である。

だが、クリスティアンはブランカの待つ大樹の根元ではなく、侵入者たちの方へと走り出した。森ではクリスティアンだけが持つ紫の双眸が、期待に輝いている。

魔獣の中でもひときわ気性が荒く、喧嘩《けんか》っ早い日輪熊さえ怯《おび》えるほど強い侵入者に、興味が抑えられなくなったのだ。ブランカが見逃してやったものと襲われてもいないのに一戦交えるわけにはいかないが、姿を確かめるくらいなら咎《とが》められまい。退屈な言葉の訓練を遅らせる良い口実にもなる。

一体、どんな強者なのだろう。

クリスティアンの数倍はある隆々としたたむくつけき魔獣か、それとも銀豹《ひょう》のようにしなやかな肉体と敏捷《びんしょう》さを誇る魔獣か。いずれにせよ、クリスティアンが今まで見たことの無い、剽悍《ひょうかん》な獣に違いない。

勿論《もちろん》、ブランカは別格としての話だが。

「…ら、声が……」

風に乗って届いた音に、クリスティアンは驚いて立ち止まった。魔獣の咆哮《ほうこう》でも魔鳥の鳴き声でもなく、一音一音が意味を持つ言葉だったからだ。知性の高い魔獣も多いが、言葉を操るのはブランカだけだ。そのブランカも、クリスティアンが一緒でなければわざわざ喋ったりはしない。

初めてブランカ以外の魔獣と言葉を交わせるかもしれない。クリスティアンの心は浮き立った。現金にも、今まで言葉の訓練にうんざりしていたのはすっかり棚に上げてしまっている。ブランカがここに居たら、器用に渋面を作ってみせたことだろう。

木々の隙間に侵入者たちの姿が見え、クリスティアンはごしごしと瞼を擦《こす》り、何度も瞬《またた》いた。

「にん…、げん…？」

侵入者たちはみな二本の足で直立して大地を踏みしめ、翼は無く、毛に覆われているのは頭部だけで、それぞれ色合いも違う。頑丈な自前の毛皮の代わりに纏《まと》った衣は、織物が得意な虹蜘蛛《にじぐも》に頼んで織ってもらったクリスティアンのごく薄い衣と違い、手首や下肢までしっかりと覆っていた。

身に纏うものを除けば、彼らは澄んだ泉に映したクリスティアンの姿にとてもよく似ていた。魔獣でも魔鳥でもない。森にはクリスティアンだけしか居ないはずの生き物……人間なのだ。

――お前は獣ではない。人間なのだよ。

何故自分はブランカのように豪奢で防寒性にも優れた毛皮も、しなやかで敏捷な四肢も、鋭い爪も牙も持たないのか。いくら魔獣たちを付き合わせて鍛錬を積んでも、この細い身体はいっこうに養い親のようにはなってくれない。こんなに弱々しく、戦うのに不向きな肉体を持つのは自分だけだ。ブランカほどという贅沢《ぜいたく》は言わずとも、せめてもっと頑丈な爪か、尖《とが》った牙が欲しかったのに。

クリスティアンが不満を漏らすたび、ブランカは言い聞かせた。

――人間はみな、多少の差異こそあれ、お前と同じ姿かたちをしているのだ。毛皮も爪も牙も無くとも、彼らには足りないものを補う知恵という最大の武器があるのだから、そう悲観するものではない。

自分以外に人間が居ないのでは確かめようがなかったが、今まさにその機会が巡《めぐ》ってきたらしい。

周囲を警戒しながらゆっくりと進む侵入者たちの数は全部で十五人ほど。クリスティアンと同じ平らな胸をしているから、牡だ。いや、人間の場合は男と言うのだったか。

侵入者たちが握る銀色に光るものは、もしやブランカが教えてくれた剣という人間が用いる武器だろうか。

クリスティアンの目は、自然と先頭を歩く男に吸い寄せられた。

どの侵入者もクリスティアンよりずっと逞《たくま》しいが、先頭の男が一番体格が良く、放つ精気も段違いに強いのだ。きっと、日輪熊を怯えさせているのはあの男なのだろう。手にした剣は他の人間のものより一段と大きく、先端から真ん中にかけて赤く濡れていた。血気に逸《はや》って襲いかかった魔獣を打ちのめしたらしい。

クリスティアンの不躾《ぶしつけ》な視線に勘付いたのか、背後に何か呼びかけていた先頭の男が、ふいにこちらに向き直った。

木の枝に隠されていた黄金の髪が見えた瞬間、クリスティアンの心臓がどきんと跳ね、今までに無いくらいに速く脈打ち始める。クリスティアンを認め、信じられないとばかりに見開かれた双眸は空と同じ青だ。

黄金と青。いつもなら不安を取り除き、安心させてくれるはずの色彩なのに、頭がずきずきと痛みだす。

「……王子……っ！」

男は歓喜も露《あらわ》に叫び、クリスティアンが慣れない頭痛を堪《こら》えている間に、一目散に駆け寄ってきた。

「王子…、ああ、クリスティアン様…、よくぞ生きていて下さいました。このラファエル、どれだけお捜し申し上げたか…」

黄金の男は地面に膝をつき、涙に濡れたやや垂れぎみの青い目でクリスティアンを見上げた。ラファエルというのが、どうやらこの男の名前らしい。名前のある生き物に遭遇するのは、ブランカ以外では初めてだが、不思議に耳に心地よい響きだった。

長い手足や大きな肉体は衣の上からでもわかるほど逞しい。きっと、クリスティアンとは違い、滑らかな皮膚の下には分厚い筋肉がうねっているのだろう。戦うための身体だった。牙も爪も持ち合わせてはいないが、ラファエルが剣を振るえば、凶暴な魔獣とも互角に戦えるはずだ。

クリスティアンよりゆうに一回りは太そうな首を、ゆるやかに波打つ黄金の髪が覆っている。ブランカの毛皮と同じくらい艶《つや》やかなそれに触れてみたくなり、伸ばしかけた手を、クリスティアンは引っ込めた。置き去りにされていた他の男たちがやっと追い付き、驚愕の表情を刻むと、ラファエル同様跪《ひざまず》いたのだ。

魔獣たちがより強い牡に急所の腹を晒《さら》すのと同じで、恭順の意を示しているらしいのはわかるのだが、一番後方でクリスティアンをちらちらと窺《うかが》う赤毛の男からなんとも嫌な気配が漂う。表面上は屈服して見せているくせに、伝わってくるのは肌を刺すようなどす黒い感情なのだ。

行動と感情が食い違う気色悪い生き物など今までに見たことも無く、胸がむかむかとしてくる。クリスティアンは誤ってリゴの実を食べてしまった時を思い出した。リゴの実はアルの実と見た目も味もとてもよく似ているが、一度に沢山《たくさん》食べると身体の感覚がおかしくなり、強い吐き気と腹痛をもたらす毒の実である。

「王子？　クリスティアン様、いかがされました。

クリスティアン様…」

ラファエルに呼ばれると、収まりかけていた頭痛までぶり返し、頭の奥で何かがクリスティアンを食い破ってやるとばかりにうごめいた。その低くどこか甘い声をもっと聞いていたいという欲求と、未知の感覚に対する恐怖がせめぎ合う。

好奇心に負け、侵入者たちを見物に来たのは失敗だった。少しでも早くここを離れなくては頭が割れてしまいそうだ。

ブランカの元までは、ラファエルたちも辿《たど》り着けないはずである。

クリスティアンはじりじりと後ずさり、少しずつ距離を取った。

くるりと踵《きびす》を返して駆け出す寸前、ラファエルがいきなり長い銀髪の先端を摑《つか》む。普通の人間ならそのままつんのめり、引きずり寄せられていただろう。

だが、クリスティアンは髪がぶちぶちと抜けるのも構わず勢い良く首を振り、自由になったところで大地を蹴った。

自分の身長よりも高い枝に飛び乗るなど、魔獣を遊び相手に育ったクリスティアンには造作も無いのに、地上の人間たちは度胆《どぎも》を抜かれたようだ。クリスティアンが少し離れた高い枝に跳び移るや、頰を紅潮させていたラファエルが、抜け落ちた髪を握り締めたまま木の根元に駆け寄った。

勢いのまま登ってこようとするが、クリスティアンが乗った枝は細く、一人の体重を支えるのが限界だ。ラファエルもすぐに気付き、幹に取り縋《すが》る。

「お待ち下さい、クリスティアン様！　何故、お逃げになるのですか。私を…貴方の忠実な犬である守護騎士のラファエルを、忘れてしまわれたのですか!?」

「……」

「どうか、私と一緒にお戻り下さい。父君も、クリスティアン様のお帰りを待ちかねていらっしゃいます。ご無事な姿をご覧になれば、どれほど喜ばれることか…クリスティアン様！」

「う…っ、あぁっ！」

……クリスティアン様、クリスティアン様……。

……私の王子。我が剣も命も永遠に貴方様のものです。

今までに見たことも無いはずの風景が脳裏で弾け、クリスティアンは髪を掻《か》き毟《むし》った。

苦しくて眇《すが》めた双眸に、必死の形相のラファエルが映る。クリスティアン様、クリスティアン様と、それだけしか言葉が存在しないかのように叫んでいる。

クリスティアンのラファエル。王宮で飼われていた大きな犬よりも従順で、どんな我《わ》が儘《まま》でも聞いてくれた。言い寄る令嬢たちにはにこりともしないくせに、クリスティアンにはいつも優しくて、礼節を重んじ、微笑《ほほえ》みを絶やさない、忠実なる騎士――。

「うっ…が、あああっ！」

怒涛《どとう》の如《ごと》く押し寄せる不可思議な光景を、クリスティアンは何度も頭を振り、咆哮と共に追い払った。

わけのわからないものに内側から蝕《むしば》まれるなんて、我慢ならない。こんなもの、全てまやかしだ。きっとラファエルが何か不思議な力を使ってクリスティアンを幻惑しているのだ。さもなくば、こんなに胸が痛むはずがない。

クリスティアンはしなやかな足で枝を蹴り、宙に高く跳び上がった。

周囲に乗り移れそうな枝は無い。ああっと地上の人間たちが悲鳴を上げ、ラファエルも真っ青になるが、クリスティアンが落下を始める前に、虚空からドードが飛来した。

ドードは任せておけとばかりに一鳴きし、クリスティアンの肩をがしっと摑む。

魔鳥としては小柄なドードだが、翼の力はとても強い。軽いクリスティアンを浮かせて移動させるなど易《やさ》しいことである。背の高い木々よりも更に高く飛び上がってしまえば、翼無き者は追って来られない。

「クリスティアン様！　…お待ち下さい！　どうか、私の話をお聞き下さい。クリスティアン様…！」

懸命に追い縋り、手を伸ばすラファエルの背後で、何かが太陽を反射してぎらりと光った。

あの嫌な空気を持った赤毛の男が、先端の尖った細長い棒のようなものをこちらに向けているのが簡単に見て取れる。それが弓と呼ばれる武器であるという知識は無かったが、首筋に悪寒が走り、クリスティアンはドードの脚をぎゅっと摑んだ。

クリスティアンの願いを察したドードが力強く羽ばたくと、耳元で空気が唸《うな》り、ラファエルたちの姿は瞬く間に遠ざかっていく。

「クリスティアン様……！」

ラファエルの悲痛な叫びも強い風の音に掻き消され、すぐに聞こえなくなる。それが何故か寂しくて、クリスティアンは疼《うず》く胸を押さえた。

「…貴様、王太子殿下に弓を引くとはどういうつもりだ!?」

捜し求めた姿がとうとう大空に消えてしまうと、ラファエルは拳《こぶし》を握り締め、振り向きざまに部下を殴り飛ばした。背後で弓を番《つが》える気配には勿論気付いていたが、あの高さと風ではまず当たらないと判断し、クリスティアンを追う方を優先したのだ。

「…っ、あんなものが、王太子殿下などであるはずがありません…！」

背中を強《したた》かに木に打ち付けた赤毛の部下…ルイスは、助け起こそうとする仲間を振り払い、気丈にも反論した。

「ハース隊長もご覧になったでしょう。隊長の呼びかけにも応えず、獣のように唸るばかりで、あまつさえドードを手懐《てなず》けているなど…人間のなりをした魔獣に違いありません！」

ラファエルの忠誠心の篤《あつ》さを知る他の部下たちは、

賢明にも口を噤《つぐ》んだままだったが、引き攣《つ》った表情はルイスと同じ気持ちであると雄弁に語っていた。

それも無理からぬ話ではある。ドードといえば、熟練した戦士でも数人がかりで挑まなければ敵《かな》わない凶悪な魔鳥だ。人里には滅多《めった》に出没しないが、並の腕の人間が独りの時に遭遇したら、死を覚悟しなければならない。そんなドードを使役する人間など、ラファエルも聞いたことが無かった。

そもそも人間以外の魔力を持つ生き物――魔獣や魔鳥は、神々の理《ことわり》から外れた汚らわしい存在だとされている。魔力とは、神々が脆弱《ぜいじゃく》な人間を憐《あわ》れみ、与えた力。人間のみが振るうべき力だからだ。信心深いトゥランの民が嫌悪感を抱くのは、当然と言えた。尤《もっと》も、魔力を持って生まれる人間は少なく、それを自在に使いこなせる魔術師ともなると更に少ないのだが。

しかし、ラファエルの心に嫌悪など微塵《みじん》も存在しなかった。あるのはただ、手綱を握ってくれる唯一の主君と再会を果たせたことに対する狂おしい歓喜と慕情、胸が締め付けられるほどの愛しさだけだ。

先程あの姿を目撃した時は、女神の侍獣たる白き獣が銀色の光を纏い、人の姿を借りて降臨したのかと思った。

細くしなやかな身体は薄衣と長い髪くらいしか隠すものが無く、若木のように伸びやかな四肢と、ろくに手入れもされていないだろうに白く滑らかな素肌が露になっていた。

用心深い野鹿のように佇《たたず》み、じっとラファエルを見据える双眸は、遠目にも鮮やかな紫。伸び放題の豊かな銀の髪は、闇夜を照らす月光を束ねたかのよう。豪奢なドレスや宝石で飾り立てた宮廷の貴婦人たちなど、あの生気に満ちた野性的な美の前には色褪《あ》せるだろう。

ゆるやかに纏わりついているだけの薄衣は僅《わず》かな風にもそよぎ、ちらちらと覗く朱鷺《とき》色の乳首の艶めかしさに、無意識に喉が鳴った。

久しく忘れていた雄の衝動が腹の底から突き上げ、ラファエルは愕然《がくぜん》とした。唯一無二の主君を見失って以来、生理的な欲求を発散するために花街の女を抱くことはあっても、自ら欲したことなど殆ど無かったのだ。しかも、ふくよかな乳房が無い以上、相手は年端もいかない少年…同じ男である。騎士の中には侍童を寵愛《ちょうあい》する者も多いが、ラファエルは今まで男に欲望を覚えたことは無い。

そして、遅ればせながら少年の顔立ちに懐かしい面影を見出した瞬間、驚愕は脳髄が焼き切れそうなほどの歓喜に変化したのだ。

最後にその顔を拝んだのはもう十一年も前になるが、間違いない。何より、少年の顔は母親…絶世の美姫と謳《うた》われたユーフェミア王妃に生き写しである。少年こそが、ラファエルが心血を注いで捜し求めた主君なのだ。

……生きていて下さった……！

ラファエルは溢れ出す歓喜のままに駆け寄り、かつてのように跪いた。生涯の主君と定めた存在に、気付かなかったとはいえ欲望を抱いてしまった罪悪感は、ようやく再会を果たせた喜びが紛らわせてくれた。

……クリスティアン様、クリスティアン様。生きていて下さった。こんな過酷な場所で、よくぞ生き延びていて下さった…女神よ、感謝いたします…！

だが、ラファエルの浮き立つ心とは裏腹に、クリスティアンはラファエルとの再会を喜んではくれなかった。それどころか、苦悶《くもん》の表情を浮かべ、逃げ去ってしまったではないか。

喜びが大きすぎた分、胸にぽっかりと空いた大きな穴を、寒風が吹き抜けた。女神がおわすという天の国から、魔神どもが封印された地獄に突き落とされた気分だった。

クリスティアンはラファエルを忘れてしまったのだろうか。十一年前はラファエルを見付けるなり『ラファー、ラファー』と愛らしく呼び、思い切り抱き付いてきてくれたのに。父上以外で一番好きなのはラファエルだと、そっと耳打ちしてくれたのに。仕えるべき主君が居なければ、ラファエルという犬の命には何の存在意義も無いのに。

いや、それも当然だ――ドードの翼で飛び去るクリスティアンの背中をなすすべも無く見送りながら、ラファエルは愚かな自分を殴りつけたくなった。

一体自分は、何を一人で勝手に舞い上がっていたのだろう。王宮から姿を消した時、クリスティアンはまだ六歳だった。準備を万全に整えた屈強な男でさえ、魔獣の跋扈《ばっこ》する魔の森で生き延びるのは至難の業《わざ》だ。

ラファエルから剣術の初歩を習い始めたばかりだったクリスティアンが無事だったのは、ひとえに幸運と女神の加護があったからだろうが、雨露をしのぐ場所すら無い森の中で、どれほど苦労と不自由を強いられたか。そんな境遇から十一年もの長きに渡り救い出せなかった自分など、憎まれても、忘れ去られても当然だ。

本来ならば、最上級の絹だけを身に着け、最高の職人の手による調度や品々に囲まれて過ごすべき貴人が……ラファエルが至らなかったせいで！

「…みな、よく聞け」

ラファエルはルイスたち部下を厳しい眼差しで見据えた。身の内で燃え滾《たぎ》る怒りの対象は、半分は不遜《ふそん》な部下だが、残り半分は自分自身だ。きつく握り締めた指先が、ぎりぎりと掌に食い込む。

「あの御方は間違いなく、王太子殿下…我がトゥランの第一王子、クリスティアン様だ。今後、武器を向けることは何があろうと決して許さない。もし破れば、命は無いものと思え」

「ですが、アレは魔鳥を手懐けていたのですよ！確かに、見た目は亡き王妃様の肖像画にそっくりでしたが…魔獣には、喰らった獲物の姿かたちをそのまま写し取れる者も居ると聞きますし…」

再び反論を試みたルイスだったが、ラファエルが剣の柄《つか》に手をかけるなり、勇ましかった語気は萎《しぼ》んでいく。

ラファエルが騎士の中の騎士と呼ばれるのは、守護騎士という地位に甘んじてのことではない。数々の武勲ゆえだ。そしてその輝かしい武勲が、失われた主君を捜し求める過程で打ち立てられたのだということを知らぬ者は、トゥランには存在しないのである。

他の部下たちが固唾《かたず》を飲んで見守る中、ラファエルは音も無く抜き放った剣の切っ先を、不遜な部下の喉笛に突き付けた。

「…それで？　貴様は何が言いたいのだ？」

本当は、聞くまでもない。ルイスはクリスティアンがとうに魔獣の餌食《えじき》となり、遺骸すら残さず死んでいると言いたいのだ。口には出さずとも、ラファエル以外の誰もがそう思っているだろう。

だが、あの少年がクリスティアンでないわけが無い。今この瞬間でさえも、ラファエルの心は再会の歓《よろこ》びに打ち震えているのだから。……クリスティアンの忠実なる犬であるラファエルが、クリスティアンを見間違えるはずがないのだから。

だから、絶対に許さない。何者であろうと、クリスティアンの生存を否定するのなら血の海に沈めてやる。たとえ道理を弁《わきま》えぬ幼子であっても、か弱き女性であってもだ。

「殿下があのような振る舞いをされるのは、殿下ではなく、お守り出来なかった私の過ちだ。不服があれば私に述べるがいい。いくらでも聞いてやる。…どうした？　言えないのか？」

「あ…、あ、隊長、私は、ただ…っ」

ラファエルの逆鱗《げきりん》に触れてしまったことを悟ったか、がたがたと震えるルイスの喉に、切っ先が食い込む。なりふり構わず逃げ出す余裕も無いようだ。

「まあまあ、ラファエル様。ルイスも不注意でしたが、もう充分に反省しているでしょうし、それくらいで許してやったらいかがですか」

誰もが緊迫した空気に飲まれて動けない中、壮年の男が苦笑しながらラファエルの隣に並んだ。

　オズワルドはラファエルの父の側近で、幼いラファエルの剣の師でもあった男だ。癖のある黒髪には白いものが混じり始めているが、熟練の域に達した剣技は未だに衰えを知らない。魔の森に踏み込むラファエルを心配した父が、目付け役としてこの経験豊かな男を同行させてくれたのである。

　業腹《ごうはら》だが、もう一人の父親にも等しい男に宥《なだ》められては、ラファエルも引かないわけにはいかない。

「……見逃してやるのは一度だけだ。今度同じ過ちを繰り返したら…わかるな？」

「は…っ、はい！」

　しきりに頷《うなず》くルイスを剣よりも鋭い視線でもう一度射竦《いすく》めてから、ラファエルはようやく剣を鞘《さや》に戻した。

　ほっと空気が和《やわ》らいだところに、オズワルドがすかさず野営の準備を命じる。まだ陽は高いが、ここは魔の森だ。選《え》りすぐりの実力を持つ精鋭揃《ぞろ》いだからといって、過信は禁物である。まだ余力があるうちに休息を取るくらいがちょうどいい。ラファエルたちは魔獣を討伐しに訪れたわけではないのだから。

「やれやれ、若にも困ったものですな。王太子殿下のこととなると、すぐに我を忘れてしまわれるのですから。部下を怯えさせてどうするのですか」

　てきぱきと野営の準備を整える部下たちから少し距離を取ってしまえば、ラファエルもすぐに昔の呼称に逆戻りだ。長い間父に仕え続けてきたこの熟練の騎士にとって、二十八歳のラファエルなどまだ小僧のようなものである。

「守護騎士たる私が、殿下を愚弄する者を許してなどおけるものか。あのような者は居ない方がよほど動きやすくなる」

「確か、ルイスはアビントン子爵の三男…子爵はボルドウィン侯爵の縁続きでしたな。侯爵の刺客を、早々に追い返そうとされたのでしょう？　若に怯えて、自ら任務を放棄したのであれば、侯爵も文句は付けられないでしょうからな」

「…承知していたなら、何故邪魔をした」

「ルイスを追い返したところで、森の外には交代要員の騎士たちが控えております。その中にも当然、侯爵の手の者は潜んでいるでしょう。状況が変わらないのであれば、ルイスのように御しやすい男の方がまだましですからな」

　ラファエルは状況の悪さを痛感させられた。クリスティアンの捜索は国王の命令だというのに、そこにさえボルドウィン侯爵の手先が何人も入り込んでいるのだ。万が一クリスティアンが生きていた場合、己の罪を暴かれるのを恐れ、殺して口を塞ぐつもりなのだろう。

「オズワルド。…お前も、あの御方が魔獣だと疑っているのか？」

「私は若を信じておりますよ。ただ、他の者はそうはいかないでしょうな。みな、内心では王太子殿下の遺骨の欠片《かけら》でも拾えれば充分と思っていたのではないでしょうか。…まさか、本当に生きておいでだったとは…女神はまだ、我らを見捨ててはいらっしゃらないようですな」

　感慨深そうに呟《つぶや》くオズワルドに、ラファエルは力強く頷いた。


　かつて大陸に生きる人々は、悪しき魔神どもに非道の限りを尽くされ、蹂躙《じゅうりん》されていた。人々を憐れんだ神々は天上の国より舞い降り、魔神どもを打ち倒し、地下深くへ封印したと伝えられる。

　神々は役割を終えると天上の国に帰還したが、その前に人々と交わり、子孫を残した神々も僅かながらに存在したのだ。神々の末裔《まつえい》はその多くが国を興《おこ》し、王族として君臨した。ゆえに歴史ある国の王族は、大半が神々の末裔だとされている。

　ラファエルの祖国、トゥランは愛を司《つかさど》る女神トゥランの末裔たる王族が統治する、大陸でも有数の大国だ。女神の加護の賜物《たまもの》か、豊饒《ほうじょう》たる大地は四季を通して豊かな作物が実り、飢えを知らない民は王族に強い敬愛を抱いている。

中でも最も崇《あが》められ、愛されていたのが、現王アレクシスとその王妃ユーフェミアだ。王侯貴族にしては珍しく恋愛で結ばれた二人は非常に仲睦《むつ》まじく、美丈夫の王と絶世の美姫と名高い妃《きさき》は似合いの一対で、トゥラン中の憧れの的だった。

十七年前、二人の間に待望の嫡男《ちゃくなん》が誕生した時には、トゥランは歓喜に沸き返った。国中で祝いの酒や料理が惜しみ無く振る舞われ、祝いの白い花びらが振り撒《ま》かれた。クリスティアンと名付けられた王子を、祝福しない者は居なかった。アレクシスもユーフェミアも、我が子の誕生を心から喜び、新しい命を授けてくれた女神に感謝を捧げたという。

だが、元々身体が弱かったユーフェミアは、クリスティアンを産んで一年もせずに天に召された。悲しみの淵《ふち》に沈んだアレクシスだが、愛しい妃の忘れ形見である我が子を立派に育て上げるべく、持ち前の胆力ですぐに立ち直って行動を起こす。

トゥランの王族の男子には、生涯に渡り主従の契《ちぎ》りを交わす専属の守護騎士が付けられるのが習わしである。ラファエルの生家、ハース家は王族の守護騎士を数多く輩出してきた武門の名家であり、父アーサーはアレクシスの守護騎士という誉《ほま》れ高い地位にあった。

アレクシスは我が子の盾《たて》となる守護騎士に、信頼篤いアーサーの息子、ラファエルを選んだ。ラファエルはまだ十一歳だったが、親子二代に渡って守護騎士を拝命するのがどれほど名誉なことであるか、父に諭《さと》されるまでもなく理解していた。

王族を最も傍《そば》近くで守る守護騎士は、武門に生まれた男なら誰もが一度は夢見る、騎士の頂点だ。しかもクリスティアンは誕生と同時に王太子に定められている。

未来の国王の守護騎士という重責に押し潰されそうになったラファエルを救ってくれたのは、当のクリスティアンだった。

王宮で初めて引き合わされたクリスティアンは、アレクシスの胸ですやすやと眠っていたが、ラファエルが来るのを待っていたかのように目を覚まし、きゃっきゃと笑いながらラファエルの指を握り締めたのだ。

小さな手にそぐわぬ力の強さ。天使の如く愛らしい、無邪気な笑顔。

守りたい、と思った。義務でも、名誉のためでもない。ただ、この笑顔が曇らないよう、我が身を賭《と》して守りたい。たとえクリスティアンが王太子でなくとも、同じ気持ちになっただろう。

それまでも父とオズワルドの元、厳しい鍛錬を積んできたラファエルだったが、守護騎士を拝命してからはいっそう励んだ。辛《つら》い剣の練習に疲れ果てても、クリスティアンの顔を拝めば活力が漲った。

守護騎士は主君の剣であり盾であり、犬の如く忠実に主君に仕えなければならないと父はことあるごとに説いた。ハース家の紋章の意匠が盾と剣と犬であるのも、その表れ。主君の命とあらば地の底へでも笑顔で突撃し、どのような場所であろうとも付き従う、強く従順な犬でなければならないのだと。それこそ、ラファエルの望むところだった。クリスティアンに繋《つな》がれ、手綱を引かれて生きられれば、ラファエルは幸せだ。

そんなラファエルにクリスティアンもとてもよく懐き、歩けるようになると、ラファエルの後をよちよちとくっついて回った。ラファエルを馬に見立てて跨《また》がってくれたことも何度もあった。微笑ましい光景に、誰もが頰を緩めたものだ。たどたどしい口調でラファエルを呼び、全身で信頼してくれるクリスティアンが、ラファエルは愛《いと》おしくてならなかった。

いずれクリスティアンは玉座に就《つ》き、ラファエルはその傍らでいつまでもクリスティアンを守り続ける。

　信じて疑わなかった輝かしい未来は、だが突然奪い去られた。六歳になったばかりのクリスティアンが、ある日忽然《こつぜん》と王宮から姿を消したのだ。

　アレクシスは即座に国中を捜索させたが、行方《ゆくえ》は杳《よう》として知れなかった。

　幼く、まだ王宮の外に出たことすら無い王子が、自分の意志で消えるわけがない。クリスティアンの存在を快く思わない誰かが攫《さら》ったに違いない。

　疑いの目が向けられたのは、ユーフェミアの死後新たなる王妃となったニーナだった。

　トゥランでは珍しい緑色の瞳を持ち、ユーフェミアと並び称されるほどの美姫であったが、その性格は傲慢《ごうまん》で残忍。自分を差し置いて王妃の座に就いたユーフェミアに嫉妬していると、もっぱらの噂になっていた。

　ニーナの父、ボルドウィン侯爵はトゥラン有数の大貴族である。強い野心を持つ侯爵は、王家に我が血を入れるべく、ユーフェミアの喪《も》が明けるや強引に娘を輿入《こしい》れさせたのだ。未だユーフェミアだけを一途《いちず》に愛するアレクシスも、正妃の座を空にし続けるわけにはいかなかったのだろう。そして前年に第二王子セドリックが誕生したばかりだった。

　クリスティアンさえ居なくなれば、王太子の座はセドリックに回ってくる。ニーナにはクリスティアンの拉致を企《たくら》む明確な動機があったのだ。王妃なら王宮内を自由に動き回れるし、攫ってさえしまえば、あとは父親のボルドウィン侯爵がいくらでも人を使って王宮から連れ出せる。実際、クリスティアンが一人で王妃の部屋がある西翼の方向へ走っていくのを下働きの女が目撃していた。

　だが、ニーナも侯爵も疑惑を完全に否定した。下働きの女が原因不明の事故死を遂げると、誰もがニーナ父子の犯行を確信したが、それを裏付けるだけの証拠は一切残されていなかったのである。

　数か月が経ってもクリスティアンは見付からず、

人々はだんだん王太子の生存を絶望視するようになった。アレクシスも、父親として我が子を諦めきれない気持ちはあっても、王としてはいつまでもクリスティアンの捜索だけに没頭するわけにはいかず、捜索隊の規模は日に日に縮小されていった。

二年が過ぎる頃には、とうとう大々的な捜索は打ち切られた。誰もがクリスティアンは死んだものと思う中、ラファエルだけは決して諦めずに捜し続けた。自分がほんの少し目を離した隙にクリスティアンは消えたのだ。強い自己嫌悪と忸怩《じくじ》や後悔の念がラファエルを衝《つ》き動かした。

守護騎士は近衛《このえ》隊に籍を置いているから、近衛隊としての務めを果たす傍ら、残りの時間は全て鍛錬とクリスティアンの捜索に費《つい》やした。いつかクリスティアンが帰還した時、傍らに侍《はべ》るのに相応《ふさわ》しい騎士になる。今度こそ、誰にも手出しはさせない。自分の手で守りきるのだ。その一心で身体を鍛え、騎士に必要とされる教養も積んだ。

結果、ラファエルは男性美を体現したかのような見事な体軀《たいく》を誇る武人に成長した。体格の良いトゥラン人でも稀なほどの長身だが、背の半ばまで伸ばした緩やかな金髪と、男らしく端整だがどこか甘さを含んだ顔立ちが圧迫感を緩和し、妙齢の女性だけでなく既婚の貴婦人たちまで彼のまわりに群がった。王宮に出仕する女性でラファエルに焦《こ》がれない者は居ないとまで囁《ささや》かれ、吟遊詩人たちがこぞってその美丈夫ぶりを謳ったほどだ。

だが、ラファエルはどんな美女の誘いも降るような縁談もすげなくはねつけ、クリスティアンを捜し続けた。トゥラン国内だけでなく周辺諸国にも間諜《かんちょう》を放ち、クリスティアンに似た少年を発見したと聞けばすぐさま赴いた。ろくに休養も取らずにあちこちを渡り歩き、さすがの頑健な身体も悲鳴を上げ、倒れたことも何度かある。主君の犬たれと説いた父親ですら、少しは休めと真剣に忠告してきたものだ。

自分の全てを捧げて生存すら危ぶまれている主人

を捜し続けるラファエルを、人々は篤い忠義心の主、トゥラン一の騎士と讃《たた》えた。

だが、ラファエルがそれを素直に喜べるはずがなかった。もし自分が本当にトゥラン一の騎士ならば、強く従順な犬ならば、クリスティアンが攫われることなど無かったのだ。自分がのうのうと休んでいる間にもクリスティアンが辛い目に遭っているかもしれないと思うと、僅かな休息すら惜しかった。

そうまでして捜すうちに十一年もの月日が経ち、ラファエルも二十八歳になったが、クリスティアンは見付からないままだ。

十一年の間に、王宮内の権力図はボルドウィン侯爵によってすっかり塗り替えられていた。黒に近くとも、確たる証拠が発見されなかった以上、疑惑は疑惑のまま。そしてクリスティアンが消えた今、ニーナの産んだセドリックは唯一の直系の王子であり、ボルドウィン侯爵はその祖父である。

亡きユーフェミアの父であり、クリスティアンの祖父でもある公爵は失脚し、ボルドウィン侯爵が代わって宰相の地位に就いた。新たな宰相となった侯爵は人事を一手に握り、自分の意に適《かな》う者や、多額の賄賂《わいろ》を贈る者、親類縁者を要職に就け、欲しいままに振る舞っている。侯爵の威を借りた貴族が重税を課したり、賂を要求してくるので、民は苦しみに喘《あえ》いでいた。数少ない心ある者や有能な者は政《まつりごと》の中心から遠ざけられ、王ですら侯爵の専横を完全には止められない。

そして、侯爵は厚顔にも、とうとう空位のままだった王太子の座に孫のセドリック王子を就けるよう提言したのだ。

それは即ち、クリスティアンの死亡を父親である王自ら、公に認めろということである。

アレクシスの心を慮《おもんぱか》る者はあまりに非道な侯爵の仕打ちに憤り、ラファエルもまたこの手で侯爵を斬《き》り捨ててやりたい欲求にかられたが、いつまでも王太子が不在のままでは示しがつかないという侯爵の主張も尤もではあるのだ。アレクシスはまだ四十に届かない若さで健康そのものだが、万が一の事態に備え、次代の王は明確に定めておかなければならない。だが、セドリックが王太子と決まれば、侯爵は今度はアレクシスを排除にかかるかもしれない。…クリスティアンの時と同じように。

…クリスティアン殿下さえおいでなら…！

ラファエルだけでなく、トゥランの行く末を憂《うれ》う心ある者はみな、痛切に願っていた。アレクシスには歳の離れた若き同母弟がおり、兄に負けぬ有能な人格者として慕われていたが、直系のセドリックを無視して王太子にするわけにはいかない。だが、正妃の子であり第一王子であるクリスティアンなら、いかな侯爵だろうと口は挟めない。

周囲の反感をよそに、侯爵がセドリックの立太子を強く迫りだしたある日、事件は起きた。

セドリックが原因不明の病で倒れたのだ。高熱が続き、全身が爛《ただ》れて腫《は》れ上がった。最初は流行病が疑われたが、他に同じ症状を訴える者は皆無だった。

王宮侍医が手を尽くしても回復の兆しすら無い。侯爵が国中の医師や薬師《くすし》を集め、治療させても同じだった。どんな薬も熱を下げることすら出来ず、まだ十一歳のセドリックは見る間に体力を消耗し、一月も経たないうちに瀕死《ひんし》の状態に陥った。

そんな時、我が子の傍を片時も離れず看病していたニーナが、見舞いに訪れたアレクシスに告白したのだ。十一年前、父の助けを借り、クリスティアンを拉致させたのは自分であると。

女神トゥランの末裔たる王族を殺《あや》めた者には女神の怒りが降り注ぎ、死んでもなお呪われると言われている。それを恐れたニーナはクリスティアンを攫わせ、魔の森に捨てさせたのだ。そうすれば、自ら手を下さなくても魔獣が幼い王子を食い殺してくれると浅はかにも考えたのである。

ことは全て目論見《もくろみ》通りに進んだとほくそ笑んでいたニーナだったが、セドリックが原因不明の病に苦しめられ、死の淵をさまように至って、これは女神の怒りなのではないかと疑うようになった。自分の手を汚さなかったとはいえ、クリスティアンを死に追いやったニーナに、女神が罰を下しているのだ。だから、女神の怒りが解けない限り、セドリックの病も癒《い》えない。

我が子を失う恐怖で錯乱しているのだと、侯爵はニーナの告白も、拉致への関与も否定した。だがアレクシスは一縷《いちる》の可能性に賭け、魔の森に捜索隊を派遣することに決めたのだ。

命じられるまでもなく、ラファエルは喜び勇んで捜索隊の長に志願した。オズワルドを始め、人格実力共に信頼の置ける隊員だけを集めたにもかかわらず、侯爵の息のかかった者を完全には排除しきれなかったが、それでも構わなかった。今の自分は、少年だった頃とは違う。傍にさえ在《あ》れば、いかなる敵からも守る自信がある。

『頼む、ラファエル。我が子を…クリスティアンを、どうか捜し出してくれ』

アレクシスは捜索隊をわざわざ見送りに立ち、馬上のラファエルの手をきつく握り締めた。今やニーナの告白は王宮中に知れ渡っていたが、クリスティアンの生存を心から信じているのはアレクシスとラファエルくらいだろう。魔の森は単体でも恐ろしい魔獣が数多《あまた》棲《す》みつく魔境だ。ラファエルたち捜索隊ですら、無事の帰還が危ぶまれている。

だが、ラファエルはしっかりとアレクシスの手を握り返した。勿論だ。クリスティアンと一緒でなければ、二度と王宮を拝むつもりは無い。この時のために、自分は今まで主君を守れなかった守護騎士として生き恥を晒してきた。

『お任せ下さい。必ずや殿下をお救いし、陛下の御《おん》許《もと》へお連れ申し上げます』

——そうして魔の森に到着し、襲いくる魔獣を倒しながら深い森を掻き分け、ようやくラファエルは辿り着いたのだ。狂おしいまでに捜し求めた、ラファエルの手綱を握るべき主君の元に。

　クリスティアンが十一年にも渡り森で過ごす間に、ラファエルを忘れてしまったのだとしてもいい。この腕に取り戻し、本来あるべき場所に帰してやれば、きっと思い出してくれる。かつては本当の犬のように愛《め》でた、唯一無二の守護騎士の存在を。


　侵入者たちが追ってこないのを確認し、クリスティアンは地上に降ろしてもらった。紅い冠羽を撫でられて上機嫌のドードが飛び去るのを見送り、深呼吸で神経を落ち着けてから、森の中央にそびえるひときわ背の高い大樹へと向かう。

　クリスティアンが数人がかりでも抱えきれないほど太い幹にはぽっかりとうろが空いており、太陽の光も差し込まないのにぼんやりと明るく暖かいその中は、ずっと昔からクリスティアンを優しく包み込んでくれた寝床だ。早く潜り込んで眠ってしまいたいのに、大樹の前にはうろを塞ぐかのようにブランカが座していた。

　座っていてもクリスティアンより頭一つ以上大きな肢体は、見た目だけなら森に住まう雷虎《らいこ》によく似ている。黒い縞《しま》の入った黄金の毛皮の雷虎は、その名の通り雷を操る森でも最も凶悪な魔獣だ。だが、ブランカは雷虎よりも更に二回りは大きく、その牙も爪も雷虎とは比べ物にならないほど鋭い上に、巨体からは考えられないしなやかさと俊敏さを有していた。

　ブランカとその他の魔獣たちを画しているのは、金色の双眸と、何より内側から光を放つ純白の毛並だ。森に魔獣は多く棲息しているが、ブランカと同じ色の毛並の獣をクリスティアンは一度も見たことが無い。ブランカが悠然と姿を現せば、牝《めす》を取り合っていた魔獣さえ牙を収めて平伏する。獰猛な魔獣たちの頂点に立つ森の王、それがブランカなのだ。

　しかし、森で唯一の人間であるクリスティアンにとって、ブランカは王である以前に親であった。

クリスティアンの一番最初の記憶は、森の高い木々に囲まれ、泣きじゃくっているものだ。それより前の、生まれたての雛《ひな》だった頃のことは覚えていない。一人で放り出されて、守ってくれるはずの優しい手もどこにも無くて、心細さに押し潰されてしまいそうになった時、どこからともなく現れたのがブランカだ。

ブランカはこの大樹にクリスティアンを連れ帰り、食べられる植物と毒のある植物の見分け方や戦い方、清水の湧く泉、天気の読み方など、森で生きていくすべを教えてくれた。たまに体調を崩せば、クリスティアンを柔らかな毛皮で温めてくれた。雨の日には、クリスティアンと同じ人間たちが暮らす国の話を色々と聞かせてくれた。ブランカが居なければ、きっととうに死んでいただろう。

魔獣たちはブランカを敬いつつも恐れているが、クリスティアンは一度も怖いと思ったことは無い。クリスティアンに向けられるブランカの眼差しは、いつだって穏やかで優しいのだ。…クリスティアンがブランカの教えを破りさえしなければ。

『ブランカ、ブランカ！』

どっと安堵《あんど》感が押し寄せ、クリスティアンは心の中で叫びながら養い親に飛び付いた。クリスティアンが力いっぱいぶつかったくらいでは、逞しい巨体はびくともしない。太陽の匂いがするつややかな毛皮に鼻先をくっつけ、ぐりぐりと動かす。

『人間が、人間が居た！　初めて見た！』

「…落ち着け、クリスティアン。また言葉になっていないぞ」

ブランカは威厳のあるどっしりとした声を紡ぎ、仕方の無い奴だと言わんばかりに長い尻尾《しっぽ》でたぱたぱとクリスティアンの肩を叩いた。必ず言葉にして意思疎通をするようしつこく言い聞かされているのに、興奮するとすぐに忘れてしまうのだ。

馴染んだ体温を感じるうちにだんだん落ち着いて

きたクリスティアンは、唇を尖らせながら顔を上げた。ブランカは嘆くが、どうにも言葉は苦手だ。思っていることの半分もうまく表現出来なくていらいらする。

「人間、いた！　強くて大きくて金色のと、赤くて嫌な感じのするやつと、他にもいっぱい…ブランカ、どうして許した？　あれ、危ない！　ラファエルは頭がんがん、赤いのはもやもや！」

身振り手振りも交えて一生懸命説明したのに、ブランカは深い溜息をついた。

「全く要領を得ないな。やれやれ…落ち着いてもこれとは、先が思いやられる」

「ブランカ、わかってる。問題、なにもない」

「お前の酷《ひど》い言葉が理解出来るのは、私だからだ。誰にでも等しく通じなければ何の意味も無い。頭は悪くないはずなのに、どうしてこうなってしまったのやら…女神に申し訳がたたん」

ぶつぶつ文句を言いつつも、ブランカはクリスティアンの言葉をきちんと通訳してくれた。

「ラファエルという金髪の人間には胸がどきどきするし、赤毛の人間にはもやもやとする。危険な人間たちを、どうして森に入れたのかと聞きたいのだな？」

「うん」

「それはな、クリスティアン。あの人間たちが、お前を迎えに来たからだ」

「むかえ……？」

思いがけない答えにきょとんとするクリスティアンの頬を、ざらついた舌が舐《な》めた。大きな金色の瞳はかつて無い真剣さを帯びていて、自然と背筋が伸びる。

「ラファエルという人間は、お前の名を知っていただろう？　お前もあの人間を知っているから、胸がざわめくのだよ。懐かしい、という感情だ。何も危険なことではない」

そこで初めて、クリスティアンはラファエルが教えもしないのに自分の名を呼んでいたことに気付いた。つがいと死に別れた魔獣のように切なげな声で、青空の色の二つの目からは透明な水が後から後から流れていた。

　ラファエルは幻覚を操ったわけではなく、クリスティアンとの再会を喜んでいたというのか。魔獣さえ斬り捨てる人間が、体格ではずっと劣るクリスティアンに、無防備に膝をついてまで…。

「でも…、覚えてない。ラファエル、知らない」

「お前の記憶は、今は眠っているだけだ。何も心配は要《い》らない。欠けた月が満ちるように、いつか必ず取り戻す時が来る」

「…ブランカ…？」

　ふいに不安を覚え、クリスティアンはブランカにしがみつこうと腕を伸ばした。

　だが、いつもなら黙って好きなだけ毛皮を堪能《たんのう》させてくれるはずのブランカは、クリスティアンの手を寸前でかわし、後ずさる。

「なんで？　ブランカ…」

「名残惜《なごり》しいが…どうやら別れの時が来たようだ。お前はもう、森に居てはいけない。ラファエルと共に、あるべき場所に戻るのだ」

「ブランカ…？　ブランカ！」

　ブランカはこちらに背を向け、ゆっくりと森の奥へ歩き出した。慌てて追いかけようとしても、手も足も少しも動いてくれない。まるで、見えない蔓《つる》に絡め取られているかのように。

「誰だとて、いつかは親と離れて生きていくのだ。お前には私が知る限り、生きるすべを教え込んだ。お前はお前らしく、己《おの》が心のままに生きよ。そうすれば、必ずや道は開けるだろう」

「ブランカ…！　待って、…ブランカっ！」

　唯一自由になる声を懸命に張り上げるが、ブランカは振り返りもせず、ぴんと立てた尻尾を僅かに揺らすだけだ。

　ブランカはクリスティアンに始終べったり付いて

いるわけではない。幼い頃は別だが、クリスティアンが魔獣たちと打ち解け、一人でも森を危なげなく歩き回れるようになってからは、一日のうちでも離れている時間の方が多かった。

けれど、クリスティアンが森の緑に不安を覚え、泣きそうになった時にはブランカは必ず現れ、寄り添ってくれた。一日の終わりには二人で語らい、ブランカの昔語りに聞き入りながら眠るのが常だった。いつどこで何をしていても、ブランカに見守られている安心感に包まれていた。ブランカがクリスティアンの呼びかけに応えなかったことなど、一度も無かったのに。

「ブランカ――――っ！」

悲痛な叫びがこだまし、周囲の木々を棲み処《か》とする魔鳥たちが何事かと飛び立ち、ぎゃっぎゃっと騒いだ。さっき別れたばかりのドードが枝の上から心配そうにこちらを窺っている。だがブランカの歩みは止まらず、その白い姿は見る間に遠ざかっていく。

クリスティアンが自由を取り戻したのは、視界からブランカが完全に消え去った後だった。獲物を捕らえる銀豹のように飛び出し、ブランカが去った方向を捜し回るが、どこにも居ない。ドードに頼んで上空から木々の隙間をくまなく注視しても同じだった。

王であり、森を害する者は容赦無く排除するブランカが、森から消えるわけがない。これだけ捜しても見付からないのは、ブランカが自ら望んで姿を隠しているからだ。

クリスティアンがようやくそう理解した頃、森は夜の闇に沈んでいた。

ここから先は闇を狩場とする、特に凶暴な魔獣たちの時間である。ブランカに従う者たちがクリスティアンを傷付けることは無いが、人間のクリスティアンは闇を見通す眼を持たない。万が一の危険を避けるため、夜は必ず大樹の寝床に戻るようきつく言われている。

「ブランカ…、どうして…？」

良い香りを放つ苔《こけ》をこんもりと積み、虹蜘蛛の布を被《かぶ》せた寝床に横たわったとたん、今までは感じていなかった疲労がどっと押し寄せてきた。疲れているのは身体よりもむしろ心だ。どうしてブランカは突然あんなことを言ったのだろう。今朝まではいつものように過ごしていたのに、どうしていきなり別れなくてはならないのか。

ブランカの言う通り、魔獣も魔鳥もいつかは親と離れる巣立ちの時を迎える。だがそれは親と同じだけの能力を備えてからの話だ。クリスティアンはまだ、ブランカに何もかも遠く及ばない。ブランカのように流暢《りゅうちょう》に言葉を操れないし、雄々しく戦うことも出来ない。…だからこそまだ、一緒に居られると思っていたのに。

――お前はもう、森に居てはいけない。ラファエルと共に、あるべき場所に戻るのだ。

いくらブランカの言い付けでも、そんなこと聞けるものか。だって、クリスティアンの居場所はここだ。嬉しい時も悲しい時もブランカと共に過ごした、この森なのだ。この森よりも、ブランカよりもクリスティアンを惹《ひ》きつけ、優しく包み込んでくれる場所なんて存在するわけがない。

『クリスティアン様！　…お待ち下さい！』

唐突に浮かんだ面影を、クリスティアンは頭を振って追い出した。

クリスティアンを迎えに来たという男。クリスティアンの過去を知る男。ラファエルというあの男が現れたせいでブランカは消えてしまったのに、少しでもあの太陽と青空の色彩を思い出してしまえば、胸のざわめきが止まらなくなる。

そこに渦巻くのは憎しみ、不安、焦燥…そして、クリスティアンのつたない言葉では表せない何か。その正体を理解してしまえば、否応《いやおう》無しに森から引き剝がされてしまいそうな気がする。

「…寝よ、う」

明るくなったらまたブランカを捜そう。クリスティアンはブランカの子なのだ。ラファエルなんて知らない、ブランカと共に居たいのだと訴えれば、ブランカはきっと最後には聞き入れてくれる。そのためにも、今は眠って身体を休めなくては。

きつく目を瞑《つむ》ったとたん襲ってきた睡魔に、クリスティアンは大人しく身を委ねた。

もしかしたら朝には戻ってきてくれるかもしれない、という淡い期待は裏切られ、夜が明けても大樹の傍らにブランカの姿は無かった。

日の出と共に目を覚ましたクリスティアンは、大樹の枝先に生《な》った橙《だい》色《だい》の実を捥《も》ぎ、白い歯でかぶりつく。拳ほどの大きさのそれは、ブランカの子となって以来、クリスティアンの主食である。森をうろついてアルの実を齧《かじ》ったり、仲の良い魔獣が狩った獲物を分けてもらったりすることもあるが、大樹の実さえ食べていれば腹は満たされた。甘く柔らかな果肉はたっぷりの果汁も含んでいて、喉の渇きも潤せる。

早起きの魔鳥たちがけたたましくさえずっていても、一人きりの朝はひどく寂しく感じられて、クリスティアンはさっさと実を食べ終えた。果汁でべとべとになった手を舐めて綺麗にすると、剝《む》き出しの胸元にまだ果汁が垂れたままなのも構わず、昨日は捜さなかった大樹の右手の方向へと駆け出す。

…居ない、居ない、居ない…。

風を切って大地を走り回り、木の枝から枝を渡っても、ブランカの白い姿は発見出来なかった。高さも種類も異なる木々が無造作に密集した森は、魔獣たちが戦いの末に木々を倒してしまうことも多々あり、日々変化する複雑な迷路だ。クリスティアンでさえ全てを把握しているわけではない。

ブランカを除けば、一番詳しいのはそのあたりを縄張りにする魔獣たちである。クリスティアンは馴染みの顔を捕まえては尋ね、どんなに小さな道も残らず当たったが、遭遇するのは魔獣だけだった。

「ブランカ！　ブランカ……！」

懸命に叫ぶクリスティアンを、離れたところから一角馬《いっかくば》が窺っている。とても臆病な性質で、クリスティアンの前にも滅多に姿を見せないのだが、常に無く取り乱したブランカの養い子が気になったらしい。近付くべきかどうか迷っていた一角馬は、湿った大地を踏みしめる音が微《かす》かに響くや、発達した後ろ足を跳ねさせて走り去る。

「クリスティアン様…っ！」

木陰からラファエルが息せき切って現れた瞬間、クリスティアンは己の失敗を悟った。自分やラファエルたち以外人間の存在しない森で言葉を使えば、ここに居ると宣伝しているようなものだ。

…こいつが来たせいで…っ！

またざわめき始める胸を宥め、クリスティアンは手近な木の枝に飛び乗った。

ラファエルが現れたから、ブランカはクリスティアンの傍から消えてしまったのだ。いくらブランカに許された人間でも、その喉笛とはらわたを食い破ってやりたくなる。

だが、駄目だ。クリスティアンの本能は、ラファエルがクリスティアンよりも遥かに強いと告げている。

体格で劣るのはラファエル以外の人間たちも同じだが、俊敏さを活《い》かして接近戦に持ち込めば、クリスティアンでも倒せると思う。しかしラファエルの場合は、同じ間合いに入ってしまったが最後、喉笛を食い破るどころか、きっと一瞬で捕らわれてしまうだろう。こうして距離を取っていても、ラファエルの全身から発散される強い者特有の熱気がじわじわと伝わってくる。

対峙《たいじ》する相手の力量を冷静に見極めるのが、戦いの第一歩。そうせざるをえない状況に追い込まれれば別だが、戦っても到底敵わない相手とはまともにぶつからずに逃げるべきだと教えてくれたのはブランカだ。命さえあれば更なる力をつけ、いつか勝利することも出来るのだから。

クリスティアンのあるべき場所はこの森だ。ブランカを見付けて、今までのように一緒に暮らすのだ。ラファエルなどと一緒には行けない。

「…お待ち下さい、クリスティアン様！」

「……っ！」

離れた枝に移ろうと踏ん張った足が、すかっと空を切った。

何が起きたのかもわからないうちにクリスティアンは宙に投げ出され、勢い良く落下する。あまりに突然で、ドードに助けを求める暇も、受け身を取る余裕も無かった。正面から地面に激突しかけたクリスティアンを、逞しい腕が受け止め、救い上げる。

「クリスティアン様……！」

ラファエルは熱い吐息を吐き出しながら、クリスティアンを腕の中に抱き締めた。分厚い胸板と太い腕の隙間から、無惨にへし折れた枝が転がっているのが見える。さっきまでクリスティアンが乗っていた枝だ。すかすかの断面からして、虫に喰われて内側から腐っていたのだろう。いつもならそんな枝に乗るなんてへまはしないものを、ブランカの不在で心が相当弱ってしまっているらしい。

「クリスティアン様、お怪我《けが》は!?　どこも痛くはありませんか!?」

血相を変えて尋ねるラファエルこそ、どこか怪我でもしたのではないだろうか。獣の皮で出来ているらしい胸当て越しに伝わってくる鼓動は煩いくらいに強く、激しい。クリスティアンの背中に回された腕も、密着した身体も、小刻みに震えている。

「…う、…あ…」

同じ人間の体温は初めてのはずなのに、身体がこの熱を覚えている気がした。胸がまたざわめいて、締め付けられたように苦しくなる。

そうだ、ブランカが言っていた。確かこんな気持ちを…懐かしい、というのだ。

「あ…、ら、らふぁー…？」

「っ…、く、クリスティアン様…！」

無意識に唇が動いたとたん、クリスティアンの肩口に温かい水がぼたぼたと落ちてくる。喉を詰まらせ、何度もしゃくり上げながら、ラファエルがその青い双眸から大量の水を流しているのだ。二回りは大きなラファエルに縋り付かれているかのようで、クリスティアンは大きくなる懐かしさに衝き動かされ、筋肉に覆われた背中に手を回す。

「ラファエル様、こちらに…っ」

だが、ラファエルの背後から男たちが次々と現れるや、懐かしさはたちまち警戒に変化した。

クリスティアンを見付けて単独で突進したラファエルを、後から追いかけてきたのだろう。その途中で魔獣と戦闘になったのか、衣や剣を返り血で汚した男たちの中には、あの嫌な空気を纏う赤毛の男も交じっている。

「う……っ」

無防備に晒された喉仏に思い切り噛《か》み付いてやれば、くぐもった呻《うめ》き声が上がり、クリスティアンを拘束する力がほんの少し緩む。その隙に、クリスティアンは獣めいたしなやかな動きでラファエルの腕から逃れた。今度こそ折れそうもない頑丈な枝を引っ掴み、くるりと一回転した勢いを利用してさっきよりも高い枝の上に着地する。

口の中に、血の味が広がる。確実に逃れるため、離れ際に噛み付いた肉をそのまま乱暴に千切ってやったからだ。痛みに喚《わめ》くでもなく、呆然《ぼうぜん》とこちらを見上げるラファエルの喉元は、溢れ出る鮮血で真っ赤に染まっている。

「…っば、化け物…っ」

赤毛の男が嫌悪に頬を引き攣らせる。普通なら聞き漏らしそうなほど小さな囁きを、クリスティアンの耳は逃さなかった。

自分よりも体格で勝る敵の隙を突くのに、急所を

狙うのは当たり前。

あの赤毛だとて手にした剣で魔獣を倒したのだろうに、ただ怪我を負わせただけのクリスティアンを化け物扱いとは、おかしなことをほざくものだ。赤毛以外の男たちも、ラファエルの次くらいに強いだろう黒髪を除いては、赤毛と同じような顔をしている。

こんな者たちに関わっている暇など無い。クリスティアンは一刻も早くブランカを捜し出さなければならないのだ。

昂《たかぶ》っていた心は完全に醒《さ》めた。口元の血を手の甲で拭い、ラファエルが剣を用いても届かない高さの枝に飛び移る。この枝の細さではクリスティアン一人を支えるのがやっとだ。登ってきたくても出来ないだろう。同じような枝を選んでひょいひょいと跳び、渡っていけば、ラファエルたちからはあっという間に遠ざかる。

「クリスティアン、様…っ、お待ち、下さい…！」

「た…、隊長、いけません！」

止めようとする人間など一顧だにせず、ラファエルが一心不乱に追い縋ってくる。不規則に並ぶ木々のせいでまっすぐには進めないのに、すごい速さだ。同じ地上を走っていたら、すぐに追い付かれていただろう。

「私を、思い出して下さったのでしょう!? お怒りは後で、いかようにも受けます。どうか私と一緒にお戻り下さい…クリスティアン様…！」

『ラファー、ラファー…』

ラファエルの悲痛な叫びに、幼い自分が膝を抱えて泣きじゃくる姿が頭の中で重なった。

違う。そんなはずがない。クリスティアンは人間でも、ブランカの子だ。外の人間たちの世界からやって来たラファエルなんて、知らない。覚えているはずがない。

ぎゅっと拳を握り、枝から枝へ跳躍するクリスティアンの上空で、ドードがぎゃっぎゃっと心配そうに鳴きながら旋回していた。

「たっ…、隊長、すぐに手当てを！」

「…私に構わず、オズワルド以外の総員で殿下を追え。気配が辿れるうちに、早く！」

差し伸べた手をラファエルに振り払われると、部下たちは気遣わしげな顔をしつつも命令に従った。その中にはルイスの姿もあるが、昨日あれだけ脅された直後に行動を起こすほど愚かではないだろう。ルイス以外はラファエル自ら選んだハース家子飼いの部下だから、クリスティアンに不審を抱いているとしても、命令は忠実にこなすはずだ。

「これはまた…、手酷くやられたものですな」

いつまでも手当てをしようとしないラファエルを見兼ね、オズワルドが濡らした布で喉元を拭ってくれた。ずくずくと疼く傷口は、鏡が無ければ確認出来ない位置だが、状態はかなり悪いようだ。拭われるたびに痛む。

「このままでいい」

包帯代わりに布を引き裂こうとしたオズワルドを、ラファエルは制した。

「これは、クリスティアン様が私に下された罰だ。治療には及ばない」

トゥランの正統なる世継ぎの王子を、こんな場所で十一年もの間過ごさせた。万死に値する罪だ。クリスティアンが望むならどんな罰でも受けようと、捜索隊が結成された時からラファエルは心に決めていた。

傷口が疼くたび、再会を果たして以来初めてかき抱いた身体の感触が蘇る。武骨なラファエルでは少し力を入れれば壊してしまいそうなほどの細さと、裏腹なしなやかさは、柳の木を思わせた。

雪白《せっぱく》の肌から仄《ほの》かに立ちのぼったのは、香水とも石鹼《せっけん》とも違う瑞々《みずみず》しい甘い香り。ラファーと、幼い頃と同じ愛称で呼んでくれた時には、感動が溢れて頭がどうにかなってしまいそうだった。どんな美女にも靡《なび》かない冷血漢、氷の心臓の主と揶揄《やゆ》した貴婦人たちが今のラファエルを見たら、偽者ではないかと疑うだろう。

「若…、何のためにここまで来たのか、覚えておいでですよう な？」


「…？　当たり前だろう。クリスティアン様を、陛下のおわす王宮へお連れするためだ」

唐突な問いに面食らいつつも応えるが、オズワルドは思案顔で質問を重ねる。

「王太子殿下は、若にとってどのような御方なのですか？」

「我が身命をかけてお仕えする、唯一の主君に決まっている。…何だ、オズワルド。どうして今更そんなわかりきったことを聞く？」

「…いえ、若がまるで恋でもなさっているような顔をしておいでだったので、少々気になりまして」

「は…っ？」


一瞬、ここが危険極まりない魔の森であることも忘れてぽかんとするラファエルに、オズワルドはにっこりと笑った。

「ですが、きちんと義務を自覚しておいでのようで安堵いたしました。老体の戯言《ざれごと》とお許し下さい。…さて、そろそろ我らも参りましょうか」

「あ…、ああ、そうだな」

ラファエルたちが迷わず追って来られるよう、先行した者たちは木々の幹を削り、印を残してくれてある。オズワルドと二人でその印を辿り、魔獣たちを警戒しながらも、ラファエルはオズワルドの言葉を反芻《はんすう》していた。

…恋？　この自分が、クリスティアンに？

まさか、そんなことがあるはずがない。男同士など珍しくもないが、ラファエルはクリスティアンの従順な犬だ。女神の末裔たる王家の、正統なる嫡子《ちゃくし》であるクリスティアンとつがうなど許されるはずがない。加えて、クリスティアンにはいずれは然《しか》るべき名家の姫君を娶《めと》り、跡継ぎを儲《もう》ける義務がある。

誰よりも尊い主君に忠誠と敬愛、そして懺悔《ざんげ》を捧げこそすれ、恋などという俗な欲望を抱いたりするものか。美しく成長した姿を初めて目撃した時、雄の欲望が鎌首をもたげたのは、クリスティアンだとまだ気付いていなかったからだ。

今だって、抱き締めた身体の感触を思い出しては胸が軋《きし》むのは、一度はこの腕に取り戻した主君を取り逃がしてしまったせいだ。そうに決まっている。

クリスティアンに刻まれた傷の痛みを甘美に感じるのは、罰とはいえ、長い間血道をあげて求め続けた主君に与えられたものだからだ。ラファエルの喉笛を噛み切った唇の紅さ、ぎらぎらと輝く生気に満ちた紫の双眸を美しいと思い、白い牙をもっとこの身に喰い込ませて欲しいと望みこそすれ、欲望を覚えるわけがない。

しばらく進むと、密集した木々を切り取ったかのようにぽっかりと開けた空間に出た。その中央には無数の枝を広げた大樹がそびえ、魔獣のうごめく魔の森にありながら神々しく荘厳な空気を醸《かも》し出している。

部下たちは大樹から少し離れた所に集まり、何人かが地面にうずくまっていた。どうやら負傷者が出たらしい。苦痛に呻く負傷者の中には、あのルイスの姿もあった。かなりの深手を負ったのか、片手で右眼を押さえているが、指の隙間からはぼたぼたと鮮血がとめどなく流れ出ている。

ラファエルたちに気付いた部下の一人が駆け寄り、膝をついた。

「何があった？　王太子殿下は？」

「申し訳ございません…！　我らの足では引き離されるばかりで、見失ってしまいました。引き返そうとしたところ、あれが突然襲ってきまして…」

部下が視線で示す先に、全身に矢が刺さり、絶命したドードの死骸が転がっていた。

個体での区別はつけられないが、おそらく昨日クリスティアンの逃亡を助けたあのドードだと思われる。魔鳥は空に在ればその強さを存分に発揮するが、地に落ちれば脅威は半減する。クリスティアンに流れ矢が当たる心配が無ければ、弓を使える。優秀な部下たちはまず翼を弓矢で狙い、落ちたところを見事に仕留めたらしい。

「こちらの方向へ行かせまいとしているようでしたので、探ってみたら、ここに辿り着いた次第です」

「負傷者の数と状態は？」

「六名です。うち二名は軽傷ですが、四名は利き腕や脇腹を負傷し、これ以上の探索は不可能と思われます。特にルイスは右眼を抉《えぐ》られ、すぐに医師の治療を受ける必要があるかと…」

「わかった。では、無事だった全員で負傷者を森の外まで搬送せよ。その後、控えの者と交代し、ここまで誘導するのだ。私とオズワルドはそれまでこの場に留まり、調査する」

「はっ！」

ラファエルの指示に従い、ルイスたち負傷者は森の外へと運び出されていく。あれだけの人数が居れば、負傷者を守りながらでもなんとか外まで辿り着けるだろう。魔獣は強いが、群れて現れることは無いと、ラファエルは既に学習していた。このドードのように連携して応戦すれば、一頭ずつなら充分に撃退は可能だ。

「若、こちらへ！」

先に探索を開始していたオズワルドが、大樹の向こう側から声を張り上げた。急いで行ってみれば、大樹の幹には小柄な人間一人くらいなら充分に寝転がれそうな大きさのうろが開いている。

「これは…」

ラファエルはうろの中を覗き込み、はっとする。まるで寝台のように盛り上がった苔の上に被せられた布が、クリスティアンが纏っていたものととてもよく似ているのだ。しかも、狭い空間には覚えのある匂いが充満していた。忘れもしない、クリスティアンの匂いだ。

「…魔獣の棲み処とは思えませんな。ずいぶんと素朴ですが…これは、人間の生活の跡だ」

「ああ…。クリスティアン様だ。クリスティアン様は、ここでお休みになっていたのだ…」

ラファエルは震える手で布を掬い取り、クリスティアンの匂いを存分に吸い込んだ。まだ血が止まりきっていない喉の傷がずくりと疼く。まるで、クリスティアンがすぐ傍に居て、手ずからラファエルの手綱をぐいぐいと引っ張り、与えてくれた傷を抉ってくれているようだ。

恍惚《こうこつ》とする一方で、ラファエルは冷静に状況を整理していた。

まだ六歳と幼かったクリスティアンが生活の基盤を築けたはずもない。魔獣たちに喰われずに済んだのは、いかな魔獣といえど女神の末裔を喰うのは躊《ため》躇《ら》われたのだろうという理由が付けられるが、言葉も操れない魔獣に人間の…それも最上の生活をしてきたクリスティアンの世話など到底無理だ。魔獣たちではない何者かがこの安全な寝床や食料を与え、庇護《ひご》してきたと考えるのが妥当である。

だが、危険極まりない魔の森で、一体誰が無力な幼子を十一年もの間守ってきたというのか。かいもく見当もつかない。

反対に、はっきりしたこともある。

クリスティアンに使役されていたドードが部下たちを襲ったのは、ここに立ち入らせたくなかったからだろう。つまり、クリスティアンは定期的にここを訪れ、短くない時間を過ごしているのだ。もしかしたら毎晩、この大樹の寝台で休んでいるのかもしれない。

比類無き剣の腕を誇るラファエルでも、木々の上を自在に跳び回るクリスティアンを無傷で捕らえるのは難しい。部下たちと連携し、囲んでから捕獲しようにも、密集する木々が邪魔をする。

だが、クリスティアンが確実に現れる場所を前もって把握出来ていれば話は別だ。気付かれないよう細心の注意を払って罠《わな》を張ればいい。あの獣のように純粋で獰猛なクリスティアンは、人間の用いる狡《こう》猾《かつ》な罠の存在など知るよしも無いだろう。

「お許し下さい、クリスティアン様…」

主君を罠にかけるなんて、守護騎士の風上にも置けない卑怯《ひきょう》な振る舞いである。しかし、もうそれ以外に手段は残されていない。ボルドウィン侯爵一派は万が一クリスティアンが戻った場合に備えて様々な手段を講じているはずだ。最悪の場合、アレクシスをどこかに幽閉し、適当な王族を傀儡《かいらい》に担ぎ上げかねない。

アレクシスは父アーサーとその部下たち、数少ない国王派の貴族たちが守っているが、ボルドウィン侯爵も多くの私兵を抱えている。二つの勢力が正面からぶつかれば、トゥランは内乱状態に陥るだろう。時間がかかればかかるほど、事態はトゥランにとってもクリスティアンにとっても悪い方向へ転がってしまう。だから、この好機を逃してはならないのだ。

それにしても、広く危険に満ちた森の中、予想よりも遥かに短時間で任務を達成しつつあるとは、出立前には考えられなかったことだ。あのドードも、クリスティアンにとって最も有害な人間を狙い撃ちしたようにも思える。もしクリスティアンを罠に嵌《は》めて捕らえ、森の外に運ぶ時にルイスが居合わせたなら、何をしでかすかわからない。

まるで何者かが、クリスティアンを円滑に森から送り出そうとしているかのようだ。

……だが、一体誰が？

疑問を抱きつつもオズワルドに指示を飛ばすラファエルを、大樹の上から白い獣がじっと見下ろしていた。


ふと小さな揺れを感じ、クリスティアンはもぞもぞと寝返りを打った。心地良く眠っていたのを邪魔されて苛立《いらだ》つが、僅かに引き攣った頬を撫でてくれる温もりが、すぐにまた眠りに誘ってくれる。

…ああ、温かい…。

全身の疲労が、優しい温もりに溶けていく。このまま眠りに身を委ねてしまいたいのに、深く寝入ろうとしたのを見計らったようにまた揺れを感じた。さっきよりも大きなそれに、ぼんやりとしていた意識が引き戻され、異常を訴える。

ひどく苦労して、ようやくうっすらと開いた目に飛び込んできたのは、太陽にも負けない輝きを放つ黄金。どうしても触れたくて一生懸命手を伸ばすが、異様に重たい腕はちっとも動いてくれない。

「う…、あ…」

「…クリスティアン様？　お目覚めになったのですか？」

もどかしさに呻いた時、覚えのある声が頭上から降り注いだ。

心配そうに覗き込んでくる鮮やかな青い双眸が眠気を一気に吹き飛ばし、クリスティアンはもがいた。

しかし、自分では必死に手足を動かしているつもりでも、実際には生まれたての雛のようにぶるぶる震えているだけだ。

気色悪い感覚に、吐き気がこみ上げた。だが、ラファエルの膝の上に乗せられ、しっかりと抱きかかえられている状態で、じっとしてなどいられない。

クリスティアンは眠りに落ちる前のことを、無我夢中で思い返した。

昼間、ラファエルの部下たちが追ってくるのには気付いていたが、しっかり捲《ま》いてやった。それからまたブランカを捜して、結局見付けられず、陽が暮れてから大樹の寝床に戻ってきたのだ。へとへとに疲れていた身体は休息を求め、横たわると同時に眠ってしまったが、ブランカ以外の者が近付けば、いつものクリスティアンならどんなに深く寝入っていても目覚めたはずだ。それがラファエルたちなら、尚更である。

なのに何故、むざむざと捕らわれてしまったのだろう。つるつるとした白い壁で囲まれた四角く狭い空間は、大樹のうろの中ではありえない。さっきから身体が揺れるのは、この四角い空間ごと外から揺らされているせいだ。もがくたびに胃の中身が攪拌《かくはん》され、吐き気はいっそう酷くなる。

「クリスティアン様、どうか気をお鎮《しず》め下さい。ここは陛下が用意して下さった馬車の中で、王宮に向かっている最中です。何も危険はありません。クリスティアン様…っ、どうか、どうか…っ」

「うっ…、ふーっ！」

背中をさすろうとした腕に喰らい付いてやるが、ラファエルは僅かに眉を顰《ひそ》めるだけで、痛手を受けた様子は無い。ぎりぎりと歯を喰い込ませながら睨み付けてやれば、痛みに耐え兼ねて放すどころか、いっそう強く抱き込まれた。力が入っていないせいかと思ったが、クリスティアンの鋭い前歯と犬歯は確かにラファエルの衣を突き破り、肉に喰い込んでいる。口の中に広がる微かな血の味がその証拠だ。

「どうかお鎮まりを…だまし討ちでお連れした罰は、後でいかようにも受けます。走行中の馬車で暴れられれば、クリスティアン様がお怪我をされてしまいます。どうか今だけはご辛抱を…！」

その気になれば容易《たやす》く振り払えるはずなのに、ラファエルはただひたすら言葉だけでクリスティアンを宥めようとする。

噛み付かれたら食い殺すのが魔獣の…クリスティアンの常識だ。

そうするだけの力を持ちながら、何故ラファエルは抵抗もせず、甘んじてクリスティアンの攻撃を受け容《い》れるのか。青の瞳を苦痛ではなく悲しみに歪《ゆが》ませるのか。わからない。ラファエルが、人間という生き物がまるで理解出来ない。

「…どうやら、眠り香の効き目が切れかかっているようですな。かなり多めに焚《た》いたはずなのですが…仕方ありません。若、これを」

向かい側に座していた黒髪の男が、ラファエルに液体で満たされた小さな丸い器を差し出した。微かに漂う奇妙に甘い匂いが記憶に引っかかる。

そうだ、確か眠りに落ちる寸前にもこの匂いがした。嗅《か》いだことの無い匂いに違和感を覚えたが、強い眠気には抗《あらが》えなかったのだ。

「眠り香に使われる薬草から、成分を抽出した薬酒です。香の状態よりも効き目は強く、今飲ませてしまえばしばらくはお目覚めにならないかと」

「うっ…あ、があっ！」

ラファエルたちはクリスティアンの自由を奪い、森から連れ出しただけでは飽き足りず、また妙なものを飲ませ、強制的に眠らせようとしている。

激しい怒りが脳内を突き抜け、全身を戒める気だるさの鎖は砕け散った。

クリスティアンは森の王、ブランカの子だ。誰にも支配されない。意に反した仕打ちを受けるくらいなら、自分の血を流し、相手の血を啜《すす》ることになろうと抵抗するのみだ。

力の入らない四肢を気力で強引に従わせ、ラファエルの鳩尾《みぞおち》に肘鉄をめり込ませる。うっと小さく呻いたところで更に強く歯を突き立ててやれば、背後から抱きすくめる腕がとうとう解けた。ラファエルの足を力任せに踏ん付けるついでに踏み台にし、天井すれすれに跳び上がる。

「な…っ!?」

『邪魔を、するなっ！』

怒りに満ちた叫びは声にはならなかったが、しっかりと伝わったようだ。とっさに顔面を防御する黒髪の男の手を、クリスティアンは落下する勢いを利用して強《したた》かに殴りつけた。狙い通り、忌々《いまいま》しい器は叩き付けられた衝撃で中身ごと粉々に砕け散る。

「く…っ、クリスティアン様！」

『出せっ！　ここから出せっ！』

クリスティアンの勘では、両側の壁にある扉から外に出られるはずだ。クリスティアンは割れ目に設置された取っ手を摑み、あらん限りの力でがたがたと揺らした。しかし、すぐに背後から伸びた逞しい腕に引きずり戻されてしまう。

『放せっ！』

人間は愚かだが、牙や爪ではなく、言葉で意志疎通を果たし、争いを避けることも出来る理知的な生き物でもある。クリスティアンも人間である以上、同じ人間に対しては力ではなく言葉を用いなければならない。

そんなブランカの教えなど、とうに消え去っていた。クリスティアンの意志を無視し、狭い場所に閉じ込める輩《やから》は同族でも何でもない。ただの敵だ。

再び抱きすくめようとする腕の中で、クリスティアンはめちゃくちゃに暴れ、手の甲や指、手首など、目につく部分には片端から噛み付いた。

骨のついた生肉を喰らい、硬い果物にもそのままかぶりつくクリスティアンの牙は鋭利な凶器だ。ラファエルの手には瞬く間にいくつもの傷が刻まれ、血に染まるが、ラファエルは自分のことなどまるで構わない。荒ぶるクリスティアンを腕に閉じ込め、逞しい胸板に顔を押し付けさせる。

「オズワルド、薬酒をもう一杯！」

「はっ！」

硬い革の胸当てに阻まれては、クリスティアンの牙もなかなか通らない。背中や筋肉で盛り上がった二の腕に爪をたて、容赦無く引っ搔いてやっていると、ぐいっと顔を仰向けられた。吐息が触れるほど近くにある双眸の青さに息を吞《の》むや、血に染まった紅い唇にラファエルのそれが重ねられる。

「ううっ、…う、ぐぅ！」

ラファエルの唇は、凶暴な魔獣を怯えさせるほど強い男のものとは思えないくらい柔らかく、肉厚で、熱を帯びていた。

思いがけない感触に驚き、うっすらと開いたクリスティアンの唇の隙間に、どろりとした液体が流し込まれる。さっきのあの薬酒だと直感したが、吐き出そうとしたのを見計らったようにラファエルの舌が入り込んできた。

とっさに前歯を突き立ててやっても、ラファエルは怯《ひる》みも呻きもしなかった。呼吸が出来なくて息苦しい。深い口付けの際には鼻から呼吸をすればいいのだという知識など、クリスティアンにあるわけがなかった。僅かな血の混ざった薬酒が喉を伝い、ついにクリスティアンの胃に収まると、強烈な眠気が襲ってくる。

『ブランカ……』

クリスティアンがあれだけ捜したのに、ブランカは何故姿を現してくれなかったのだろうか。ラファエルと共に行くのがクリスティアンの幸せだと、本当に思っているのだろうか。クリスティアンはおかしな薬で捕獲され、無理矢理引きずられていくところだというのに…。

「う……、ぅ…」

許さない。クリスティアンの意志を無視し、屈服させるなんて、絶対に許さない。この爪と牙で、必ず報いを受けさせてやる。

睡魔に押し潰される最後の瞬間まで、クリスティアンの闘志は猛《たけ》り狂っていた。


…この方は…まるで気高い野生の獣だ…。

ラファエルは驚嘆に目を瞠《みは》りながら、クリスティアンを横長の座席に横たえた。アレクシスが王太子のために用意した馬車は、外観こそ悪目立ちしないよう質素だが、中は王族に相応しく豪奢に設《しつら》えられている。小柄なクリスティアンなら充分に手足を伸ばせる。

「クリスティアン様…、申し訳ありません…」

床に跪き、安らかとは言い難い寝顔に頭《こうべ》を垂れる。

大樹のうろに仕掛けておいた眠り香は、魔獣への備えとして用意されていただけに効果が強い。王宮まで約一日、眠ったまま連れて行けるはずが、まさか途中で目を覚まされるとは思わなかった。

あのまま暴れ続けていては怪我をさせてしまう恐れがあったからより強い薬酒を使ったが、薬の類《たぐい》には不慣れそうなクリスティアンだ。きっと悪夢に苦しめられているのだろう。ラファエルに牙を剝いている間も悪かった顔色は、今は紙のように白い。

「…若、これを」

外の部下と話し終えたオズワルドが、銀色に光る手枷《かせ》と足枷を差し出した。捕虜の逃走防止に用いるものだ。それぞれ鎖を取り付けて、捕虜を繫ぐことも出来るようになっている。

「…まさか、これをクリスティアン様に使えと言うのか？」

「不敬に当たることは、私も重々承知しております。ですが、王太子殿下は薬が効き辛い体質であられるご様子。もし再び目を覚まされても、そう何度も薬酒を飲ませるわけには参りません。万が一、走行中の馬車から落ちたりされたら、軽傷では」

「必要無い」

オズワルドにみなまで言わせず、ラファエルはきっぱりと断言した。

「クリスティアン様には私が付いている。もし目覚められたら、誠心誠意お詫《わ》びした上で状況を説明し、お立場をわかって頂くつもりだ」

「若…本気で仰《おお》せなのですか？　今の王太子殿下は、在りし日とは別人になっておいでです。若のことはおろか、我らの言葉さえ理解していらっしゃるかどうか。若のお怪我も増える一方ですぞ」

「ならば、理解して頂けるまで尽くせばいいだけのことだ。クリスティアン様がこのようになられたのは、全て我らの…いや、私の咎《とが》だ。この程度の傷など、罪滅ぼしにもならない」

自ら一流の剣の使い手に育て上げたラファエルが、戦場でもないのに傷だらけになっていくのが、オズワルドは口惜しくもあるのだろう。

だが、ラファエルはあちこちに刻まれた傷の存在が嬉しかった。

どれもこれも、クリスティアンが付けてくれたものだ。クリスティアンがラファエルの存在を認識してくれたからこそ、これらの傷があるのだ。間諜がもたらす真偽も定かではない手がかりを頼りに、ラファエルの助けを求めるクリスティアンの幼い顔だけを灯《あか》りとして、長い闇夜を歩き続けた十一年の苦しみも、この甘美な痛みに溶かされていく。

ラファエルに噛み付いてきた真珠のように白い牙。貴婦人の胸元を飾るダイヤよりも魅惑的にぎらぎらと輝く紫の双眸。

絡めた舌から血の味を感じた時には、背筋が喜びにわななないた。ラファエルの一部がクリスティアンの中に入ったのだと有頂天になり、薬酒を飲ませる手段でしかないはずの口付けに酔いしれた。

クリスティアンはなんて慈悲深く、優しい主君なのだろう。務めを果たせなかった愚かな守護騎士を、自ら罰してくれるなんて。手綱の代わりに、牙で繋いでくれるなんて。罪深いラファエルの血で、その手を、唇を染めてくれるなんて。

手枷や足枷など、必要無い。ラファエル自らが枷となればいいのだから。いざという時にはこの身でクリスティアンを包み込み、存分に喰らってもらう間に王宮に到着すればいい。

ラファエルの本気を感じ取ったのか、オズワルドは渋面で拘束具を引っ込めた。

「…わかりました。ただし、お怪我の治療だけはきちんとなさって下されよ。みなに悪影響を与えてしまいますからな」

クリスティアンに与えてもらった罰をおこがましくも治療するなんて、言語道断だ。オズワルドの提案を一蹴《いっしゅう》しかけたラファエルだが、すぐに考え直した。

配下の騎士たちは、魔の森でのクリスティアンの振る舞いを見せ付けられ、口にこそ出さないものののあれが本当に王太子殿下なのかといぶかしんでいる。

軍医の治療も甲斐無く右眼を失明したルイスなどは、負傷者を収容した馬車の中で『アレは魔獣どもの仲間だ』と喚き散らしているそうだ。ラファエルが傷を剝き出しのまま現れれば、彼らのクリスティアンに対する疑念はいっそう強くなってしまうだろう。

治療を済ませた頃、前方から騎馬兵の一団が出現した。ボルドウィン侯爵の襲撃かと緊張が走ったが、礼儀に則《のっと》りラファエルに対面を申し入れてきたのは、父アーサーと共にアレクシス王を守る顔馴染の近衛騎士。数少ない味方である。

「まさか、陛下の御身に何か…？」

森を出立する前に、ラファエルはアレクシスに早馬を走らせておいたのだ。ラファエルの懸念を、騎士は朗らかな笑顔で否定した。

「国王陛下におかれましては、王太子殿下ご存命の一報を非常にお喜びになり…おん自ら迎えに出向きたいと仰せになるのを、ハース卿《きょう》が懸命に止め、代わりに我らを差し向けられた次第です」

「ははあ…何とも陛下らしい…」

さもありなん、とオズワルドが顎髭《あごひげ》を撫でながら頷く。

亡き王妃ユーフェミアと熱烈な恋愛の末に結ばれたアレクシスは、王侯貴族には珍しいほど情熱的な性格で知られているのだ。女神の末裔の直系という至高の地位にあるにもかかわらず、何事も自ら動いて当たろうとするので、アーサーはいつも振り回されている。きっと今回も、愛しい我が子を意気揚々と迎えに行こうとするアレクシスを、相当な苦労をして思い止《とど》まらせたのだろう。

「セドリック王子のご容体は？　侯爵たちはどうしている？」

「王子は相変わらず高熱に魘《うな》され、意識も取り戻されないままです。ニーナ王妃が付き切りで看病されています。侯爵には今のところ、何の動きもありません」

騎士の返答は、ラファエルに安堵をもたらしはしなかった。

　王太子生還の一報はボルドウィン侯爵にも届いたはずだ。クリスティアンが王宮に戻れば、セドリックの生死に関係無く、次代の王の外戚になるという野望は潰《つい》える。更には、娘と共に王太子誘拐の罪を問われるかもしれないのだ。捜索隊に潜り込ませたルイスたちが失敗したのも悟っているだろうに、あの傲慢で短絡的な侯爵が地位を守るために何の手も打ってこないのは不気味すぎる。もしかしたら、王都に入る直前でクリスティアン一行を襲撃する算段かもしれない。

　アレクシスも同様に考えたからこそ、これだけの騎士を護衛に遣わしてくれたのだろう。本当なら自ら我が子を守りたかったのだろうアレクシスの分まで、ラファエルは奮闘しなければならない。

　頼もしい味方を加え、一行は進行を再開した。護衛に囲まれた馬車の外にオズワルドを出してから、ラファエルは眠り続けるクリスティアンの傍らにぬかずく。

「…クリスティアン様、無礼をお許し下さい」

　何度も詫び、そっとクリスティアンの衣を剝いでいく。

　仮にも王太子ともあろう者が、非常事態とはいえ、素肌も露な薄衣一枚だけの格好で王宮に入るわけにはいかない。身分に相応しい出で立ちでなければ、クリスティアンの名誉に関わる。

　絹とも麻ともつかない不思議な素材の衣を脱がすのは簡単で、すぐにクリスティアンは生まれたままの姿になった。

　無防備に晒されたしなやかな裸身の眩《まぶ》しいまでの白さに、ラファエルはごくんと息を吞む。自然に視線が吸い寄せられるのは、その中心で項垂《うなだ》れる無垢な性器だった。

　クリスティアンは本来ならとうに経験豊かな伽役《とぎ》があてがわれている年齢だが、魔獣たちが徘徊《はいかい》する森では人間の女性を相手にする機会など一度も巡ってこなかっただろう。ろくに使い込まれていない…ひょっとしたら自慰すらあまり経験していないかもしれない、穢《けが》れを知らぬ薄紅色の性器は、ラファエルと同じ持ち物とはとても思えなかった。

　湯あみなど望むべくも無かっただろうに、嫌な臭いは微塵《みじん》もしない。むしろ甘く芳しい匂いだ。吸い込めば吸い込むほど恍惚となる。匂いだけでは物足りず、その根源たる性器を…否、甘い果実を食《は》んで、じっくりと味わいたくなる。

「……っ」

　鼻先を柔らかな毛先がくすぐり、ラファエルは弾かれたように仰《の》け反《ぞ》った。

　自分の行動が信じられなかった。あろうことか、ラファエルはクリスティアンの股間に鼻先がくっつく寸前まで接近し、その匂いを堪能していたのだ。まるで、長い間お預けを喰らった犬が、卑しくも餌《えさ》の匂いを嗅ぎまくるかのように。

　喉がからからに渇いている。クリスティアンに与えてもらった傷が熱を孕《はら》んで疼いた。

　もし今我に返らなかったら、柔らかそうな二つの袋に鼻先をふにふにと埋め、ラファエルのものに比べたら随分と小さく愛らしい先端に吸い付いていただろう。犬の立場で王族の身体に触れることすらおこがましい。幼いクリスティアンが抱き付いてくれたり、跨ってくれたのすら恐れ多いことだったのだ。妃や側妾《そくしょう》でもないのに尊い性器をしゃぶろうなんて、斬り捨てられても文句は言えない。

　いや、クリスティアンなら剣など用いず、あの真珠色の鋭い牙で喉笛を嚙み切ってくれるに違いない。薬酒の効果が切れれば、きっと今すぐにでも。卑怯なだまし討ちを受けようと、罠ごと食い破り、己の矜持《きょうじ》を貫き通そうとする気高い孤高の獣…それがクリスティアンなのだから。

「…愚かな。何を考えているのだ、私は…」

　ラファエルは小さく頭を振り、埒《らち》も無い妄想を追い出した。

クリスティアンは由緒正しいトゥランの王太子だ。ラファエルを始めとした数多の臣下にかしずかれ、いずれはアレクシスから受け継いだ玉座に君臨する。それこそがあるべき姿なのだ。

　そして、獣と化したクリスティアンを身分に相応しい貴公子に戻すのは、ラファエルの役割だ。クリスティアンが孤高の獣のままでは、守護騎士など必要無い。ラファエルは傍に置いてもらえない。野に放ったが最後、ラファエルなど見向きもせずに森へ帰ってしまう。そんなことになったら、二度とこの卑しい身を美しい牙で貫いてもらえない。手綱を引いてはもらえない。

　自分の思考が危険な方へ向かっているのに気付かぬまま、ラファエルは黙々とクリスティアンに衣装を着せていった。

　王宮を発つ際、アレクシスが持たせてくれたものだ。捜索隊が結成され、出立するまでの僅かな間に、王宮のお針子を総動員して寸法の異なる衣装を何着も誂《あつら》えさせたのである。生き別れになって久しい我が子がどのように成長しているか、わからないからと言って。クリスティアンを想うアレクシスの深い親心の表れだ。クリスティアンはトゥラン人にしては小柄だが、幸い、用意された衣装の中に寸法が合うものがあった。

　白の綾絹《あやぎぬ》に銀糸の縫い取りが施された衣装を纏ったクリスティアンは、瞼を閉ざし、無防備に四肢を投げ出していながらも、侵しがたい気品を漂わせている。伸び放題の髪を短く整えれば、この人が魔獣たちに交じって森を駆けまわり、馬車の中で暴れる姿など誰も想像出来ないだろう。万が一怪我を負わせてしまうかもしれない可能性を考えれば、揺れる車中で髪を切るのは躊躇われたのだ。

「…ああ…、クリスティアン様…」

　感動に打ち震え、ラファエルは眠れるクリスティアンの手を恭《うやうや》しく押し戴《いただ》いた。

　長く尖った爪が鋭利な凶器になるとわかっていて

も、溢れ出る懐かしさと愛《いと》しさを止めることは出来なかった。クリスティアンが獣から人間に戻り、ラファエルの傍に帰ってきてくれたように思えたのだ。

実際はラファエルが卑怯にも眠らせている間に着替えさせたのであり、クリスティアンの意志など微塵も介在していない現実など、頭から消えていた。

「もう二度と私の前から消えたりなさらないで下さい。貴方を再び失ってしまったら、私は…私は…」

クリスティアンを捜し続けた十一年間。様々な場所、様々な国々を巡る間に、命の危機に遭遇したことは数知れない。

諸国に悪名を轟《とどろ》かせている盗賊団がクリスティアンによく似た子どもを誘拐したらしいと聞いた時には、僅かな手勢と共に隠れ家に乗り込み、盗賊団は壊滅させたものの満身創痍《そうい》になった。侯爵が放った暗殺団に追い詰められ、死にかけたこともある。

それでも、ラファエルは一度として死の恐怖に怯えはしなかった。クリスティアンを救い出さずして、どうして死ねようか。ラファエルが死ぬとしたら、クリスティアンがそうと望んだ時だけだ。ただその一念で死中を生き延びた。

けれど、求め続けたクリスティアンを取り戻した今、この人が再び消えてしまったらと想像するだけで、目の前が絶望で真っ暗になる。恐怖で身が竦み、ひとりでにがたがたと震えだす。いっそ今すぐ深い眠りから目覚めさせて、一生この身に牙を立てていて欲しくなる。

王都到着の報告がもたらされるまで、ラファエルはクリスティアンの手を放さなかった。


数日ぶりに戻った王都は、出立前とは明らかに様子が異なっていた。ボルドウィン侯爵一派が我が物顔で歩き回っては無体《むたい》を働くため、庶民の誰もがひっそりと息を潜めるようにしていたのが、王宮に続く大路に押し寄せ、歓喜の声で一行を出迎えたのだ。

「王太子殿下、万歳！」

「お帰りなさい、王太子殿下！」

ゆっくりと進む一行に、みなが笑顔で手を振り、精一杯着飾った若い娘たちは祝福の白い花びらを撒いた。あまりに多くの人々が一目でも王太子の帰還を見届けようと殺到したため、一部の騎士が急遽《きゅうきょ》警備に駆り出されたほどの混雑ぶりだ。

ボルドウィン侯爵が手を出し辛くなるよう、王太子生還の一報はアレクシスから全国民に向けて布告されたと聞いてはいたが、強制されたわけでもないのにこの人数と熱狂はすさまじい。侯爵の専横に苦しめられている人々は、それだけ多いということなのだろう。逆に、今まで侯爵の傘下で甘い汁を吸ってきた者は、遠くから戦々恐々と一行を見守っているはずだ。

幼くしてかどわかされた悲運の王太子が、絶望的な苦境を乗り越え、守護騎士を従え帰ってきた。侯爵に虐《しいた》げられた人々にとって、クリスティアンはお伽話に登場する正義の王子そのものであり、救いの光であった。

もしクリスティアンが馬車の窓から少しでも亡き母親そっくりの顔を覗かせ、笑みを浮かべでもすれば、人々はますます沸いただろう。公爵令嬢という高貴な出自を少しも鼻にかけず、親しく民と交わり、慈善を施したユーフェミアはその美貌もあいまって未だに絶大な人気を誇っているのだ。…仮にクリスティアンの意識があっても、今の状態で民にお披露目するわけにはいかないのだが。

民たちの歓声やどよめきで目を覚ましはしないかとひやひやしたが、幸いにもクリスティアンが眠ったまま王宮に到着出来た。

「ハース殿、よくぞご無事で戻られました。見事、悲願を果たされたよし。感服いたしましたぞ」

王宮の入り口で一行を迎えたかくしゃくたる老人は、王族の日常を差配する侍従長だ。先王の時代より王家に仕え、アレクシスの養育係も務めた侍従長は、王宮内で信頼の置ける数少ない人物である。

「陛下が王の間にて王太子殿下のご到着を今か今かとお待ちかねでいらっしゃいます。王太子殿下におかれましては、お疲れとは存じますが、御対面の御仕度《したく》をさせて頂きたく」

「侍従長殿、それが…」

侍従長はクリスティアンのために多くの女官や侍女を引き連れている。侍従長だけならまだしも、誰が聞いているとも知れない場所で、クリスティアンの状態について説明するわけにはいかない。

聡明な侍従長は、ラファエルが言葉尻を濁しただけで何か事情があるのだと察したようだった。女官たちを目配せ一つで下がらせ、配下の侍従を使いに走らせる。

「それでは、こちらへ。王太子殿下のお部屋を整えてございます。陛下には、後ほどそちらにおいで下さるよう連絡いたしましたので」

「心遣い、痛み入る」

ラファエルはオズワルド以外の部下を一旦解散させ、外から鍵《かぎ》までかけておいた馬車の扉を開けた。まだ目覚める気配の無いクリスティアンの姿にほっと安堵し、無防備な身体を抱え上げる。

「若、私が…」

「いい。クリスティアン様は私がお連れする」

オズワルドが代わろうとするのを断り、再び侍従長の元に戻る。ラファエルの腕で眠るクリスティアンを目の当たりにした侍従長は、皺《しわ》に埋もれた目をカッと見開き、みるまに涙を溢れさせた。

「お、おお…、殿下…なんと、亡きユーフェミア様にそっくりであられる。紛れも無く、王太子殿下…よくぞ、生きていて下さった。これで陛下も、トゥランも救われる…」

「…侍従長殿。セドリック王子の容体に、変わりは無いのか？」

「はい。熱は下がる気配すら無く、日に日に弱っておいでです。侍医が手を尽くしてはおりますが、なにぶんまだ幼いため、そろそろ体力も限界を迎えるのではないかと…」

クリスティアンが失踪した後、セドリックは王の残された唯一の子として大切に育てられた。王族の男子の嗜《たしな》みである剣術も『危険だから』とニーナ王妃が習わせず、安全な王宮内で数多の召使いにかしずかれ、従順な良家の子息を遊び相手に成長したのである。その結果、セドリックは十一歳にして鼻持ちならない傲慢な少年になっていた。

アレクシスにとっては政略結婚で無理矢理娶らされた妃の産んだ子だが、我が子に変わりはない。なんとか王族に相応しい男子になるよう懸命に導こうとしたものの、ボルドウィン侯爵とニーナに阻まれてしまった。セドリックがアレクシスの薫陶《くんとう》を受けてまともな王族になっては、いずれセドリックを無能な傀儡《かいらい》として権力を振るいたい侯爵には都合が悪かったのだ。

セドリックが原因不明の重い病に倒れ、ニーナが己の罪を告白した時、侯爵は錯乱した末の妃の戯言と言い張り、決して罪を認めようとはしなかった。ニーナの自白だけが証拠である以上、獄に繋ぐわけにもいかず、侯爵たちは公式には未だに罪に問われてはいない。

表向き、王宮の権力図には何の変化も無いように思われた。

だが決してそうではないのだと、ラファエルは王宮に踏み込んですぐに悟った。セドリックがニーナと共に住まう西翼がやけに静かなのだ。いつもなら王妃たちのご機嫌伺いの貴族で賑《にぎ》わっており、セドリックが倒れてからは見舞い客が引きも切らずに訪れていたのに。

「ハース殿が出立されてより、少しずつ減ってはいたのですが…昨日からぱったりとどなたもお見舞いにいらっしゃらなくなりました」

「…なるほど。日和見《ひよりみ》の者たちらしいな」

ラファエルが出立する前は、クリスティアンは魔の森で死亡していると考える者が殆どで、女神が十一年も経った後に罰を下しているなど、誰も本気にはしなかった。大陸中から高名な医師や薬師たちが金に糸目をつけずに呼び寄せられているのだから、セドリックが病から回復する可能性もある。そうなれば、侯爵はニーナの自白を戯言で押し通し、孫を王太子の座に据えるだろう。その時に備え、日和見の貴族たちはアレクシスに同情の言葉を述べる一方で、侯爵に擦《す》り寄り続けた。

だが、クリスティアン生還の一報は全てをくつがえした。

あの幼く小さな王子が、魔獣の棲み処で生きていたのだ。女神の加護があったとしか思えない。ならば、セドリックの病がどんな薬師でも治せないのは、やはり女神の罰だからに違いない。何の罪も無い王太子を脅かした者たちに、女神は怒っているのだ。

トゥランの民にとって、王族の祖であり、大地に豊饒をもたらす女神は特別な存在である。あの不遜極まりない侯爵が邪魔なアレクシスを一思いに弑《しい》してしまわないのは、アレクシスが女神の直系の子孫だからだ。ニーナでさえ、女神の怒りを恐れ、憎くてたまらないクリスティアンを直接殺さず魔の森に放置させるという手段を取った。ただ侯爵の威光に縋りたいだけの貴族たちが、女神の怒りの巻き添えを恐れ、退散するのは当然の流れだ。

クリスティアンを抱く手に、無意識に力がこもった。

庶民は勿論、侯爵の専横によって地位を追われた者たちまでもが、クリスティアンの存在を頼りにするだろう。この小さく軽い身体にかかった期待と責任は、一体どれほど重たいのか。物心ついてすぐ王宮から離された王太子には過ぎる負荷だ。

——私が居《お》ります。

心の中で、眠るクリスティアンにそっと囁きかける。

——いついかなる時も私がお傍に侍《はべ》り、支えます。

もう二度と、誰にも貴方を脅かさせはしません。ですからどうか、お逃げにならないで下さい。貴方の居場所は、ここなのですから…私以外に、貴方に手綱を握って頂く犬など、居ないのですから…。

斜め後ろを歩くオズワルドの気遣わしげな視線にはとうとう気付かないまま、ラファエルは王太子の部屋に通された。

侍従長の気遣いだろう。優しい色彩で纏められた広い室内に、侍女の姿は無い。

クリスティアンが失踪した後も、アレクシスはセドリックに明け渡せというニーナの願いをはねつけ、クリスティアンがいつ戻ってもいいよう室内を整えさせている。

「只今、陛下をお連れします」

言い置いた侍従長が退出してすぐ、ばたばたと慌ただしい足音が近付いてきた。

ラファエルとオズワルドが膝をつく間も無く扉が開き、アレクシスが飛び込んでくる。この早さからして、すぐ近くで今か今かと待ちわびていたのだろう。

「クリスティアン……！」

アレクシスはクリスティアンの横たわる寝台に駆け寄るや、糸が切れたかのように座り込んだ。王が跪くなど、亡きユーフェミアに求婚した時以来ではないだろうか。

「…お…お、女神よ…よくぞ我が子をお守り下さった。よくぞ無事で、我が手に戻して下さった…！」

嗚咽《おえつ》する無防備な背中を、影のように付いてきた騎士が守る。ラファエルの父、アーサーだ。息子と目が合うと、よくやったとばかりに頷いてみせた。

「陛下…」

傍に跪くと、アレクシスは潤んだ眦《まなじり》を擦りながら振り向いた。微笑みを浮かべる顔は、既に父親から王へ変化している。

「おお、ラファエル。そなたもよくやってくれたな。…して、クリスティアンはどのような状態なのだ。

侍従長によれば、何やら込み入った事情があるようだな」

「は…、それが、大変申し上げにくいのですが…」

「構わぬ。仔細を漏らさず述べよ。……あの魔の森で生き延びてくれたのだ。何があっても驚かぬ」

アレクシスの命に従い、ラファエルはこれまでの経緯を偽らずに説明した。

魔の森でクリスティアンが何者かの庇護を受け、魔獣たちを手懐けていたこと。ラファエルを思い出すどころか敵意を剝き出しにされ、攻撃された挙句《あげく》逃げられたこと。もはや言葉での説得は不可能と判断し、眠り香で強制的に眠らせ、連れ帰ったこと。

黙ったまま耳を傾けるアレクシスの表情が、だんだん曇っていく。

「おそらく、クリスティアン様の御心は今、人よりも獣に近いのだと思われます。私の名を口にはされましたが、人の言葉をすっかり忘却され、理解されていない可能性もあります。陛下の…父君のことも、おわかりにはならないかと…」

「…そうか…」

「…申し訳ございません！　全ては我が身の不徳の致すところ。いかなる罰も受ける所存ですが…厚顔を承知でお願い申し上げます。どうか、守護騎士の任だけは解かないで頂きたく…伏して、お願い申し上げます…！」

ラファエルは鍛え上げられた身体を投げ出すようにしてぬかずき、額を床に擦り付けた。

クリスティアンの今の境遇は、全てラファエルが元凶なのだ。ラファエルさえ傍を離れずに守り通していれば、クリスティアンはつつがなく王宮で成長していたはずだった。

クリスティアンが味わっただろう恐怖や苦痛、そして王太子不在により侯爵の専横を許してしまった罪は、この命程度では到底あがなえない。栄誉ある守護騎士の任を解かれるのは当然だが、ようやく取り戻した主君の傍を離れるなど、ラファエルには考えられない。

「顔を上げよ、ラファエル。私はそなたに感謝こそすれ、罪を問おうなどとは微塵も思っておらぬ」

柔らかな声に従えば、アレクシスは微苦笑していた。

「守るべき主君を見失ったは、確かにそなたの罪かもしれぬ。だがそなたは、無事にクリスティアンを取り戻したことで、とうに罪をあがなった。そなたでなくば、あの魔の森から生きて出ることも叶わなかっただろう。本当によくやってくれた。なに、命さえあれば、後はどうとでもなる」

「陛下…では…」

「クリスティアンの…王太子の守護騎士に相応しいのは、そなたしか居らぬ。これより先も王太子の傍に在り、守り続けよ」

「…は…っ！　仰せのままに…！」

強い安堵と歓喜で、ラファエルの身体はぶるぶると震えだした。


クリスティアンから離れずに済む。他の男が守護騎士としてクリスティアンの傍に居るところを、指を咥えて見ていなくていいのだ。クリスティアンを守るのはラファエルだけ。暴れるクリスティアンを宥め、跪き、腕の中に捕らえるのもラファエルだけ。あの鋭い牙に噛み付かれ、肉を千切られ、尖った爪で引き裂いてもらえるのは、ラファエル一人だけなのだ。

「失礼します。…陛下、至急お耳に入れたいことが」

硬い表情の侍従長が現れ、ラファエルははっと我に返った。

今、自分は何を考えていた？

クリスティアンを他の男に渡さずに済むのが嬉しいだなんて、あの野獣のように暴れ狂う身体を自分だけが抱き締めたいだなんて、それは騎士ではなく、犬ですらなく、まるで……。

『若がまるで恋でもなさっているような顔をしておいでだったので』

蘇ったオズワルドの言葉を、頭の中で必死に否定する。

そんなはずがない。ラファエルはクリスティアンの守護騎士だ。剣であり盾であり、忠実で従順な犬だ。ただ、クリスティアンの傍に他の男が侍り、あの真珠色の牙を突き立ててもらうのが許せないだけ。ラファエルの忠誠心には、一点の曇りも無い。

「何事だ、侍従長」

「は…。只今、セドリック様の熱が下がり始め、回復の兆しが見えたと、侍医から報告が…」

「何…!?」

侍従長の報告は、一同に驚愕と確信をもたらした。

クリスティアンが王宮に帰還を果たしたとたん、セドリックの容体が好転した。やはり、セドリックの病は女神が下した罰だったのだ。

「…ただちに侯爵を呼べ」

アレクシスが低く唸るように命じると、侍従長はさっと一礼して退出した。

開閉された扉の隙間からざわめきが流れ込む。既にセドリックのことは女官から侍女たちに広まっているのだろう。あと数刻もすれば、王宮中の人間の知るところとなるはずだ。

停滞していた空気が動き出すのを、ラファエルは感じた。

侯爵は素直に罪を認めはしまい。ニーナの自白は錯乱で押し通し、セドリックがクリスティアンの帰還と同時に回復したのもただの偶然だと言い張って、宰相の座に居座るはずだ。

だが、一連の騒動で民は侯爵を女神の怒りを買った愚か者と糾弾し、侯爵に追従する貴族たちからも離脱者が現れるだろう。

クリスティアンという正統なる王太子が戻った以上、唯一の王子として立太子を迫ることも出来ない。侯爵の絶大なる権力は、確実に削《そ》がれたのだ。

これでクリスティアンの精神さえまともなら、十一年前の誘拐事件について証言し、侯爵を決定的に追い詰められるのだが…今の時点では高望みというものであろう。まずはクリスティアンが無事の帰還を果たしただけで良しとすべきだ。

「クリスティアンを頼む、ラファエル。我ながらふがいないが…今、クリスティアンを任せられるのはそなたしかおらぬのだ」

「勿体《もったい》無きお言葉。我が身に代えてもお守りいたします」

アレクシスは何度も名残惜しそうに息子の寝顔を振り返りながら、侍従長と共に王の間へ引き上げていった。起きている姿を少しでも見たかったのだろうが、クリスティアンに使った薬酒の効果はかなり強い。クリスティアンが薬の効き辛い体質でも、まだしばらくは目覚めないと思われた。

「ラファエル。お前も一旦下がり、休みなさい」

「…父上？　どうされました」

わざわざ残ってそんなことを言うアーサーに、ラファエルは首を傾《かし》げた。

生粋《きっすい》の武人であるアーサーは、決して情が薄いわけではないが、普段はこの程度で休息を勧めたりはしない。むしろ犬であり騎士たる者、決して気を緩めるなと戒めるところだ。

「これから先、お前はしばらく殿下のお傍を離れられなくなる。その前に英気を養い、いざという時に備えるのだ」

「ですが、クリスティアン様をお一人にするわけには参りません」

「ロイドを付ける。近衛の営舎はすぐ近くだから、もし殿下がお目覚めになっても即座に駆け付けられるだろう」

アーサーが合図すると、金髪の騎士が現れて礼を取った。アーサーの部下のロイドだ。ハース家の遠縁に当たるせいか、どことなくラファエルに似ており、ラファエルほどではないが腕も立つ。

王太子の部屋は主の安全を第一に考えて設計されている。窓は天井近くに小さく取られているだけだし、壁の素材は石だ。寝台の傍にはロイドが控え、部屋の外も近衛兵たちが固めている。いかにクリスティアンが驚異的な身体能力を誇ろうと、一人では突破出来ないだろう。

承知していながら素直に頷けないのは、自分以外の人間がクリスティアンの傍に侍るのが納得出来ないからだ。

もしラファエルが居ない間に目覚めたら、クリスティアンの視界に真っ先に映るのは自分ではなく、ロイドなのだ。怒ったクリスティアンに飛びかかられ、身体のあちこちに噛み付かれ、皮膚を切り裂かれ、滲んだ血でクリスティアンの可憐な唇を汚すのはラファエルではないのだ。

…許せない…。

揺らめく怒りの炎を、傷口の疼きを、ラファエルは拳を握り込んで抑えた。不安げなオズワルドの視線を感じ、平静を取り繕うが、心の中の声は途切れない。

…許せない、許せない。クリスティアン様を他の男に任せるなど、許せない…。

「…父上のお心遣いに、甘えさせて頂きます。ロイド、しばらくの間王太子殿下を頼んだぞ」

このままクリスティアンの傍に居続けては、胸に渦巻く不可解な感情が抑えきれなくなってしまう。少し離れて、いつもの冷静さを取り戻さなくてはならない。

…お前は犬だ。クリスティアン様の身の安全を図ることこそ、最優先事項なのだ。クリスティアン様には自分にだけ噛み付いて欲しいなど、不遜な願いを抱いてはいけない…。

「はっ！　お任せ下さい！」

しかし、いくら己に言い聞かせても、跪くロイドに嫉妬の眼差しを送るのは止められなかった。


真っ暗な空間に、クリスティアンは一人で佇んでいた。

…クリスティアン…クリスティアン…。

自分を呼ぶ声にきょろきょろすれば、すぐ近くに懐かしい白い獣の姿がある。

『ブランカ！』

クリスティアンはぱっと顔を輝かせて飛び付こうとしたが、指先はブランカの輪郭をすり抜け、空《くう》を切った。ブランカは確かにそこに居るのに、何度試みても触れない。

…心せよ、クリスティアン。ここはお前のあるべき場所だが、まだ敵も多い。何が真実で何が偽りなのか、その目でしかと見極めるのだ。…お前を大切に想う者と共に、な…。

『ブランカ…待って、ブランカ！』

ブランカの姿がぐんぐん離れていく。いや、違う。離れていくのはブランカではなくクリスティアンの方なのだ。抗い難い強い力が、クリスティアンを背後から無理矢理引きずり寄せている。

『どうして行ってしまうの？　まだ、離れたくない…ブランカと一緒に居たい…！』

心からの叫びも空しく、ブランカの姿はとうとう消え失せ、クリスティアンは光に溢れた空間に放り出された。

いきなり明るくなった視界に、何かを求めるように伸ばされた己の手が映り込む。荒い呼吸に合わせて揺れる手を呆然と眺めていると、馴染みの無い気配がすぐ近くで動いた。見れば、ラファエルと似た格好の金髪の男だ。

「王太子殿下……っ⁉」

ここが馴染んだ大樹の寝床ではないと判断した瞬間、全身に緊張と力が漲り、クリスティアンは跳ね起きた。かけられていた大きな分厚い布は森の木々よりも深く鮮やかな緑色で、またあの重苦しさに襲われ、ぐしゃぐしゃに丸めて床に叩き落とす。

華美ではないが、貴人の住まいに相応しく設えられたはずの部屋は、クリスティアンにとっては異質で不快な空間でしかなかった。知らぬ間に着せられた動き辛く重たい衣や、調度類に用いられた布地の緑色が苛立ちに拍車をかける。

「王太子殿下、どうか落ち着いて下さい。こちらは王宮の、殿下のお部屋です。殿下…っ」

『来るなっ！』

クリスティアンはしゃあっと牙を剝いて威嚇《いかく》し、寝かされていた寝台から飛び降りた。

とっさに周囲を見回せば、高い所に窓があるが、クリスティアンでは潜り抜けられない。ならば残る脱出口はただ一つだ。

…許さない、許さないっ！

沸々《ふつふつ》と煮え滾る怒りが、クリスティアンを支配していた。

意に反した場所で目覚めるのはこれで二度目だ。どうやらここは一度目に目覚めた場所とは違うようだが、連れてきたのはラファエルに決まっている。

「殿下！　…王太子殿下、お待ち下さい。どうかお静まりを……！」

クリスティアンより早く両開きの扉の前に辿り着いた金髪の男が、両手を広げてクリスティアンを制止する。

面差しはラファエルに似ているが、ラファエルではない。

それがやけに癪《しゃく》に障り、クリスティアンは魔鳥の鉤爪の如く丸めた指先で容赦無く剝き出しの頰を引っ掻いた。噴き出した血が飛び散り、クリスティアンの頰にもかかる。

「ぐ…っ」

「おい、何事だ！」

薄く開いた扉から別の男が顔を覗かせた。頰を血だらけにした金髪の男とクリスティアンを見比べるや、即座に扉を閉ざす。

「ラファエル様を呼べ！　早く！」

「……らふぁー、…？」

扉越しに漏れ聞こえた声に、クリスティアンはぴくりと肩を揺らし、二撃目を繰り出そうとしていた手を止める。

腰に下げた剣を抜こうともせず、腕をかざして防御に徹していた金髪の男が期待に目を輝かせた。

「そうです、殿下。ラファエル様です。殿下の守護騎士のラファエル様が、もうすぐおいでになります」

「らふぁー、らふぁー…」

ラファエルが来る。もうすぐ来る。…何のために？　そんなの、クリスティアンをまた捕らえるために決まっている。

怒りの炎が、ばちんと爆《は》ぜた。

身体を支配していた強烈な眠気も倦怠《けんたい》感も、すっかり消え失せた。飲まされた液体の影響は抜けたのだろう。ここは四方を囲まれていても充分に広く、高さもある。今ならいつも通りに戦える。

ラファエルがクリスティアンより強かろうと、そんなことは問題ではない。自由で誇り高いクリスティアンに無理強いをした報復を与え、森に帰るのだ。


ラファエルが来るのを待ってなどいられない。こちらから出向いて、今度こそ喉笛を噛み切ってやろう。

頬にかかった返り血をぺろりと舐め上げ、クリスティアンは小さく眉を顰めた。

同じ種類の魔獣なら、血の味も同じだ。だから人間もそうだと思っていたのに、金髪の男とラファエルの血の味は違っていたのだ。ラファエルの血は甘かったのに、この血は不味《まず》い。

ラファエルの血がいい。熱くて甘い、あの血を啜りたい。

「お…、王太子殿下…」

陶然と呟く金髪の男が、野獣のような美しさに魅了されているなど、クリスティアンが気付くはずもなかった。

隙を見せた相手の鳩尾に曲げた膝頭をお見舞いし、呻きながら身体を折ったところを更に蹴り飛ばしてから、扉の取っ手を掴む。

「…クリスティアン様！」

クリスティアンが押しても引いてもびくともしない扉に四苦八苦していると、ふいに扉が外側から開き、捜し求めていた姿が目の前に現れた。息を呑むラファエルの喉に、クリスティアンは問答無用で喰らい付く。

「…っ…」

「ラファエル様っ！」

ラファエルの後に続いてきた男たちが、慌ててクリスティアンを引き剝がしにかかった。だが、クリスティアンが容赦の無い蹴りを繰り出すより早く、ラファエルが嚙み付かれたまま男たちを睨み付ける。

「無礼な真似は止めよ！　…この方は、王太子殿下であらせられるのだぞ！」

「でっ、ですが、ラファエル様！」

「私ならば、心配は、無用だ。…殿下は、少々混乱されているだけ…話せば、おわかり、下さる…」

何が大丈夫なものかと、ラファエル以外の全員が突っ込みたくなっただろう。クリスティアンの発達した牙はラファエルが言葉を紡ぐたびにぎりぎりと食い込み、血が滲み出ているのだから。

「みな、ロイドを連れて退出し、陛下に殿下がお目覚めになったと報告せよ。…急げ！」

「は…、ははっ！」

男たちはとうとう押し切られ、倒れていたロイドを担いで慌ただしく出て行った。

外側から閉まった扉から、がちゃんと妙な音がする。さっきどうやっても開かなかったのは、何かの仕掛けが施されているせいかもしれない。人間はわざわざ縄張りを壁で仕切った挙句、簡単には開かないようにして守る習性があるのだろう。クリスティアンには理解出来ない。

縄張りを侵されたなら、牙と爪でもって追い出せばいいだけの話ではないか。ブランカも魔獣や魔鳥たちも、みなそうして生きている。出来なければ森をさまよい、死ぬだけだ。

ここはクリスティアンのあるべき場所ではない。

太陽も青い空も見えず、嗅ぎ慣れない妙な臭いがたちこめた空間では、満足に呼吸すら出来ない。

早く森に帰り、ブランカに文句の一つでもつけてやらなくてはなるまい。でなければ、孤独に押し潰されそうになる。早く、早く…！

「…クリスティアン、様…」

クリスティアンの後頭部に回された手が、クリスティアンをぐっと喉元に押し付けた。薄い皮膚を牙が突き破り、血がどっと溢れ出る。やはり、ラファエルの血は甘い。

「お傍を離れ…、申し訳、ありませんでした…。どうぞ、お気の済むまで、存分に罰を…」

…この男は、一体何なのだ？

怒りと焦燥が渦巻く心に、戸惑いが生じた。

攻撃を受ければ防ぐのが普通だ。抵抗しないどころか、自分を襲った敵を自ら引き寄せるなんて考えられない。クリスティアンの牙が魔獣並に鋭かったら、ラファエルはとうに命を落としている。

いや、思い返してみれば、最初からそうだったのだ。

ラファエルはクリスティアンを捕らえようとはしたが、一度として傷付けはしなかった。

森でクリスティアンが木から落ちた時も、放っておけば弱ったクリスティアンを連れ去れたのに、わざわざ助けた。ラファエルと一緒に居た人間たちはクリスティアンに怯え、気味の悪そうな表情を隠そうともしなかったのに、ラファエルは思い出すと胸が締め付けられるような顔をしていた。

クリスティアンの身体から無意識に強張《こわば》りが抜け、喰い込んだ牙も緩んだ。

血の匂いに混ざるしっとりとした香りは、ラファエル自身の匂いなのか。雨に濡れた森のような匂いはどこか懐かしく、昂る心を鎮めていく。

牙が完全に外れると、自然に唇が動き、言葉が零れ出た。

「…らふぁー」

「…っ、クリスティアン様…っ」

かつてと同じように、細められたラファエルの双眸から温かな水が溢れた。

青い目から生まれたのに透明なのが不思議で、ぺろりと舐め取ってみたら、ラファエルの頬がみるみるまに紅く染まる。

「クリスティアン様、…いけません、そのようなっ…」

「らふぁー、……もっと」

空と同じ色の双眸から、もっとこの温かな水を溢れさせたい。舐め取って、もっと真っ赤にさせてみたい。自分でもよくわからない欲求のまま言葉を紡げば、ラファエルの頬は一瞬で元に戻り、緊張に強張る。

「クリスティアン様…、今、お言葉を…？」

「…ことば…？」

そう言えば、ラファエルの前で、ラファエルの名前以外の言葉を話すのは初めてだったかもしれない。心の中では沢山念じていたのだが、人間には言葉にしなければ通じないのだということを、すっかり忘れていた。

「言葉…、ちゃんと、話せる。…らふぁー、もっと、あったかいの、たくさん」

言葉くらいちゃんと話せる。もっとその温かい水を沢山流せ。

心の中で念じれば簡単なものを、言葉にするのは一苦労だ。ブランカの言い付けをもっと真面目に守り、訓練もさぼらなければ良かった。

もどかしくてたまらないクリスティアンだが、ラファエルにはきちんと伝わったようだ。背を壁につけ、クリスティアンを抱いたままへなへなと座り込んだとたん、青い目からまたあの温かい水が流れ出る。

「ああ、クリスティアン様、クリスティアン様…」

「らふぁー、…これ、あったかい、これ」

濡れた頬だけでは飽き足りず、ラファエルにのしかかって瞼をこじ開け、青い眼球を直接舌先で味わう。魔獣は身体から血を流しても、こんなふうに目から液体を出したりはしないから不思議でたまらない。ラファエルが温かい水を零すたび、なんだか背中がぞくぞくして、もっと零させたくなる。

「これは、涙と言うのですよ、クリスティアン様」

「なみだ…？　らふぁー、どうして、なみだ、出す？」

「人は、様々な場合に涙を流しますが…私は、嬉しいからです。クリスティアン様がご無事でいらして下さったことが、私の言葉を理解して下さっていることが、嬉しいから…」

いつクリスティアンの気が変わって眼球ごと咀嚼《そしゃく》されるかもしれないのに、ラファエルは温かい水…涙を流したまま、のしかかるクリスティアンの背を優しく撫でている。

ラファエルを倒すなら今だ。眼球を噛み砕いてやれば、ラファエルは激痛と出血でのたうちまわり、戦闘など不可能になる。クリスティアンをこんなところに無理矢理連れてきた報いには充分だし、追跡される恐れも無くなる。

頭ではわかっているのに、欲望に素直な身体はまるで反対の行動を取ってしまう。

「らふぁー、嬉しい？　らふぁー」

「はい…、はい、クリスティアン様。私は貴方の守護騎士です。貴方だけの犬です。貴方が姿を消されてから、ずっと、ずっと貴方をお救いし、再びお傍に仕えることだけを夢見て、生き恥を晒してきたのです。クリスティアン様が私をお呼び下さり、罪深い私をその清らかな牙で噛んで下さる…これ以上の喜びがありましょうか…、ああ…」

ラファエルは横を向き、もう片方の目を自ら進んで舐めやすいように差し出す。

クリスティアンがラファエルの長い金髪を束ねる紐《ひも》をもどかしげに引っ張ると、片方の手だけで器用に解いてくれた。ゆるやかに波打つ髪は、予想よりもずっと柔らかくつやつやかで、青い眼球を舐めながら指を絡めるととても気持ちが良い。

「クリスティアン様…、クリスティアン様…」

青い双眸から、嬉しい時に出るのだという涙がまたどっと溢れる。

「覚えておいでですか？　クリスティアン様は、幼い頃もよくこうして私の髪を弄《いじ》っておいででした。お昼寝からお目覚めになって、私の姿が見えないと、泣きながら私のところまで走ってこられて、どうして一人にしたんだと髪を引っ張られて…私が僭越《せんえつ》ながら這《は》わせて頂いたら、私の背中に嬉しそうに跨り、笑って下さいました…」

「らふぁー…、さっきも、…いなかった。ろいど、髪の色、同じ…でも、ちがう」

少し強めに眼球を舌先で突くと、背中を撫でる手付きがいっそう優しくなった。

軽々と武器を操り、魔獣を容易く屠《ほふ》る手。けれど、クリスティアンだけは決して傷付けない手。

この手に触れられるのは好きだと思う。無理矢理森から引き離されたことは絶対に許せないし、ラファエルに対する怒りが消えたわけでもないが、ラファエルの身体はどこもかしこも好ましい。

「ロイドはお気に召しませんでしたか」

「…らふぁーの、ほうが、いい」

「申し訳ありません。もう二度とお傍を離れたりはいたしませんから…クリスティアン様…」

ラファエルの両腕が背中に回り、ぎゅっと抱き締められる。

完全に捕らわれてしまった。もう逃げ出すのは不可能だ。眼球を抉り出してやっても、ラファエルはクリスティアンを放さない気がする。

なのに、この腕の中はとても心地が良い。ブランカの毛皮に包まれているかのように安心する。

そっと舌を引っ込め、唇が触れ合うほど近くから顔を覗き込めば、空の青色をした二つの瞳がクリスティアンだけを捉えている。じわりと疼いた胸に広がるものは、懐かしいという感情だけではない。

嬉しい？　違う。楽しい？　いや、それも違う。

もっと複雑で、もっと色々なものが入り混じった感情を何と呼べばいいのか、クリスティアンにはわからない。

「ブランカ…」

あの強く賢い獣なら、きっとこの感情の名を教えてくれる。

無意識に名を呼んだとたん、視界がいきなりぐるりと動いた。ラファエルがクリスティアンを抱えたまま、腹筋だけで上体を起こしたのだ。

「ブランカとは何者ですか、クリスティアン様」

「…？　ブランカは、ブランカ。森の王」

「魔の森の、王…」

ラファエルは難しい顔でしばらく考え込み、ゆっくりと問いかけてきた。

「その森の王が、クリスティアン様を今までお守りしてきたのですか？」

「ブランカは、親。ずっと、ずっと、一緒だった。…でも、居なくなった。らふぁーが、来たから…いっぱい捜したのに、みつからない…」

思い出すと悲しくなって、クリスティアンは俯《うつむ》いた。

もう逢《あ》えないのだろうか。ブランカは一度決めたことは、絶対にくつがえさない。ブランカがラファエルと共に行けと言った以上、そうするしかないのだ。

わかっているのに、共に過ごした優しい記憶がある限り、ブランカを求めずにはいられない。

「逢いたい、ブランカ…逢いたい…森に、かえりたい…」

「クリスティアン様…！」

ラファエルがそっとクリスティアンの頭を胸元に引き寄せた。

「クリスティアン様のお望みといえど、それだけは叶えて差し上げられません。その代わり、私の全てをクリスティアン様に捧げます。お望みなら、お気に召して下さったこの眼を、喜んで抉り出します。クリスティアン様にならば、どこを喰われても構いません。ですからどうか、私をお傍に置いて下さい。もう二度と、私の前から消えないで下さい。クリスティアン様、クリスティアン様…！」

「…らふぁー…」

不思議だ。くっついた胸から聞こえてくる心臓の音が、ブランカに突き放された寂しさや孤独を少しずつ和らげていく。切々と訴える低い声を、いつまでも聞いていたくなる。

ラファエルの匂いを深く吸い込み、身を任せかけたクリスティアンは、扉が勢い良く開く音にはっと我に返った。

ここが森ではなく、人間たちの棲み処だということをすっかり忘れていた。

ラファエルの胸板を突き飛ばし、反動を利用して跳び退《すさ》り、身構える。ラファエルはクリスティアンに決して危害を加えないが、他の人間たちまで同じとは限らない。森で嫌な空気を発散していた赤毛の例もある。

「クリスティアン…！　おお、…我が子よ…」

だが、クリスティアンだけを見詰め、呆然と立ち尽くす人間からは、敵意は微塵も伝わってこなかった。それどころか、ずくんと疼いた胸の痛みが、頭に見たことも無いはずの風景を蘇らせる。

まだ幼いクリスティアンを抱き上げてくれた、力強い腕。愛しい我が子と頰をすり寄せ、何度も呼んでくれた、優しい声。

「…ち、ち、うえ」

「クリスティアン…！　私が、わかるのか…!?」

「そうです、クリスティアン様。お父君、アレクシス陛下でいらっしゃいます！」

アレクシスとラファエルが交互に言い募《つの》る。

再び記憶が揺れて、頭の中の風景がぶれながら切り替わった。

まだあどけなさの残るラファエルと遊ぶクリスティアン。二人を微笑ましげに見守るアレクシス。

そうだ、クリスティアンは知っている。この二人を…そしてこの部屋も。

何故なら、クリスティアンは——。

「まあ…、これが王太子殿下ですって？」

今にも導き出されようとしていた答えは、棘《とげ》を含んだ声にかき消された。

見れば、ドードの羽毛よりも派手な衣を纏った人間が、入り口を守る人間たちの制止を振り切り、何人もの人間を従えて部屋に入ってくるところだった。

大きく膨らんだ胸に、くびれた腰の人間は初めて見るが、あれが人間の牝《めす》…女というものだろうか。

ブランカによれば、女は獣の牝と違って戦う力を持たないはずだが、ラファエルが腰の剣に手をかけ、クリスティアンを背に庇《かば》う。

「ニーナ、どうしてここへ参った。そなたには王の間で待つよう言い置いたはずだ。疾《と》く戻るがいい」

「待ってなどいられないから参ったのですわ。陛下が汚らわしい獣に騙《だま》されてはいけませんもの」

ニーナはアレクシスの詰問を平然と受け流し、ラファエルの肩越しにクリスティアンを睥睨《へいげい》した。怒りにぎらぎらと燃える双眸に射られ、クリスティアンは総毛立つ。

「うっ…あ、ああっ…！」

翡翠《ひすい》色の双眸はクリスティアンの胸に芽生えかけた感情を根こそぎ押し流し、代わりに恐怖と混乱をもたらした。木々の緑を眺めている時の不安など比べ物にもならない。ニーナはこの場の誰よりもか弱く、白く柔らかそうな肌はクリスティアンの爪の一撃にも耐えられないだろうに、恐ろしくてたまらない。

…逃げろ、逃げろ、逃げろ！

内なる声に衝き動かされるまま、クリスティアンは開いた扉から飛び出そうとした。外に控えていた人間が慌てて扉を閉ざす前に隙間に手を突っ込み、ぐいぐいとこじ開ける。

「…ううっ、あああっ！」

『開けろ！　どけ！』

ぎらぎらと目を光らせて命じるが、混乱した口から吐き出されるのは獣の咆哮めいた呻き声ばかりで、扉を閉ざそうとする人間は恐怖に頰を引き攣らせた。

焦《じ》れたクリスティアンが爪で攻撃を加えかけたところで、ラファエルが背後から抱きすくめる。

「クリスティアン様！」

「うがあっ！　ああっ！」

『放せ！　あのけばけばした人間は怖い。同じ場所に居たくない…！』

心の中の声はラファエルには届かず、クリスティアンはとうとう扉から引き剝がされた。

扉が完全に閉ざされると、おぞましげに眉を顰めていたニーナが勝ち誇ったように肩をそびやかす。

「ほら、ご覧なさいな。王太子殿下は魔獣どもと交わって暮らすうちに、身も心も獣になってしまわれたのですわ。神聖なるトゥランの玉座に、野獣など相応しくない…みなもそう思うでしょう？」

「そ…、そうですな。やはり、セドリック王子はただの病だったのだ」

「王妃様の仰る通りだ。何者かに攫われたのはおいたわしい限りだが、それとこれとは別の話。野獣に政を任せるわけには…」

「セドリック王子が持ち直されたのは、野獣を王宮から追い出すべしとの女神の思《おぼ》し召しに相違ありませんな」

ニーナを取り囲む人間たちが、へこへこと追従する。その中に赤毛の男を見付け、クリスティアンの恐怖と焦燥は更に煽《あお》られた。森で遭遇した赤毛とは別人だが、纏う空気がとてもよく似ているのだ。

全身を強張らせるクリスティアンの視線の先を辿ったラファエルが、抱きかかえる向きを変え、クリスティアンの顔を己の胸に埋めさせた。力強い鼓動と体温に包まれると、あれだけ強かった恐怖が嘘のように引いていく。

「ら、ふぁ」

か細く呟けば、抱き締める力は更に強くなった。

クリスティアンの盾となってニーナたちの視線を受け止め、ラファエルが怒りに声を震わせる。

「いかに王妃殿下といえど、王太子殿下に対してあまりに無礼な仰りようではありませんか。それにアビントン子爵、一連の事件については陛下が詮議なされること。軽々しく断定されるものではない」

「な…っ、何を言うのだ、ハースの子せがれ如きが生意気なっ！　わしの息子は健気《けなげ》にも捜索隊に志願したのに、魔鳥に眼を奪われたのだぞ。しかもその魔鳥を操っていたのは、そこの野獣だと言うではないかっ！　そんなモノが王太子殿下などであるものか、魔獣が化けているに決まっている！」

突き出た腹を揺らす勢いで喚き散らすアビントン子爵を、ニーナがほほほと笑いながら諫《いさ》めた。

「いけませんよ、子爵。王太子殿下はおいたわしくも、幼くして不埒者に攫われ、まともな教養も授けられずにお育ちになった、おかわいそうな御方なのですから」

おいたわしい、おかわいそうと言いながらも、その声音には隠しきれない喜悦と優越感が滲んでいる。

クリスティアンは強い悪寒に襲われ、ラファエルにぎゅっとしがみついた。抱き返してくれるこの頼もしい腕が無ければ、気を失ってしまいそうだ。

「……止めよ、両名とも」

聞くに堪《た》えない、とばかりにアレクシスが割って入った。

「ニーナ。そなたはほんの数日前、このクリスティアンを魔の森に捨てさせたと告白したはずだが、それはあくまで錯乱した末の戯言だったと申すのだな？」

「はい、陛下。先程、父と共に弁明した通りですわ。可愛いセドリックがあのようなことになって、わたくし、取り乱してしまったのです。あの時、何を申し上げたのかすらも覚えていないのですわ。このわたくしが王太子殿下を魔の森に捨てさせるなど、どうしてそのような恐ろしいことが出来ましょうか。亡きユーフェミア様は、わたくしにとってても大切なお友達でしたのに…」

嘘だ、とクリスティアンは直感した。

ニーナは嘘をついている。毒々しいほど紅い唇が紡ぐのは偽りだけだと叫びたいのに、凍り付いた喉は呼吸すら難しくなり、息苦しくなってくる。

「クリスティアン様、お苦しいのですか?」

真っ先に異常に気付いたラファエルが、クリスティアンを寝台に運び、横たえた。

柔らかな寝台に身を委ねようとして、クリスティアンは息苦しさも忘れて四肢をばたつかせる。さっき自分でくしゃくしゃにして叩き落とした緑色の掛け布が目に入ったのだ。緑色…ニーナの瞳の色に飲み込まれてしまいそうな錯覚に捕らわれ、頭が恐怖で真っ白になる。

——なんて邪魔な、忌々しい子! お前さえ居なければ、わたくしのセドリックが次の王になれるのよ…!

『嫌だ、助けて……助けて、……!』

困った時、怪我をした時、いつも呼ぶのはブランカの名だった。木々の緑色に不安を覚えれば、晴れ渡った空を見上げて心を慰めた。澄んだ青と眩しい金色の瞳が、不思議と不安を和らげてくれたから。

いや、違う。そうではない。

こちらの方が先だったのだ。青い双眸と黄金の髪。愛してはくれるが多忙を極める父親よりもずっとずっと長い間、傍に居てくれた存在。クリスティアンの不安と孤独を癒やし、守ってくれた頼もしい存在。強くて優しくて従順な、クリスティアンだけの犬。共に在るのが当然の者から突然引き離されてしまったから、代わりに空と太陽を見上げるようになったのだ。

「ら、ふぁ、らふぁー、らふぁー…っ」

「クリスティアン様…！」

もがきながら伸ばしたクリスティアンの手をしっかりと握り締めてくれた手はかさついて、硬かった。王の守護騎士の息子という出自に驕《おご》らず、誰よりも熱心に鍛錬に励んだ証拠だ。クリスティアンの柔らかな皮膚を傷付けてしまうかもしれないから、と拒む彼の手を、クリスティアンは強く握り締めたものだ。この手ほど優しく、温かく、安心出来るものなんて、他には知らなかったから。

「クリスティアン様！　しっかりして下さい、クリスティアン様…！」

…ああ、ラファエルだ。ラファエルが居るなら、大丈夫…。

押し寄せる記憶から逃れるように、クリスティアンは意識を手放した。


クリスティアンの帰還後間も無く、父のボルドウィン侯爵共々王の間に呼び出された王妃ニーナは、己の告白を翻《ひるがえ》した。クリスティアンを拉致させ、魔の森に捨てさせたと涙ながらに訴えたのと同じ口で、あれは我が子が死に瀕し、錯乱の末に口走った妄言だと主張したのだ。

クリスティアンを攫ったのは、王族に恨みを持つ何者かの犯行であろう。ニーナもセドリックも、ずっと行方不明のクリスティアンを案じ、無事の帰還を毎日女神に祈っていた。だから女神が罰など下すはずがない。セドリックはただ病に罹《かか》っただけで、クリスティアンの帰還と同時に容体が好転したのは単なる偶然である。

クリスティアンが奇跡的に無事だったのはとても喜ばしいことだが、魔の森で魔獣たちに交じって生きてきたクリスティアンは野獣そのものであり、王太子には到底相応しくない。それはラファエルと共に捜索隊に参加したアビントン子爵の子息、ルイスの証言からも明らかだ。セドリックが全快し次第、クリスティアンを正式に廃太子とし、セドリックを新たなる王太子の地位に就けるべきである。

「…厚顔無恥とは、このことですね」

アレクシスの護衛として臨席していた父から詮議の経緯を聞かされ、ラファエルは最初、開いた口が塞がらなかった。ニーナの身勝手すぎる主張に至っては、もう溜息しか出ない。

成さぬ仲の王太子を心底疎《うと》んじていたニーナが祈るとしたら、クリスティアンが魔獣に首尾よく食い殺されてくれることだろう。クリスティアンさえ居なければお前が王太子なのだと言い聞かされてきたセドリックが、異母兄を慕うはずもない。

「王妃の証言通りに魔の森を探索した結果、クリスティアン様は発見されたというのに…錯乱の末の妄言にしては、出来すぎです。あまりに見え透いた嘘というものではありませんか、父上」

「…しかし、証拠が無い」

低く呟くアーサーの顔色は悪かった。

クリスティアンが帰還してからはや五日が経過したが、その間ずっとアレクシスと共に貴族たちの対応に追われているのだ。互いに多忙を極める父子が顔を合わせるのも、実に五日ぶりである。戦場にあっては疲れを知らない父も、貴族相手の腹芸には精神がすり減るらしい。

「王妃が王太子殿下を拉致させたのは間違いないが、実行犯はとうに侯爵に処分されているだろう。物的証拠も、十一年前あれだけ捜索されたにもかかわらず発見されなかったのだから、今更出てくるとは思えない。残るは王太子殿下ご本人の証言しか無いが…」

アーサーは一旦言葉を切り、傍の扉を窺った。

扉の向こう側はクリスティアンが眠る王太子の部屋だ。ここは王太子に仕える侍女の控え部屋で、五日前からは侍女ではなくラファエルが使用している。

「殿下は、未だにお変わり無いのだな…？」

「…はい。今も、疲れ果ててようやくお眠りになったのです」

この五日間は、ラファエルにとって己の無力を思い知らされる五日間だった。

帰還を果たした当日、目を覚ましたクリスティアンは、最初こそ混乱の極みにあったが、確かに過去を思い出してくれているという手ごたえがあった。ラファエルの肉に牙をたてて大人しくなってくれたし、アレクシスのことも父親だとわかっているようだった。

だが、そこへニーナという最悪の異分子が現れてしまった。

ルイスからクリスティアンの状態を聞いたニーナは、獣の如き王子など王太子には相応しくないと見せつけるため、取り巻きたちを引き連れてきたのだ。

ニーナの目論見は見事に成功した。ニーナが登場したとたん、クリスティアンが取り戻しつつあったはずの人間らしさは消え失せたのだ。意味を成さない唸り声を上げ、暴れる姿は野獣そのものだった。

クリスティアンの状態については秘密とされたが、アビントン子爵を始めとしたニーナの取り巻きたちによって瞬く間に広まり、王太子の帰還によって沸き返った貴族たちにも微妙な空気が流れた。

クリスティアンが本当に身も心も野獣に成り下がってしまったのなら、次代の王に戴くわけにはいかない。数少ない反ボルドウィン侯爵派の貴族たちの中にさえ、クリスティアンに同情しつつも、廃太子とするべきだと発言する者が現れる始末だ。

このままでは反ボルドウィン侯爵派はクリスティアンを旗印に纏まるどころか、分裂しかねない。セドリックは今や死線をさまよっていたのが嘘のように回復している。表立っては何の罰も受けていない侯爵たちが、セドリックを王太子にと再び画策するのは必至だ。

侯爵一派を押し返すには、クリスティアンが元の王族らしい振る舞いを取り戻すしかない。

随分とたどたどしかったが、言葉もきちんと覚えていたのだ。かつてのクリスティアンは、六歳にしては天真爛漫《てんしんらんまん》だがはっとするほどの気品を有していた。根気よく教えれば、誰もが納得する王太子に戻れるに違いない。

アレクシスはそう考え、ラファエルをクリスティアンの世話係を兼ねた教育係に任命した。クリスティアンが暴れた場合、侍女や学者では取り押さえられないからだ。うまくすれば回復したクリスティアンから誘拐に関する証言を得られるかもしれないという考えもあっただろう。

勿論、ラファエルは喜んで命を受けた。一秒たりともクリスティアンから離れないでいられるのなら、これ以上の喜びは無い。

だが、ニーナとの邂逅《かいこう》から再び目を覚ましたクリスティアンは、ラファエルの言葉など聞いてはくれなかった。めちゃくちゃに暴れ、近付く者は容赦無く攻撃し、ラファエルの隙をついては逃げ出そうとする。王族らしい振る舞いどころではない。逃走を許さず、室内に留め置くのが精一杯なのだ。

「クリスティアン様は、王妃に怯えておいでなのです。王妃が姿を現すまでは、落ち着きを取り戻されつつあったものを…クリスティアン様のあの反応こそ、王妃が拉致に関わっているという証拠ではありませんか」

「同感だが…ただの推論だと言われてしまえばそれまでだ。やはり、侯爵たちを糾弾するには証拠が欲しい。王妃が王太子殿下を拉致させたという動かぬ証拠がな。物的証拠が望めない以上は、王太子殿下の証言を頂くのが一番なのだが…」

「…申し訳ありません。私の力が及ばないばかりに」

項垂れる息子の肩を、アーサーは労《いた》わるように叩いた。

「力及ばないのは私も同じだ。我ら守護騎士は、政からは距離を保たなければならない…常に王族にお味方するためとはいえ、剣が役に立たない局面というのはもどかしいものだ」

「父上…」

「だが、どんな時でも我らの役割はただ一つ、主君の御身を守ることだ。それを忘れずに励むのだぞ、ラファエル。お前が忠義を尽くせば、必ず王太子殿下にも伝わるのだから」

不自然なほど力のこめられたアーサーの指が、ラファエルの肩にきつく食い込む。ラファエルをまっすぐに見据える目は、どこか不安を帯びていた。

「良いか、ラファエル。我らは主君の剣であり、盾であり、犬だ。それ以外の何物でもないことを、心せよ」

「…はい、父上」

おそらく、アーサーはオズワルドから魔の森での出来事をつぶさに報告されたのだろう。人生の全ての時間をクリスティアン捜索のために費やす息子を気遣ってきた父だ。クリスティアンを捜し求める心が恋情に変化してはと、危惧するのは親として当然である。

騎士の中には妻帯せず同性の伴侶と生涯を共にする者も多い。だが、クリスティアンには子孫を残す義務がある。仮にラファエルがクリスティアンと想いを通じ合わせても、ラファエルは必ず日陰の身になるのだ。

「心配をかけて申し訳ありません。…私は大丈夫です。身の程知らずの想いなど、抱きはしません」

「その言葉、信じよう。…侯爵一派は私たちが必ず抑えておく。お前は殿下を元の殿下にお戻しすることだけに専念するのだぞ」

力強く宣言したアーサーがアレクシスの元に戻ったのを見計らったように、隣室から物音が聞こえた。クリスティアンが目覚めたのだ。

ラファエルは薄く開けた扉の隙間から隣室に滑り込み、素早く閉ざす。そうしなければ、ここから小部屋経由で外に出られると学習したクリスティアンが突進してくるのだ。だが予想に反し、クリスティアンは入り口の扉の前にしゃがみ、何やらごそごそと探っているようだった。

「クリスティアン様…？」

「…らふぁー…っ！」

はっと振り向いたクリスティアンの手から、銀製の匙《さじ》が落ちる。食事に添えられていたものだが、肝心の食事はテーブルの上で手つかずのまま放置されていた。

狼狽《ろうばい》の滲んだクリスティアンの顔と、両開きの扉の僅かな隙間から、ラファエルは即座に答えを導き出す。

「衛兵！　閂《かんぬき》の状態を確かめよ！」

扉の外に向かって呼びかければ、大勢が忙《せわ》しなく動き回る気配の後、すぐに慌てた声が上がった。

「かっ…、閂が、外れかけております！　そんな…さっき巡回した時はきちんとかかっていたのに！」

「すぐ元に戻し、錠前を新たに増やせ」

「ははっ！」


部屋の外は瞬く間に騒がしくなった。気配に敏感なクリスティアンを可能な限り刺激しないよう、衛兵の数を最低限にまで減らし、部屋の前には配置せずにおいたのが仇となってしまったようだ。

しかし、衛兵たちを責めるのは酷かもしれない。彼らはみなアレクシスやアーサーが厳選した兵で、クリスティアンの境遇に同情し、悲運の王子を守るという使命感にかられている者ばかりだ。

クリスティアンと実際に対面していない者にとっては、クリスティアンは父王から正統なる王家の血筋を、母王妃から類稀なる美貌を受け継いだ希望の星。帰還を果たして以来部屋に閉じこもりきりなのは、侯爵一派による暗殺を危惧してのことだという発表を、素直に信じている。護衛対象であるクリスティアン自ら逃走を図るなど思いもしないだろう。

それにしても、驚くべきはクリスティアンだ。

クリスティアンが入り口の扉が開閉するところを目撃したのは初日の数回だけ。それもほんの一瞬だったにもかかわらず、門がどのような仕組みで扉を閉ざしているのか、もう理解したのだ。扉の僅かな隙間に閂の持ち手を差し込み、閂を持ち上げて、扉を開けようとしていたのだろう。鍵など存在しない森で育ったことを鑑《かんが》みれば、高い知能が窺える。

拉致される前のクリスティアンも、一を知れば十を悟る賢い幼子だった。獣になろうと、クリスティアンの本質は変わっていないのだ。

「うううううっ、があーっ…！」

「…っク、リスティアン、さま…っ」

せっかく成功しかけていた逃走を阻まれ、怒りに燃えるクリスティアンが雄叫《おたけ》びと共に飛びかかってくる。

ラファエルは避けもせずに受け止め、クリスティアンごと仰向けに倒れた。最も弱い喉笛を迷わず狙って噛み付かれるが、激痛はすぐに甘美な感覚に変化する。

クリスティアンの一部がラファエルに喰い込んでいる。ラファエルの血がクリスティアンの中に入り込む。

こうしてラファエルと繋がっている限り、クリスティアンはどこにも行かない。クリスティアンを育てたというブランカの元には行けない。そう思うだけで、全身を歓びが駆け抜ける。

…こんなものが恋などであるはずがない。絶対の忠誠を捧げ、剣となり盾となり守るべき主君に痛め付けられ、至福を覚えるこんな醜い感情が。

「お目覚めに、なったのですね。…よく、お休みになれましたか？」

「んっ…、むうぅぅーっ」

喋るたびに鋭い犬歯が食い込むのにも構わず、ラファエルはクリスティアンに優しく語りかけた。

激しく暴れる身体を、鍛え上げた腕で囲い込む。戦場で剣を振るい、敵を捩《ね》じ伏せることに比べれば、一旦捕らえてしまったクリスティアンを苦しませないよう腕に閉じ込めるなど簡単だ。クリスティアン自らラファエルに襲いかかってきたのが、まるでラファエルに捕らわれたがっているようにも感じられて、自然と笑みが浮かんでくる。

傍《はた》から見れば奇怪この上無い光景であることは、百も承知だ。

騎士の最高位にある男が引き倒され、抵抗もせずに襲われている。しかも襲っているのは騎士に守られるべき王太子だというのだから。侯爵一派に目撃されたら、やはり王太子は野獣なのだと騒ぎ立てられるだろう。

それでも、ラファエルはクリスティアンを更にきつく抱き締めずにはいられなかった。恋ではない。恋ではありえないのに、胸が高鳴る。

クリスティアンは、見た目は似ているロイドよりも、ラファエルの方がいいと言ってくれた。ロイドから聞いた話では、ロイドには噛み付こうとしなかったそうだ。

クリスティアンがその牙を突き立てて罰してくれるのは、ラファエルだけ。ラファエルだけが、クリスティアンの獲物たりうるのだ。

「今日はまだ、何も召し上がっていらっしゃらないではありませんか。お腹は空いておいでではありませんか？　喉は渇いていらっしゃいませんか？」

「うーっ、ううーっ」

「申し訳ありませんが、私の僅かばかりの血肉では、クリスティアン様の糧《かて》にはなれません。どうか、お食事を…クリスティアン様」

「…ふっ、う…」

辛抱強く話しかけるうちに、喰い込んだ牙は戸惑ったようにゆるゆると抜けていく。ラファエルは解放された喉を寂しく思いながら、強張った背中を優しく撫でさすった。

「さあ、食事にしましょう、クリスティアン様。今日はいいものを用意しましたよ」

「うっ…？　あっ！」

クリスティアンはぱっと顔を輝かせ、ラファエルが差し出したアルの実を奪い取り、まだ皮を剝いてもいないそれにかぶりついた。しゃりしゃりと小気味良い音をたてて咀嚼し、拳大の実はみるまに細い芯だけになっていく。相当空腹だったのだろう。

「クリスティアン様、どうぞ」

頃合いを見計らってもう一つ手渡せば、クリスティアンはそれもあっという間に完食した。腹に食べ物が入ったおかげか、頰に赤みが差してきたようで、ラファエルは安堵に胸を撫で下ろす。

王宮に帰還してから、クリスティアンは料理長が腕によりをかけて作った料理に少しも口をつけようとしなかった。森を出て随分経つのだから、飢えていないわけがないにもかかわらずだ。ラファエルが匙で掬い、口元まで運んでやろうとしても、テーブルごと引っくり返してしまう。

何がそこまで気に入らないのか。悩んだ末に、ラファエルは気付いたのだ。クリスティアンが料理から立ちのぼる匂いに眉を顰めていることに。

王族に供される料理には、高価な香辛料や香草がふんだんに使われている。六歳からずっと森で育ったクリスティアンにはきつすぎるのかもしれない。もっと簡素な料理、いっそ素材そのものを出したらどうだろう。幼い頃の好物だった果物なら、もしかしたら食べてくれるかもしれない。

ラファエルの読みは当たり、昨日から製菓用の果物を料理と一緒に出してみたら、クリスティアンは喜んで食べてくれた。

「美味《おい》しいですか？　クリスティアン様」

「…ん、んっ」

今日は料理長に頼んで幼いクリスティアンが特に好きだったアルの実を用意してもらった。製菓用の甘味に乏しい果物とは違い、大量の水分と甘味を含んだ実は、クリスティアンも気に入ったようだ。何度も頷きながら、手を果汁でべとべとに濡らし、ラファエルが手渡した三個目の実を夢中になって食べている。

立ち込めるアルの実の匂いは、クリスティアンの身体から仄かに香るのと同じものだ。きっと魔の森にもアルの木があって、クリスティアンはその実を常食していたのだろう。

甘いもの全般が苦手で、果物の類も滅多に口にしないラファエルにとっては、この匂いはアルの実ではなく、クリスティアン自身の匂いである。とろりと甘くて、瑞々しく爽《さわ》やかで…それでいてどこか官能的な香り。そんな実を食べ続けたから、クリスティアンは全身から甘い匂いを放つようになったのだろうか。

「ううっ、う、うーっ」

三個目も食べ終えたクリスティアンが、ラファエルの腕の中から身を乗り出し、ラファエルの腰の後ろあたりを探り出す。ラファエルがもっとアルの実を持ってきていると踏んで、探り出そうとしているのだ。

クリスティアンの予想は正しい。ラファエルが持参した袋の中には、あと数個のアルの実が残っている。好きなようにさせてやりたい衝動をぐっと堪え、ラファエルはクリスティアンを正面に向かい合う格好で抱え直した。

「クリスティアン様、貴方は我が主君にして、王太子殿下であられるのです。臣下の前でおん自ら動かれてはなりません。お望みのものがあれば、欲しいと一言仰って下さい」

「ううっ…ふぅーっ！」

怒ったクリスティアンに両の二の腕に尖った指先を喰い込まされ、鎖骨の辺りに噛み付かれるのは予想済みだ。魔の森で食べたい時に食べ、眠りたい時に眠っていたクリスティアンは、自分の思い通りにならないことをひどく嫌う。主君の望みを阻むのは心が痛むが、クリスティアンにはほんの少しずつでも人間らしく、そして王族らしく振る舞うことを思い出してもらわなければならない。

「クリスティアン様…」

王宮に詰めるようになってからは、可能な限り軽装を心がけているから、分厚い布や革鎧《よろい》でクリスティアンの大切な牙や爪を傷《いた》めさせてしまう心配は無い。力を抜き、クリスティアンのしたいようにさせてやれば、小柄な身体が体重をかけてのしかかってくる。

「…うーっ」

逆らわずに押し倒されると、顔面に甘い匂いのする息がかかり、眼球を小さな紅い舌先が突いた。ラファエルの意志とは関係無く、反射的に閉じようとする瞼をこじ開け、クリスティアンは青い眼球に舌先を這わせる。

「…あ…あ、クリスティアン、様…」

思わず身動《みじろ》ぎしてしまったのは、クリスティアンの舌先があまりに滑らかで心地良かったからだ。だが、クリスティアンには反抗的な態度だと取られたのか、罰するかのように爪が二の腕に強く食い込んだ。

「申し訳ありません、クリスティアン様…」

「うう、…うっ」

応えともつかない唸り声を上げ、クリスティアンは左右の眼球を交互に舐め回す。

ラファエルの膂力《りょりょく》なら、クリスティアンを簡単にはねのけられる。失明は大きな戦闘能力の低下に繋がるのだから、本当ならすぐにでもそうするべきだ。

だが、たとえクリスティアンが舌ではなく牙を突き立ててこようとも、ラファエルは拒むつもりは無かった。野生の獣——たとえば獅子《しし》や狼は、より弱い牡が強い牡に対して弱点である柔らかな腹を晒すことによって服従を示す。ならば、ラファエルが眼球を弄《もてあそ》ばれても抵抗しなければ、クリスティアンにもラファエルが忠実な犬であり騎士なのだと伝わるはずだと思ったのだ。

「…らふぁー。もっと」

やがて、クリスティアンはゆっくりと顔を上げ、不承不承言葉を紡いだ。

ラファエルは決して自分に逆らわない無害な存在だとわかってくれたのか、はたまたいつまで経ってもさせるがままで放してくれないラファエルに根負けしたのかは定かではないが、クリスティアンが喋ってくれたのが嬉しくてたまらない。ラファエルはクリスティアンを抱えて上体を起こし、アルの実を袋ごと渡してやる。

「…らふぁー！」

「そうです、クリスティアン様。クリスティアン様の仰せならば、このラファエルは必ず従います。おわかり下さったのですね…」

「らふぁー、…んっ、おいしい。らふぁー、おいしい」

「…ああ、クリスティアン様は本当に、ご幼少のみぎりから変わらず賢くていらっしゃる…」

膝の上で尻を揺らしながらアルの実にかぶりつくクリスティアンは、まだ豊かな銀髪は伸び放題のままで、衣装も素材こそ極上の絹だが頭から被るだけの簡素な夜着だ。侍女たちが髪を整えようとしたのだが、クリスティアンは鋏《はさみ》や剃刀《かみそり》に異様な拒否感を示して逃げ回ったので、結局何の手入れもされなかったのである。衣装も、上下に分かれた本格的なものは嫌がり、無理矢理着せても破いてしまうため、これが精一杯だったのだ。身体を締め付ける窮屈な衣装は大の苦手らしい。

魔の森では裸と表現してもいい薄物一枚きりだったのだから、当然と言えば当然だ。クリスティアンにしてみれば、ここは嫌なことばかりを強制されるうるさくてどうしようもない場所だろう。さしずめラファエルはその親玉といったところか。従順な犬、忠実な騎士であるなどと思ってもらえているわけがない。

「らふぁー、らふぁー」

落ち込むラファエルの髪がくいくいと引っ張られた。

野に咲く菫《すみれ》よりも芳《かんば》しく、澄んだ紫の双眸がじっとラファエルを見上げている。紅も引いていないのに紅い唇は果汁で濡れ、甘い匂いをいつもよりいっそう強く放っていた。股間の雄が反応しかけるのを精神力で制し、ラファエルは優しく問い返す。

「クリスティアン様、いかがされました。お代わりをご所望ですか？」

「らふぁー、…欲しい」

「かしこまりました。今すぐ追加を…」

「ちが…う。アルの実、ちがう。ブランカ…欲しい」

他人の気配にはことのほか敏感で、外の衛兵たちの数まで察しているようなのに、クリスティアンはラファエルが身を硬くするのにも気付かず言い募る。

「ブランカ、欲しい。森に、帰りたい。ここ、居場所…ちがう」

「クリスティアン、様…」

斬りつけられたように痛む心から、血の代わりにほの暗い感情が流れ出すのはこれが初めてではない。クリスティアンが森を恋しがるたび、ブランカを求めるたびに流れ、心の中で渦を巻いている。

「らふぁー…、言った。欲しいもの、言えって」

「クリスティアン様…申し訳ありません。それだけは…」

「らふぁー！　うそ、つきっ！」

クリスティアンの放った言葉の矢は、ラファエルの心の真ん中を射抜いた。戦場に在っては矢の雨も剣で叩き落とし、敵陣に突撃する勇猛果敢な騎士も、クリスティアンの発する一言一言には容易く傷付けられてしまう。気高い獣の心を持つクリスティアンが、よほどのことが無ければ人の言葉を紡がないとわかっていれば、尚更だ。

「うそつき、らふぁーうそつきっ！」

「クリスティアン様、クリスティアン様…私では駄目なのですか。私では、そのブランカの代わりにはなれないのですか…っ」

「らふぁー、ちがうっ！　ブランカじゃない。ブランカが、いい…っ！」

「クリスティアン様…っ」

再び射抜かれた心からほの暗い感情が溢れそうになるのを堪え、ラファエルは腕の中で暴れるクリスティアンを抱き締めた。

ラファエルより遥かに小柄で羽根のように軽いクリスティアンを、指一本動かせないよう拘束するなど簡単だ。けれど、ラファエルにはただ抱き締める力を込めるのが精一杯だった。不敬だからではない。もしこれがブランカなら、荒れ狂うクリスティアンもあっさりと鎮めてしまうのだろうと予想が出来るからだ。

森の王だというブランカがどのような魔獣なのか、ラファエルは知らない。だが、幼かったクリスティアンをここまで健《すこ》やかに、たどたどしいとはいえど人間の言葉も忘れさせずに育てたのだから、非常に高い知性を有するだろうことは察しがつく。魔の森ではついにそれらしい魔獣には遭遇しなかったが、もし遭遇していたら、きっと無事では済まなかった。

高い知性に、凶暴な魔獣たちの上に君臨するだけの強さ。そのどちらも、ラファエルには無い。

ブランカだったら、ニーナの暴挙も未然に防げたのかもしれない。従順な犬たる守護騎士でありながら、ここまでクリスティアンに拒絶され、暴れられることも無かったのかもしれない。逢ったこともない、人間ですらない獣に、嫉妬の炎が燃え上がる。

「クリスティアン様…、私はっ……！」

凶暴な感情が喉をついて溢れかけた寸前でオズワルドと父の心配そうな顔が頭を過《よ》ぎり、ラファエルははっと口を閉ざした。それでも身の内で暴れ狂う衝動までは消しきれず、とっさにクリスティアンを解放し、突き放す。

「…らふぁー…？」

ラファエルの豹変に、今までの混乱も吹き飛んだのか、クリスティアンが不思議そうに首を傾げる。

「クリスティアン様…残酷な御方だ、貴方は…」

そっと伸ばされた白い手を、ラファエルははねのけるべきだった。己の中に巣食うどろどろとしたほの暗い感情を、これ以上育ててしまいたくなければ。

「捕らえようとすればお逃げになり…突き放せばそうやってお手を差し伸べて下さる。まるで貴方は、私を弄んでいらっしゃるかのようだ…」

わかっている。掌《てのひら》を引き寄せられ、頬を擦り寄せられてきょとんとしているクリスティアンに、そんなつもりなど欠片も無いということくらい。強者が弱者を蹂躙《じゅうりん》する単純明快な獣の世界には、こんな厄介な感情など存在しなかっただろう。

「…ブランカの元には帰して差し上げられませんが、クリスティアン様。明日より、王宮の外に出られますよ」

「そと…？」

今にも醜い感情が溢れそうになる心を強引に閉ざして言えば、クリスティアンは戸惑いながらも僅かに口元を綻《ほころ》ばせる。

「そと、行ける？」

「はい。我がハース家が賜《たまわ》った領地が、馬車で二日ほどの距離にあります。王都とは比べ物にならない鄙《ひな》びた土地ですが、自然だけは豊富ですので、きっとクリスティアン様もお気に召されるのではないかと」

さっきアーサーが多忙の合間を縫ってわざわざ訪れたのは、息子の激励のためだけではなく、クリスティアンをハース領に連れて行く許可が下りたと知らせるためだったのだ。

クリスティアンはニーナを異様に恐れている。ブランカの元に帰りたがるのも、きっとニーナから逃れたいせいだ。

いつニーナと遭遇するかわからない王宮の中では、事件の記憶を蘇らせるのはおろか、王族としての振る舞いを教え込むのも無理だろう。ボルドウィン侯爵が手出しをしてくる可能性も捨てきれないし、万が一クリスティアンが部屋から脱走し、その獣めいた姿を王宮中の人間たちに目撃されたら、王太子はやはり野獣なのだと自ら吹聴して歩くようなものだ。侯爵とニーナはここぞとばかりにクリスティアンの廃太子を迫ってくるだろう。

その点、ハース家の領地なら勿論ニーナは居ないし、領主邸も王宮よりずっと小さな分ラファエルの目も行き届く。侯爵が手の者を紛れ込ませてくる心配は無い。使用人たちもみな代々ハース家に仕える口の堅い者ばかりだから、クリスティアンが何をしても外部には決して漏れない。政とは直接的に関われない守護騎士の領地ゆえ、森と畑以外はとりたてて重要な拠点も何も無い田舎だが、それが今回は有利に働く。

ラファエルが提案した時、アレクシスは最初渋ったものの、今日やっと許可を出したのである。ようやく取り戻した我が子を手元に置きたいのは山々だが、侯爵から守るのが先決と判断したのだ。

つまり、それだけ状況はクリスティアンにとって悪い。侯爵たちはクリスティアンが余計なことを言い出さないうちに排除しようと暗躍している。どうしてもクリスティアンを廃せないなら、思い余って命を奪おうと画策するかもしれない。どのみち、王族の命を狙った者は、女神の怒りが降り注ぐまでもなく何人《なにびと》であっても死罪と法に定められているのだから。

ルイスのようにあからさまな手の者を送り込むことは出来なくても、間諜を放つくらいはするだろう。万が一、クリスティアンが事件の記憶を取り戻したりすれば、間諜は暗殺者に化ける可能性もある。ラファエルの責任は重大だ。並の騎士なら、重圧に押し潰されていてもおかしくない。

「そと、行く…らふぁーも、いっしょ？」

けれど、きらきらと輝く紫の双眸に映るラファエルは、心底嬉しそうに微笑んでいるのだ。唯一の主君に自分だけを見詰めてもらえて、歓ばない騎士など居ない。……昂らない犬など居ない。湧き上がる衝動を、こみ上げる欲望を、ラファエルは微笑みに隠す。

「勿論です、クリスティアン様。守護騎士たる者、決して主君のお傍を離れはしません。…二度と、貴方を奪わせはしない。どうか、信じて下さい」

「しんじる…、らふぁー？」

「そうです。貴方をお守りするのは、ブランカではない。…この私です。王妃からも、侯爵からも、このラファエルが…」

脅威が取り除かれれば、クリスティアンはきっとブランカではなくラファエルを頼ってくれる。森やブランカを恋しがって泣かなくなる。

「私が…、私だけが…」

…どうせ泣くなら、この腕の中で。クリスティアンを欲しがって震える喉に牙を突き立て、クリスティアンを求める心だけで出来た卑しい肌を引き裂きながらにして欲しい。そうすればクリスティアンの悲しみを、ラファエルの身体と心と血潮で紛らわせてやれる。このさもしい犬の血肉が、クリスティアンの一部になれる…。

「らふぁー、…らふぁー？」

「…っ、クリスティアン様、いかがされました？」

はっと我に返れば、クリスティアンが眠たげに瞼を擦っている。腹が満たされてから暴れたので、眠気が一気に押し寄せてきたらしい。眠たくなればその場で眠る。クリスティアンの行動は獣と同様いつでも本能に忠実かつ明快だ。

「明日は早く出立します。明日に備え、もうお休み下さい」

「う…、ん、やす、む…」

既に眠りの世界へ旅立ちかけているクリスティアンは、素直にラファエルに身を委ねた。寝台に横たえ、掛布を首元まで引き上げてやった時には、すやすやと健やかな寝息をたてている。

「…クリスティアン様、申し訳ありません」

ラファエルは懐に忍ばせていた袋から小さな丸薬を取り出し、口移しでクリスティアンに飲ませた。

かつての薬酒の原料である薬草を煎《せん》じ詰めて丸めたもので、この大きさなら朝まで一度も目覚めずに眠るはずだ。ラファエルはこれから明日の出立に向けて準備や最終確認に奔走しなければならず、クリスティアンに付ききりではいられない。

これまでも、どうしても離れざるをえなかった時にはやむなくクリスティアンが眠った後にこうして飲ませてきた。ラファエルが付き添えないなら、ロイドやオズワルドにでも任せればいいものを、こんな仕打ちに出るのはラファエルの身勝手に他ならない。

『王太子殿下の護衛に、どうか私も加えて下さい……！』

胸をかすめるのは、地面に額を擦り付けんばかりに懇願してきたロイドの姿だ。ラファエルの縁続きであることを鼻にかけ、傲慢な物言いもあったロイドである。朋輩の騎士たちはロイドの熱意に驚き、ロイドをそこまで駆り立てたクリスティアンの王太子としての素質を褒《ほ》め称《たた》えた。

だが、ラファエルだけはロイドの本心がわかっていた。

ロイドは魅せられてしまったのだ。クリスティアンの野獣のような無垢《むく》さと、穢れ無き美しさに。あの目に宿る狂おしい光は忠誠心などではない。……汚らわしい、執着だ。そしてそれはきっと、ラファエルも同じ……。

「……ッ」

ラファエルはがばっと立ち上がり、クリスティアンの眠る寝台から離れた。

とうに薬は飲ませ終わっていたにもかかわらず、浅ましくも重ねたままだった唇に残る柔らかな感触を振り払い、寝台を覆う帳《とばり》を下ろす。

濡れた温かい口内を味わいたい。鼻先で柔らかな陰毛を掻き分け、芳しい性器を鼻息で温もるほど嗅ぎまくってからしゃぶりたい。甘いに違いない蜜を、この口の中にたっぷりとぶちまけて欲しい。

――良いか、ラファエル。我らは主君の剣であり、盾であり、犬だ。それ以外の何物でもないことを、心せよ。

欲望の咆哮は、父の戒めが辛うじて抑え込んだ。隣の小部屋に飛び込み、壁に背を預けたまま、ずるずるとしゃがみこむ。

股間が痛いほどに張り詰め、疼いていた。後で時間を作り、城下の花街で適当に発散しなくてはならないだろう。小柄でほっそりとした銀髪の女なら、少しはこの劣情を宥めてくれるかもしれない。

ラファエルは顔を片手で覆い、天を仰いだ。

暗闇の中で、クリスティアンはぱちりと目を開けた。舌を動かし、横向きになって吐き出したのは、ラファエルに口移しにされた丸薬だ。飲み込むふりをして舌の下側に隠しておいたのである。

ラファエルにこれを飲まされると、決まっていつもより深く眠り込んでしまう。馬車の中で飲まされた薬酒と同じ効果があるのだと、クリスティアンはすぐに勘付いた。

「…ふ、ふふっ」

唾液を拭き取った丸薬を見詰めていると、自然に笑いがこみ上げてくる。

明日はここから出て、ラファエルの領地とやらへ赴くのだという。きっとまたあの馬車とかいうものに乗せられて移動するのだろう。

クリスティアンの身体能力をもってしても、この五日間、王宮から脱出するのは不可能だった。馬車よりもずっと堅牢な壁、沢山の人間、何よりも起きている間は常に傍を離れないラファエルがクリスティアンを阻んだ。

ラファエルはクリスティアンに噛まれても引っ掻かれても抵抗せず、決して反撃もしてこない代わりに、何があろうともクリスティアンを逃さない。腕の中に閉じ込め、血を流しながらクリスティアンが力尽きるか、諦めるまでただじっと待ち続ける。

　分厚い筋肉の生み出す熱に包まれ、クリスティアン様クリスティアン様と呼びかけられ続けるうちに、食い殺してでも逃げ出してやるという気概は削がれ、荒れ狂う心は不思議と凪《な》ぎ、眠りに落ちてしまう。けれど再び目覚めてラファエルが傍に居なければ、とたんに嘲笑するニーナの顔が蘇り、恐ろしくて居ても立ってもいられなくなるのだ。

　今もそう。身体がひとりでに震え、止まらない。逢ったのは五日前のたった一度だけなのに、あの緑色の目が脳裏に焼き付いて離れない。

　邪魔をする者は爪と牙で引き裂いてやればいい。でも、身の内に巣食った恐怖にはどうやって立ち向かえばいいのかわからない。

　馴染んだ森の中なら、身を隠すこともブランカに助言を仰ぐことも出来るが、ここには隠れる場所すら無い。あるのはごてごてとした調度と、沢山の人間の気配と、ぴりぴりとした空気。そして、ラファエルだけだ。

　クリスティアンの心をかき乱すくせに落ち着かせる、おかしな男。ラファエルがこんなところに連れて来たからクリスティアンは酷い目に遭っているのに、あの青い双眸に見詰められると、胸がじくじくと疼くのだ。あの目玉に何か不思議な力でもあるのかと思い、何度も舌先で味わってみたけれど、ただ甘くて温かくて美味しいだけで、他には何も感じなかった。

　味も匂いも強すぎる食べ物も、肌触りの良すぎる衣も嫌だが、一番嫌なのはラファエルのことばかり考えてしまう自分だ。ここはとても危険な場所なのに、ラファエルが傍に居ると心地良く感じてしまう。青い空と黄金の太陽が無くても、同じ色彩を持つ男が居れば満足してしまいそうになる。

　このまま閉じ込められ続けたら、きっとどうにかなってしまうに違いない。早く森に帰らなければと思っていたが、ようやく絶好の機会が訪れた。

この堅牢な空間から出てしまいさえすればこちらのものだ。森は独特の魔力を放っているから、それを頼りに辿り着ける。厄介なラファエルにはこの丸薬を使ってやればいい。どんな屈強な大男も、眠ってしまえば何も出来ない。いつもクリスティアンにしている仕打ちを、今度は自分が受けるのだ。

いい気味だと思えないのは、ラファエルがクリスティアンのために心を砕いているとわかるからだろうか。

目覚めた時、掛布や床に敷かれた敷布はニーナの目と同じ緑色だったが、ニーナと遭遇した翌日には今の白いものに換えられていた。出された食べ物を食べられずにいたら、生の果実を用意してくれた。ラファエルは何も恩着せがましいことは言わなかったが、差配したのはラファエル以外には居ない。この部屋に立ち入るのは、ラファエルだけなのだから。

…明日、クリスティアンは森に帰る。ラファエルを騙し、置き去りにして。

目覚めた時、クリスティアンが消えていたら、あの男はどうするのだろう。騙されたと憤るだろうか。それとも悲しむのだろうか。嚙み付かれても抵抗せず、もっと喰い込ませて欲しいとばかりにクリスティアンを嬉しそうに抱き寄せる、あの男は。

考え続けるうちに眠ってしまい、クリスティアンは翌朝、ラファエルに揺り起こされた。

「お休みのところ申し訳ありません、クリスティアン様。間も無くご出立の刻限です」

寝台の上で眠たげに瞼を擦るクリスティアンの前に、ラファエルは跪いた。

いつもより飾りの多い衣に身を包み、長い黄金の髪をきりりと束ねた姿は、牡であるクリスティアンの目にも麗しく映る。きっと牝、いや、女にはさぞかし魅力的だろう。数多の女がラファエルの繁殖相手になろうと群がるはずだ。強い男は可能な限り子孫を残したがるものだから、ラファエルは既に何人かと交尾し、仔《こ》を産ませているかもしれない。

「…むう…」

ラファエルが何人もの女と交尾するところを想像したら、何故か胸がむかむかする。牙を覗かせて唸るクリスティアンを、寝起きゆえの不機嫌と勘違いしたのか、ラファエルは慌ててアルの実を差し出してきた。面白くないが、空腹なのは確かなので、素直に受け取ってかぶりつく。

「今日の出立は非公式ではありますが、陛下がたってのご希望でお見送り下さいます。つきましては、窮屈とは思いますが、こちらをお召し頂きたく…」

今まで何度も着せられそうになったから、人間が身に着けるものの名前もすっかり覚えたクリスティアンである。遠慮がちに寝台に広げられたのが、上級貴族の正装一揃いであることはすぐにわかった。

それらをいっぺんに纏ったら、とても窮屈そうだということも。

「ううう－っ…」

冗談ではない。こんなものを着せられたら、動きやすさが半減してしまう。特にブーツは最悪だ。一度、ラファエルに履《は》かされかけたことがあるが、足は締め付けられるし蒸れるしで、人間は不快な思いをするのが好きなのかと思ったほどだ。

引き裂いてやろうとしたクリスティアンだが、ふと考え直し、芯だけになったアルの実を放り捨てた。寝台から弾みをつけて飛び降り、恭しく芯を拾い上げようとしているラファエルの前に着地する。

「く、クリスティアン様？」

「…ふく、着る」

目を丸くするラファエルの顎を、クリスティアンは爪先で持ち上げた。逃亡するに当たり、最も手強い障害になるのはこの男だ。今は言うことを聞いてやって、油断を誘うのがいい。

「クリスティアン様…！　ありがとうございます！」

クリスティアンの考えなど知らず、ラファエルは破顔し、早速着付けを始めた。肌着を何故かクリスティアンから視線をずらして穿《は》かせ、後は手早くシャツやズボンを着せていく。沢山の留め具のついたブーツを穿き、きらきらと光る糸を織り込んだ布地を用いたダブレットを羽織ればようやく完成だ。これでも王太子としては簡素な装いだそうだが、本格的に装ったらどんなことになるのかと想像するだに恐ろしい。今でさえ、纏った衣が全身に食い込み、ずっしりと重たいのだ。

「…おもたい。きつい」

「申し訳ありません。ですが…とてもよくお似合いです。神々しく、お美しい…まさしく我がトゥランの王太子殿下であられる」

うっとりとクリスティアンを見上げるラファエルの眼差しは、森の魔獣たちがブランカに向けるものとよく似ていた。絶対的な存在に対する憧憬《どうけい》と敬慕……だが、ラファエルの場合はそれだけではない。他に、肌をちりちりと焼くような熱がこめられている。クリスティアンにはよくわからないその熱は、何故か心地良い。

「おうたいしでんか？」

思い返せば、ラファエルは森で出逢った時からクリスティアンをそう呼んでいた。ラファエルだけではなく、オズワルドやロイド、他の人間たちもだ。

「そうです、クリスティアン様。貴方はアレクシス陛下と亡きユーフェミア王妃の間にお生まれになった、正統なる王太子…トゥランの次代の王となられるべき御方です」

「じだいの、おう…」

「そして私は、クリスティアン様のお傍に常に控え、御身をお守りする栄誉を授けられた守護騎士…貴方だけの従順な犬です」

ラファエルは熱を孕んだ眼差しをクリスティアンに据えたまま、クリスティアンのダブレットの裾にそっと口付けた。

「私の身体も命も、クリスティアン様のものです。

どうか、私の手綱をお放しにならないで下さい。クリスティアン様がいらっしゃらなければ、私の生きる意味は無くなってしまうのですから…」

「ら、ふぁー…」

森には犬という魔獣は居なかったが、ラファエルの言動から推測すれば、強い戦闘能力を持ちながらクリスティアンに何をされても抵抗せず、むしろ嬉しげに身体を差し出す生き物なのだろう。しかも、クリスティアンに手綱で繋がれていたいらしい。

なんだか目の前の大男をいたぶってやりたいような、それでいて可愛がってやりたいような不思議な衝動にかられ、クリスティアンは中間を取ってラファエルの耳朶《じだ》に噛み付いた。

「クリスティアン様…っ」

「らふぁー…、もっと」

ラファエルが弾かれたように身を引いたのが面白くなかった。いつものように従順に身を差し出せばいいのに、どうして逃げるのだ。もっと噛みたい、もっと赤くさせてやりたい。にじり寄るクリスティアンに、ラファエルは平身低頭して告げる。

「出立の刻限が迫っております。陛下をお待たせしてはいけません」

「うーっ…」

他人の都合など知ったことか。クリスティアンは今、ラファエルを味わいたいのだ。今、今、今！

心の声は、ブランカではないラファエルにも伝わったらしい。

「クリスティアン様…、少しの間だけ、ご辛抱下さい。馬車の中でなら、いくらでもお好きになさって頂けますから」

「うううう一っ…」

森では基本的に欲望を我慢せずに生きてきたクリスティアンである。もういい、ラファエルなど構わず噛んでやろうと動きかけ、はたと思いだす。クリスティアンはこれからラファエルの隙を突いて森へ帰るのだ。些末《さまつ》なことに構っている場合ではない。

「…いい。行く」

「は…っ、ありがとうございます、クリスティアン様。では、こちらへ」

ラファエルに手を引かれて部屋を出ると、外に屈強な男たちが控えていた。あの赤毛は居ないが、ラファエルと共に森に踏み込んできた面子《メンツ》ばかりだ。

彼らも加わり、一団となって進む。意識の無いうちに閉じ込められたから、部屋の外を見るのはこれが初めてだ。あの部屋も広かったが、石を敷き詰め、積み上げて造った王宮と呼ぶらしい建物は更に広くて圧倒される。

「らふぁー、あれ、なに?」

不思議な匂いに心を惹かれ、クリスティアンはラファエルの手を引いた。匂いの元は中庭に群生している花々だ。幾重もの花びらが渦を巻く形は初めて見るもので、興味がそそられる。

「あれは薔薇《ばら》です。…少々お待ち下さい」

ラファエルは紫色の薔薇を一輪摘《つ》んでこさせ、沢山付いている棘を手早く取り去ってから、クリスティアンに渡してくれた。強くなった匂いはとても芳しく、どこか慕わしい感じがして、クリスティアンはうっとりと微笑む。

「……!」

背後から声にならないどよめきが上がった。見れば、屈強な男たちが頬を赤く染め、クリスティアンを凝視している。クリスティアンが小首を傾げると、男たちの頬はますます赤くなった。

何が起きたのかわからないのは、当のクリスティアンだけだ。

男たちは魔の森でのクリスティアンの暴れぶりを目《ま》の当たりにしている。それだけに、侯爵一派が『王太子は野獣になって帰ってきた』と吹聴して回るのにも信憑《しんぴょう》性を感じていたのだ。事情を知らない者たちが、不遇の王太子殿下をお守りするのだと意気込んでいるのも内心苦々しく思っていた。

だが、数日ぶりに姿を現したクリスティアンは、地味だが王太子に相応しい衣装に身を包み、大人しくラファエルに手を引かれている。薔薇を手に微笑む姿は愛らしく、それでいて神々しいまでに美しく、儚げで、魔の森での乱行など吹き飛ばしてしまうほどの威力があったのだ。

「参りましょう、クリスティアン様」

ラファエルが色めきたつ部下たちをひと睨《にら》みし、クリスティアンの手を引いて歩き出した。ほどなくして大きな門を潜《くぐ》れば、昇ったばかりの朝日が全身を照らす。ようやく外に出たのだ。

「クリスティアン、久しいな。息災であったか？」

馬車の前に大勢の人間を従えて佇んでいたアレクシスが、優しく声をかけてきた。最初の日以来、会うのは二度目だ。ラファエルよりも淡い青の双眸に見詰められると、あの時のように胸が疼いて、懐かしい気持ちがじわりと広がる。

アレクシスはクリスティアンの父親なのだと、ラファエルは言っていた。だからだろうか。微笑む顔に強い疲れが滲んでいるように見えて、つい手にしていた薔薇を差し出してしまったのは。

「クリスティアン……？」

「…これ、あげる」

震える手で薔薇を受け取ったアレクシスが振り返ると、ラファエルは跪き、恭しく答えた。

「先程、ユーフェミア様の花園を通りがかった際に興味を示されましたので、一輪献上しました」

「ユーフェミアの…そうか、そうか…クリスティアン…」

アレクシスの双眸から涙が溢れた。ラファエルは嬉しい時に涙を流すと言うが、アレクシスは笑っているのに悲しそうで、クリスティアンもつられて悲しくなる。

「クリスティアン…薔薇はそなたの母がことのほか愛した花なのだ。あの花園は、もう永くないと察したユーフェミアが造らせたのだよ。儚くなってしまう自分の代わりに、そなたを見守ってくれるようにと」

「はは…？」

「そなたには辛い思いばかりをさせてしまうが…どうか、忘れないでくれ。そなたは私の大切な息子だ。私はそなたを心から愛している。ユーフェミアも、女神と共に天上からそなたを見守ってくれているだろう。…侍従長」

背後に控えていた初老の男が頷き、小さな箱の蓋《ふた》を開けて恭しく差し出した。

中に収められていたのは、クリスティアンの瞳と同じ色の石が沢山付いた小さな銀の輪だ。クリスティアンがその不思議な煌きに目を奪われているうちに、アレクシスは輪の金具を外し、クリスティアンの右腕に嵌めてしまう。

「よく似合っている…。クリスティアン、その紫水晶の腕輪はそなたの母の形見だ。身に着けていれば、きっとそなたを守ってくれるだろう。そなたの帰りを、心待ちにしているぞ」

アレクシスはクリスティアンを抱擁してから、名残惜しそうに馬車へ乗せた。開いたままの馬車の扉から、アレクシスに激励されるラファエルと、周囲で涙ぐむ人々が見える。

「…みんな、泣く、どうして？」

馬車が走り出してから尋ねると、向かい側に腰掛けたラファエルは寂しそうに笑った。

「みな、クリスティアン様に亡きユーフェミア様を重ねられたのでしょう。ユーフェミア様はご夫君のアレクシス陛下だけでなく、誰からも慕われておいででしたから」

「ゆーふぇみあ…」

アレクシスの姿には記憶に引っ掛かるものを感じるが、クリスティアンの母親だというユーフェミアはいくら思い出そうとしても何も出てこない。それが酷く悲しいことに思えて、クリスティアンはアレクシスに嵌められた腕輪をそっと撫でる。

「ユーフェミア様はクリスティアン様がまだ赤子の

頃に亡くなりましたから、覚えておいでではないでしょうが、クリスティアン様と同じ銀色の髪と紫の瞳の、とても美しく優しい御方でした」

「…これ、と、おなじ？」

紫水晶の腕輪をかざすと、ラファエルは頷いた。

「我がトゥランの貴族には、女子が生まれた場合、瞳と同じ色の石…誕生石と呼ぶのですが、それを贈る風習があるのです。令嬢が成人したあかつきには、誕生石は首飾りや腕輪などに細工され、令嬢は護符として常に身に着けます。その腕輪も、ユーフェミア様は亡くなるまで嵌めておいででした」

ラファエルの言葉に、クリスティアンの中でぼんやりと一人の女性の姿が浮かび上がった。クリスティアンにそっくりな美しい女性が、揺り籠《かご》に眠る赤子に優しく語りかけている。痩《や》せ衰えた細い腕には、クリスティアンが嵌めているのと同じ腕輪が煌いていた。

……わたくしの可愛いクリスティアン。愛しているわ。貴方とずっと一緒に居られない、ふがいないお母様を許してちょうだい。

「あ……」

「クリスティアン様…!?」

胸が潰れてしまいそうに痛み、クリスティアンはラファエルの膝に向かい合う格好で素早く飛び乗った。狼狽しつつもしっかりと背中を支えてくれるのに安堵し、高い襟《えり》で覆われた首筋の僅かに露出した部分にかぷりと歯をたてる。

「…っ、クリスティアン様…っ」

「らふぁー、いった。馬車の中、なら、好きにして、いいって」

喋りながらかぷかぷと何度も浅く肌を噛んでやる。厚い布地が邪魔だという無言の訴えはきちんと通じたらしく、ラファエルは身動ぎつつもシャツの前をくつろげ、首筋を露にしてくれた。さえぎるものが無くなったので、クリスティアンは清々と太く逞しい項《うなじ》に牙をたてる。

「う…っ、クリスティアン、様…」

押し殺した呻きが、クリスティアンの興奮を更に煽った。

嚙み付かれれば従順に力を抜くラファエルを、蹂《じゅう》躙《りん》してやりたい。存分に嚙んだ後で、傷口を舐めて癒してやりたい。

不可解な衝動を抱えたまま顎を動かし、馴染んだ肉の感触を味わううちに、胸の痛みはゆっくりと引いていった。

やっぱりそうだ。ラファエルを貪《むさぼ》ると、不安なことは全部消えてしまう。

今度は反対側を嚙んでやろうと一旦顔を上げたら、ラファエルは頰を紅潮させ、何かを堪えるかのように唇を嚙んでいる。その表情に酷く心惹かれ、クリスティアンは首筋ではなく、ラファエルの唇にかぶりついた。

「クリスティアンさ、……っ！」

「らふぁーっ…」

今まで嚙んだ部分と異なり、唇の肉はとても柔らかい。嚙み切ってしまわないよう注意して甘嚙みしていたら、滲んできた唾液が潤滑剤代わりになり、重なった唇がぬるぬると動き始める。

柔らかくて熱い肉同士が擦れ合う感触は今までに無い心地良さで、クリスティアンはいつしか夢中になっていた。ぴったりと重ね合わせた唇を動かし、食んで、その弾力ある柔らかさに酔いしれる。

「らふぁー…？」

やっと満足して顔を離したら、ラファエルはさんざんいいように貪られた唇を押さえ、頰を真っ赤に染めていた。クリスティアンが口の端に垂れてきた唾液を舐め取ると、ぎくりと腰が揺れる。

尻の下がなんだか熱いような気がして、クリスティアンは首を傾げた。ちょうどクリスティアンの尻とラファエルの股間が触れ合っているあたりだ。確かめてみようと尻を動かしたところで、腋《わき》の下に手が差し入れられ、ぐいっと持ち上げられる。

「…いけません、クリスティアン様。そのようなはしたない真似をされては…」

「…はしたない？」

　そのままラファエルの隣に移動させられるが、クリスティアンとしては何がいけないのかも、はしたないという言葉の意味もわからない。

「らふぁー、犬。犬、噛むの、いけない？」

「クリスティアン様…」

「噛みたいの、らふぁーだけ。なのに、だめ？」

「クリスティアン様…、ああ、貴方という方は、なんて…」

　ラファエルは片手で額を苦しそうに押さえ、何かを考え込んでいるようだった。しばらく馬車の車輪の音だけが響いた後、やっと口を開く。

「…クリスティアン様は何も間違ってはいらっしゃいません。私はクリスティアン様の犬ですから、どのようになさっても良いのです。しかし、唇は別です」

「くちびる、ちがう？」

「そうです。唇を重ねるのは、愛する者同士だけです。クリスティアン様にはいずれ相応しい家柄の姫君がお輿《こし》入れされるのですから、犬如きに大切な尊い唇をお許しになってはいけないのです」

　輿入れとは何かと聞けば、クリスティアンのつがいになるということだそうだ。つまり、唇を重ねるのは、人間の場合はつがい同士だけらしい。そんなのおかしい。クリスティアンが貪りたいのはラファエルの肉厚な唇だけで、他の人間の唇なんて要らないのに。いくらでもクリスティアンの好きにしていいと言ったくせに！

「らふぁー、らふぁー、らふぁーっ」

「申し訳ありません、クリスティアン様。クリスティアン様のご命令でも、それだけは…」

　苛立ってラファエルの腕を掴み、ぐいぐいと引っ張るが、ラファエルは決して唇には触れさせてくれない。

逃げられれば追いたくなるのが獣の習性というものだ。喉笛を噛み切ってでも唇を奪ってやろうとしたクリスティアンだが、がたんと馬車が大きく揺れた拍子に本来の目的を思い出し、はっとする。逃げ出す隙を窺わなければならないのに、一体自分は何をしているのか。ラファエルが傍に居ると、クリスティアンは大切なこともすぐに忘れ、ラファエルを味わうことしか考えられなくなってしまう。

「何事だ」

ラファエルが小窓を開けて尋ねると、武装した騎兵が馬を寄せてきた。僅かな隙間から、馬車を囲む他の騎兵たちが剣を抜き放ち、周囲を警戒しているのが見て取れる。ぞわ、とクリスティアンの背筋が粟立った。どす黒い悪意の塊のようなものが、馬車の前方と、そして左右から接近してきているのを感じる。

「前方より敵襲です！　数はおよそ五十、既に先鋒《せんぽう》隊が交戦状態に入っています！」

「ボルドウィン侯爵の私兵か⁉」

「先鋒隊からの報告によれば、風貌から所属は明らかではないとのことです。どうぞ、ご指示を！」

「…我ら後方隊も、一時進行を停止。先鋒隊を襲撃したのは陽動の可能性が高い。馬車を囲んで守りを固めよ！」

「はっ！」

騎兵が走り去るや、ラファエルは腕にしがみついたままのクリスティアンにそっと語りかけた。

「クリスティアン様、暫《しば》しの間、お傍を離れることをお許し下さい。クリスティアン様を狙う不埒者を、すぐに撃退して参ります」

指示を出している時の横顔は本当にラファエルかと疑いたくなるほど厳しかったのに、クリスティアンに向けられる表情はいつもと変わらず優しく、笑みすら浮かべている。じわりと疼く胸にクリスティアンが戸惑っていると、さっきの騎兵が外から呼びかけてきた。がしゃがしゃと剣の触れ合う不気味な音と、馬のいななきが混ざり合う。

「…ラファエル様、右方向より敵影！　迎撃体勢に入ります。お早く、お出ましを！」

「今、参る！」

「…らふぁーっ！」

扉を開け放ち、今にも飛び出そうとしたラファエルの上着の裾を、クリスティアンはとっさに摑んでいた。ラファエルが驚愕の表情で振り返るが、驚いているのはクリスティアンの方だ。

さっさと行かせてしまえばいい。どうやら、何者かの襲撃を受けているようだ。ラファエルがそちらにかかりきりになっている間に、クリスティアンは悠々と脱出出来る。こっそり隠し持ってきた丸薬を使うまでもない。

でも、どす黒い悪意が渦巻く外へラファエルをそのまま行かせる気にはどうしてもなれなかった。外の騎兵たちも、ラファエルでさえ、左側から気配を消して忍び寄ってくる群れに気付いていないとなれば、尚更だ。

「…敵、右だけ、ちがう！　左からも、くる…右よりも、たくさん！　右は、おとり…左の方が、つよい！」

敵は右だけではない。左側から、より多くの敵が攻めてくる。今、右側から攻めてくるのは囮《おとり》部隊だ。左側の部隊の方に、強い者が集中している。

思ったことを上手《うま》く言葉に変換出来ないもどかしさに悶《もだ》えながら懸命に告げると、ラファエルは目を瞠り、力強く頷いた。

「ご助言に感謝します、クリスティアン様。不自由でしょうが…私が戻るまで、ここを決して動かないで下さい」

「らふぁー」

「大丈夫です、クリスティアン様。私は貴方の従順な犬、忠実なる騎士。貴方を脅かす敵に敗れるなどありえません」

ラファエルはクリスティアンの手を強く握り締め、

今度こそ馬車から飛び出した。外側から扉が閉まると同時に、剣がぶつかり合う激しい音が響き、男たちの怒号が飛び交う。時折、わあっと扉のすぐ傍で大きな声がして、馬車の車体が何かにぶつかられたかのように小さく揺れる。戦いがついに始まったのだ。

ラファエルは、ラファエルは？

クリスティアンは本能に急《せ》かされるまま、小窓を開け放った。クリスティアンを警護する騎兵たちが、黒ずくめの男たちと激しく剣を交わしている。

黒ずくめの男たちは歩兵と騎兵が半々の混成部隊で、騎兵同士が戦う間に、歩兵はわき目もふらずに馬車に突進してきた。さっきから馬車が揺れているのは、歩兵が中に侵入しようと扉に体当たりを仕掛けているせいだったのだ。扉の前には常に騎兵が何人か付いているので、すぐに撃退されてしまうのだが、それでも黒ずくめの男たちは諦めない。馬車の中に隠されているものを――クリスティアンを執拗《しつよう》に狙っている。

魔獣は何事にも縛られない自由な生き物だが、飢えを満たすためでなければ他者の命を狩らないし、縄張りや牝を争いでもしない限り同族同士で相打つこともしない。なのに、目の前の人間たちは、ただクリスティアンを害するためだけに同族に牙を剝いている。

こんな人間たちに、ラファエルの命をくれてやれるものか。あの黄金の髪も青空を映した双眸も、甘い血肉も、全てクリスティアンのものなのだ。

あの男を自由にしていいのはクリスティアンだけなのだ。クリスティアン以外の者に一筋でも傷を付けられるなんて、絶対に許さない。絶対に！

「あ……」

怒りを滾らせながら見回していると、ほどなくして求める男の姿を発見した。ひときわ大きな馬に跨り、黒ずくめの男たちをなぎ倒している。

「ぐわあっ！」

「ぎゃあ…っ！」

ラファエルが巧みに手綱を操りながら馬上で剣を振るうたび、男たちは悲鳴と共に地に伏し、戦える者は確実に数を減らしていく。しかも、ラファエルはぎりぎりのところで急所を外し、命までは奪っていない。

殺すより生かす方が遥かに難しいことを、クリスティアンも知っている。あの混戦状態であそこまでやってのけるとは、なんという技量なのか。ラファエルが本気でかかったなら、黒ずくめの男たちはとうに全滅しているに違いない。森で日輪熊が大人しく縄張りを通過させたのもわかる気がする。

「馬車を警護する者以外は私に続け！　右は囮だ。本隊は左から現れるぞ！」

剣を掲げて叫んだラファエルに対し、周囲の反応は大きく二つに分かれた。

「おおーっ！」

「なっ、なにっ⁉」

ラファエルの部下の騎兵たちは勇ましく声を上げ、黒ずくめの男たちは明らかに動揺したのだ。その隙を騎兵たちに突かれて一気に攻めたてられ、馬車の周囲に立っている男たちは一人も居なくなった。馬車の周囲を固める騎兵以外が左側に反転し、迎撃態勢をすっかり整えたところに、左手から新たな黒ずくめの一団が姿を現す。

口元を布で覆い隠した、群れを率いる長《おさ》らしい男が目を剝いて叫んだ。

「な…っ、何があったんだこれは…話が違うぞ！」

「かかれーっ！」

男の叫びに被さるようにラファエルが指示し、剣から長槍《ながやり》に持ち替えた騎兵たちが突撃を開始する。馬蹄《ばてい》を轟かせて押し寄せる騎兵の迫力に、男たちはとっさに身を翻《ひるがえ》して逃走しようとするが、既に遅かった。次々と槍先にかかり、弾き飛ばされていく。長らしき男はラファエルが真っ先に馬上から落とし、部下に捕縛させていた。

「襲撃者の捕縛が完了し次第、負傷者の治療に当たれ。…この男は、私が直々《じきじき》に尋問する」

「うぐぁっ…！」

顔は部下の方に向けたまま、ラファエルは上半身を縛り上げられ、膝立ちにさせられた長を蹴りつけた。ごつい手から、ぽろりと短刀が落ちる。隠し持っていたその短刀で、密かに縄を断ち切ろうとしていたのだ。ラファエルからは死角だっただろうに、よく感知したものである。

「…貴様が指揮官だな。王太子殿下の馬車を狙ったのは、ボルドウィン侯爵の命令か？」

「…何のことか、わからねえな。俺たちはただ、お宝をたんまり積んでそうだったから襲っただけだ。王太子なんて大物が乗ってるなんざ、今初めて知ったよ」

「あくまで野盗《やとう》だと言い張るつもりか。…ならば、これは何だ？」

ラファエルは部下に命じ、長の懐を探らせた。長はふてぶてしい態度を一転させ、狂ったように暴れだすが、二人がかりで羽交《はが》い絞《じ》めにされては抵抗しきれない。

「…ラファエル様！　こんなものを隠し持っています！」

駆け戻ってきた部下から黒い石を受け取り、ラファエルは眉を顰めた。戦闘中に解けたのか、長を睥睨するラファエルの黄金の髪は風に舞い、まるで怒れる獅子のたてがみのようだ。悪態をつこうとしていた長も、迫力に呑まれ、ヒッと悲鳴を上げて竦んでしまう。

「隠密《おんみつ》の術石《じゅつせき》…か。所持者とその周囲の人間の気配を一定時間、完全に隠してくれるものだったな。確か、一流の魔術師でなければ作成出来ないはずだ。術石の類は流通も厳しく制限されている…ただの賊が持てるものではない」

「そっ、そっ、それはっ、その…っ」

「貴様たちの身柄はこのまま我が領地に輸送する。

守護騎士の領地では、さすがの侯爵も王都のようには口を挟めない。生きて帰りたければ、真実を告白するのだな。…連れて行け」

顔面蒼白《そうはく》の長と共に、他の男たちも縛り上げられ、引きずられるように連行されていく。

気付けば、クリスティアンの優れた視覚で見回せる範囲に、黒ずくめの男たちは一人も居なかった。馬車の周囲で用心深く警戒していた騎兵たちも剣を鞘《さや》に戻し、安堵の表情で言葉を交わしている。

「さすがはラファエル様だ。術石の感知は魔術師でなければ難しいのに」

「ラファエル様がおいでにならなければ、囮に惑わされているうちに左右から挟撃されていたかもしれないな。…あ、おい」

騎兵たちが下馬し、馬車の扉を開く。

こちらに馬を走らせてくるラファエルの姿が見えた瞬間、クリスティアンは外に飛び出していた。騎兵たちが慌てて追いかけようとするが、クリスティアンの足に敵うはずがない。

「らふぁー…っ！」

「…クリスティアン様！」

クリスティアンに気付いたラファエルが馬から下り、放たれた矢の如く飛んできた主君を抱き止める。微かに纏わり付く血の匂いは黒ずくめの男たちのものだ。ラファエルからラファエル以外の匂いがするのは気に入らないが、この男が傷一つ無く戻ってきたのが嬉しくて、クリスティアンは引き締まった逞しい腰にしがみつく。

「王太子殿下だ…」

「なんと、わざわざ守護騎士を労うためにおでましになったのか…」

感嘆の声が上がり、周囲の騎兵たちの視線がクリスティアンに集まる。中には捕縛した男を引きずっていく足を止め、呆《ほう》けたように見入る者まで居た。

貴人は常に安全な場所でじっとしているもの。ついさっきまで血なまぐさい戦場だったところにわざわざ快適な馬車から下りてまで出てくる貴人など居ない。王族なら尚更だ。ことに、第二王子でありクリスティアンの異母弟であるセドリックが荒事を嫌い、王宮から殆ど出ないのは有名である。

クリスティアンにそんなつもりは欠片も無くとも、今のクリスティアンは自分のために奮戦した守護騎士を労うため、自ら出てきた勇敢かつ慈悲深い王子に見えてしまうのだ。

「クリスティアン様…、ありがとうございました。クリスティアン様がご指摘下さらなかったら、危うい状況に陥っていたかもしれません」

「ら…、ラファエル様、それはどういうことですか？　術石を察知したのは、ラファエル様では…」

クリスティアンをしっかと抱き締めるラファエルに、騎兵の一人が我慢しきれず問いかける。

ラファエルは首を振り、毅然《きぜん》と断言した。

「いや、最初に感付かれたのは王太子殿下だ。殿下が右側は囮部隊で、左側から接近してくるのが本隊だと教えて下さったから我らは挟撃を免れたのだ」

「おおっ…」

「王太子殿下…、女神の加護をお受けになった、我らが王太子殿下…！」

「王太子殿下！　王太子殿下！」

一人が叫んだのを皮切りに、幾つもの感極まったかのような声が重なる。ラファエルの腕に囲われていてさえ押し寄せてくる熱気に、クリスティアンは身を震わせた。

「らふぁー…みな、どうして、呼ぶ？」

「彼らはみな、クリスティアン様のご助力に感謝し、感動しているのです。先程の戦闘で我らの損耗《そんもう》は軽微でしたが、クリスティアン様が助言を下さらなかったら、死者が出ていたかもしれません」

ラファエルや他の騎兵たちが何故そこまで感動するのか、クリスティアンには理解出来なかった。自分に敵意を持つ者の気配を察知するのは、森では生き延びるために最低限必要な能力だ。ブランカも、まず敵の数を完璧に把握し、いざという時のための逃げ道を確保するのが一番大切なのだと何度も言っていた。さっきの黒ずくめの男たちは確かに気配が辿りにくかったが、高速で駆け、時には空を飛ぶ魔獣たちに比べれば、遥かにわかりやすい。

「術石は魔術師が魔力を込め、普通の人間でも使用出来るようにしたもの。本来なら、魔力は同じく魔力を持つ人間でなければ感知出来ないものなのです。しかし、魔力は神々が弱き人間のために授けられた力だといいます。女神の血統であられるクリスティアン様だからこそ、我らを助けられたのです。…命拾いをした部下たちの分まで、重ねてお礼を申し上げます。クリスティアン様…いえ、王太子殿下」

ラファエルが優雅な動きで跪き、クリスティアンの爪先に口付けると、他の騎兵たちも一斉に下馬してラファエルに倣《なら》った。

さっきまでとは一転、しわぶき一つ漏れない静寂が落ちるが、周囲から浴びせられる熱はいっそう強まっている。誰もが熱に浮かされたかのようにクリスティアンを凝視している。

「…御手を振ってやって下さい。彼らはトゥランの…ひいては貴方の騎士です、クリスティアン様」

ラファエルが小さな声で促してくる。熱気に圧《お》され、手を振ると、騎兵たちはどよめき、色めきたった。驚愕の表情は、すぐに興奮のそれに変化する。

「王太子殿下、万歳！」

「殿下！　殿下！　我らが王太子殿下！」

熱狂的な称賛は、クリスティアンがラファエルと共に馬車に引っ込むまで止まなかった。

襲撃を警戒した一行は当初の予定とは違う経路を取り、ハース領の西端にある村で一夜を明かすことになった。

小さな村なので、宿屋などの施設は無い。騎兵たちは野営用の陣幕を村の外で張り、野営するのだが、これは万が一再び襲撃を受けた時に備えてだという。村で一番大きな村長の家に逗留《とうりゅう》するのは、ラファエルとクリスティアン、そして身の回りの世話をする従卒が数人だけだ。

「らふぁー…それは？」

部下たちとの話し合いを済ませ、クリスティアンにあてがわれた部屋に戻ってきたラファエルは、籠いっぱいのアルの実を抱えていた。熟《う》れた果実の甘い匂いがここまで漂ってくる。

「村人たちから、クリスティアン様へと託されました。最初は先程の子どもの母親だけだったのですが、それを見た村人たちが、我も我もと運んで参りまして…これはほんの一部です」

先程の子どもとは、クリスティアンが村に到着し、馬車から下りた際、駆け寄ってきた女の子のことだろう。女の子は周りの大人たちが泡を食って止めるのも聞かず、大事そうに持っていたアルの実をクリスティアンに差し出したのだ。

「クリスティアン様がお怒りになるどころか、嬉しそうに微笑んで受け取られ、しかもその場でかぶりつかれたので、みなすっかりクリスティアン様に魅了されてしまったようです。村長からも、ご寛恕《かんじょ》に感謝しますとの言伝《ことづて》を預かりました」

「ごか…んじょ？」

「無礼を広い心で許す、ということです」

「ゆるす…？」

クリスティアンは困惑した。ずっと馬車の中に閉じ込められていたから、新鮮なアルの実をもらえて嬉しかった。だから笑って受け取り、その場でかぶりついた。あの女の子にも、クリスティアンがしたのはただそれだけだ。クリスティアンを害そうという気配など微塵も無かった。伝わってきたのは純粋な好意だけだ。

「女神の血を引かれる王族の方々は、トゥランでは特別な存在なのです。今日のような緊急事態でもなければ、この村の者たちは一生拝謁《はいえつ》など叶わなかったでしょう。毒見もされていない食べ物を差し出すなど、王族を害する意志有りとされ、幼子であってもその場で斬り捨てられてもおかしくはありません」

「…そんな…の、おかしい！」

ラファエルも、さっきの黒ずくめの男たちもおかしい。クリスティアンは森で育ったただの獣だ。ラファエルと邂逅《かいこう》して以来、様々な記憶が頭の中で渦巻き、アレクシスのことも懐かしく感じはするけれど、自分に対する認識は変わらない。クリスティアンのために数多の人間が命をかけるなど、間違っている。

クリスティアンが欲するのは、ただ、目の前のこの男だけ。この男の血肉が、クリスティアンだけに捧げられることだけ。

「らふぁーだけ…、らふぁーだけでいい」

「…クリスティアン様？」

「命かけるの、らふぁーだけでいい。ほかは要らない」

籠を抱えたままの姿勢で硬直する男に、項がぞくぞくする。僅かに開かれた唇を、今度こそ思い切り噛んでやりたい。本能の求めに従い、クリスティアンが腰掛けていた椅子から起き上がるのと同時に、ラファエルがすさまじい速さで籠を置いて入り口に走った。

「…申し訳、ありません。警備を確認しなければなりませんので、暫時《ざんじ》、お傍を離れます」

後ろ向きのまま言うや否や、きょとんとするクリスティアンを置き去りにして去ってしまう。あの男がクリスティアンに背を向けたまま行ってしまうなんて、初めてではないだろうか。ラファエルはいつだって…そう、森で初めて遭遇した時ですら、敵意を剝き出しにするクリスティアンに跪き、まっすぐ見上げてきた。あの、青空の双眸で。

「あ……っ」

ずくんと胸が痛み、クリスティアンははっと我に返った。

　まただ、また忘れていた。自分は一体何のために、大人しく窮屈な衣まで纏い、馬車の揺れに耐えて、こんなところまで来たのだ。ブランカの待つ、懐かしい森へ帰るためではないか。決して、ラファエルを求めるためではない。

　思い返してみれば、逃げ出す機会はいくらでもあったではないか。黒ずくめの男たちが襲ってきた時だって、わざわざ他の気配を教えてやらなければ、ラファエルたちは挟み撃ちにされ、クリスティアンが逃げ出しても追うどころではなかったはずだ。

　村に到着した時もそうだ。昼間の一件で安心したのか、ラファエルは僅かな間とはいえクリスティアンを一人でこの部屋に置いていった。外には警護兵の気配があったが、ラファエルに比べれば格段に弱い。隙を突けば充分に逃げ出せた。

　クリスティアンは愕然とした。せっかくの好機を、自ら進んでふいにしているとようやく気付いたのだ。しかも一度だけではなく、二度も三度も。全て、ラファエルに気を取られて。

　――しっかりしろ。あの男は森から自分を引き離した敵ではないか。

　自分自身に言い聞かせるそばから、相反する声が囁く。

　――でも、あの男が欲しい。森へは連れて行けないのだから、あの男をこれからも貪りたいのなら、ここに居るしかない。

「ううっ…、あ…っ」

　ずきずきと疼きだす頭から痛みを追い払おうと首を振るが、痛みはいっそう酷くなる。ラファエルだけが浮かんでいた脳裏に、優しく微笑むアレクシスや、クリスティアンそっくりな女性が重なり、混ざり合い、渦を巻く。思い出せ、思い出せと訴えるのも自分の声なら、痛い、止めろと求めるのもまた自分の声だ。相反する望みがぶつかり合い、クリスティアンの精神を軋《きし》ませている。

　とうとう立っていられなくなり、クリスティアンは床に膝をついた。酷い頭痛のせいで歪む視界に、ラファエルが置いていった籠いっぱいのアルの実が映る。…ニーナと同じ、濃い緑色が。

「うああっ…、あああっ！」

王宮でニーナが踏み込んできた時など比にならない激痛に襲われ、クリスティアンは頭を抱え込んだ。なんで、どうして？　あれから何度もアルの実を目にしたし、食べもしたが、何ともなかったはずだ。森で感じていたようなぼんやりとした不安さえも無かった。

痛い、痛い、痛い。頭が割れてしまいそうだ。死ぬ。死んでしまう。

『お前さえ居なければ、わたくしのセドリックが…』

いや……、殺される……！

「クリスティアン様⁉」

勢い良く開いた扉から、ラファエルが飛び込んでくる。長身の向こうに、外の警護兵たちが心配そうに室内を覗き込んでいた。クリスティアンの悲鳴を聞き付けた彼らが、ラファエルに注進したのだろう。

「ラファエル様、薬師を呼んで参りましょうか」

「ああ、急いで頼む」

「はっ！」

警護兵が慌ただしく踵を返すや、ラファエルはうずくまるクリスティアンの元に駆け寄った。

「クリスティアン様、大丈夫ですか、クリスティアン様」

「う…あ、ら、ふぁー…」

ふわりと身体が宙に浮かぶ。ラファエルが逞しい腕で横向きに抱き上げたのだ。

部屋の隅に置かれた、王宮で使っていたのに比べれば随分と粗末な寝台に下ろされかけ、クリスティアンはとっさにラファエルの首筋にしがみついた。

「苦しいのですか、クリスティアン様。すぐに薬師が参ります。しばし、ご辛抱を…」

「いら…、ない。らふぁー、いれば、いい」

こうしてラファエルの腕と体温に包まれているだ

けで、あれだけ酷かった頭痛が嘘のようにすうっと引いていく。他の人間なんて、必要無い。

クリスティアンの願いが伝わったのか、ラファエルはぎゅっと腕の中の身体を抱き締め、間も無く駆け付けた薬師もそのまま下がらせた。

「クリスティアン様…、お傍を離れて申し訳ありませんでした。今夜はずっと、クリスティアン様のお傍に居りますから、どうぞお許しを…」

「らふぁー…っ」

差し出されるままに首筋に噛み付こうとして、クリスティアンは大きな安堵と、同時に強い恐怖に襲われた。

気付いてしまったのだ。王宮でも、この村でも、アルの実を食べる時にはラファエルが傍に居たのだ。だから、クリスティアンは何も怖くなかった。クリスティアンの心を宥めるのは、いつもラファエルなのだ。

ならば、もしラファエルが居なくなったらどうなる？

想像するだけでぞっとした自分こそ、クリスティアンは恐ろしい。ラファエルと出逢ってほんの数日しか経っていないのに、もうすっかりこの男を受け容れてしまっている。敵だ、憎い、許さないと思いながら、この男の血肉と温もりに縋りきっているのだ。

…駄目だ。思い出せ。クリスティアンは森の王に育てられた、森の獣だ。誇り高いブランカの仔なのだ。

『クリスティアン…！　おお、…我が子よ…』

『……わたくしの可愛いクリスティアン。愛しているわ』

あんな声に聞き覚えなんて無い。懐かしいなんて思わない。父上、母上、と泣きたくなりもしない。

『私の身体も命も、クリスティアン様のものです』

…知らない、知らない、知らない！

逃げよう。早く逃げるのだ。このままここに居たら、奥底に封印した記憶まで引きずり出されてしまう。ラファエルの傍でなければ、安らげなくなってしまう。森にはラファエルは居ないのに。

クリスティアンはズボンの隠しに忍ばせておいた丸薬を後ろ手で取り出し、素早く口に含んだ。何を、と問う間も与えず、ラファエルの後頭部をがっちり固定し、唇を奪う。

「うぅっ……！」

とっさに閉じようとした唇に、クリスティアンは舌を滑り込ませ、丸薬をラファエルの口内に送り込む。

「くっ…、ふっ…」

その感触や味から丸薬の正体に気付いたのか、ラファエルがなんとか吐き出そうともがくが、クリスティアンは許さなかった。僅かな隙間も無く唇を重ね合わせ、抵抗する舌をぐいぐいと押しのけ、唾液と共に丸薬をラファエルの喉奥へ押し入れる。

「う…っ、はぁ…っ…」

ごくん、とラファエルの喉が上下する音を聞いてしばらく経ってから、クリスティアンはようやくラファエルを解放した。唾液を交換し合った口内が、奇妙に甘い。濡れた唇を舐め上げ、さっとラファエルから跳びすさって離れる。

「く…、クリスティアン、さ…ま…」

ラファエルは懸命に意識を保とうと瞬きを繰り返すが、そのうちすぐに上半身が揺らぎ始め、がくんと耐え兼ねたように膝が折れた。きっと今、ラファエルはすさまじい眠気と戦っている。あとほんの数十秒で深い眠りに陥るはずである。目覚めた頃には、クリスティアンは消えている。

従卒が動かしていたのと同じようにすれば、小さな木戸は簡単に開いた。外は闇に包まれ、所々で兵士たちの掲げる松明《たいまつ》の炎が揺らめいている。人間の視界が制限される夜の闇は、クリスティアンには心強い味方だ。追っ手は視界を制限され、思うように動けなくなるが、弱々しい星明りでもクリスティアンは充分に周囲を見渡せる。

幸い、今日は雲一つ無い晴天だったので、空には沢山の星々が瞬いている。

窓枠に足をかけ、勢いをつけて乗り越えようとした時だった。強い血の匂いを嗅ぎ取ったのは。

「クリスティアン様…」

「あ、……っ！」

強い力で背後に引き寄せられたクリスティアンの目の前で、大きな手が木戸をばたんと閉ざした。視界がくるりと回転し、後頭部に強い衝撃が走る。床に仰向けに押し倒されたのだと悟ったのは、苦しげに歪んだ顔がすぐ近くまで迫ってからだった。

「ら、ふぁ…」

丸薬の効き目が早いのは、クリスティアンが身を以《もっ》て知っている。昏々《こんこん》と眠っていなければならないはずの男は、だがその青い双眸に夢うつつではありえない強い光を湛《たた》え、クリスティアンを見下ろしていた。口の端だけを吊り上げる様はまるで初めて逢う男のようで、背筋が震える。

「…我ら騎士は、薬の類が効きにくくなるよう、身体を慣らしてあるのです。まさか、クリスティアン様がこのような真似をなさるなど、思いもしませんでした、が…」

いつもは滑らかな口調が、所々小さな呻きと共に途切れる。強い血の匂いを辿っていったクリスティアンは、ラファエルのズボンの右の太股《ふともも》部分が血で赤く染まっているのに気付いた。そこから覗く素肌には深い傷が刻まれ、未だにどくどくと血が溢れ出ている。

傍に血で汚れた短刀が転がっているのを見れば、何が起きたのかは明らかだった。

慣らしてあるとは言っても、全く効いていないわけではないのだろう。襲いくる猛烈な眠気に抗うため、ラファエルは自分自身を傷付け、激痛で眠気を退けたのだ。

「偽り…、だったのですか…？」

「あ…、ら、らふぁー…」

「犬とほざきながら、貴方の願い一つ満足に叶えられない私を、厭《いと》われるのは当然です。でも私は…、嬉しかった。貴方が私に、その愛らしい牙や爪をたてて下さることが…私だけの血肉を欲して下さることが。本当に嬉しかった。嬉しかったのです、クリスティアン様」

紡がれる言葉は、薬の影響が抜けてどんどん滑らかになるが、双眸に宿る光は凶暴なほどの熱を帯びていく。中途半端に残った薬がそうさせるのか、それとも傷の痛みのせいなのか、クリスティアンには判断がつかなかった。わかるのはただ、はあはあと荒い呼吸をする男が怖いということだけだ。その強さを畏怖したことはあっても、存在そのものを怖いと思うのは初めてだった。

「愚かな私は、卑しくも期待していたのです。貴方が私の肉体だけでもお気に召して下さったのならば、ずっとここに居て下さるのではないかと…素直に私の言葉を聞いて下さり、昼間助言まで下さったのは、私如きの命を惜しんで下さったのだと」

クリスティアンが床についた肘でずり上がろうとしたのを、ラファエルは見逃さなかった。背中と床の間に差し入れられた腕がクリスティアンの上体を浮かせ、きつく食い込む。

「けれど、違ったのですね。貴方は私を欲して下さったのでも、惜しんで下さったのでもなかった。全ては、私を欺《あざむ》くため…ブランカの待つ、森へ帰るためだったのですね…」

「ら…っ、らふぁ、らふぁーっ」

「ああ、クリスティアン様…貴方はご自分のことを、まるでおわかりではないのですね。貴方が甘く囀《さえず》られるたび、私がどれだけ歓喜するか。貴方が私をお呼び下さり、血肉を欲して下さるたび、私の身体がどれだけ欲望を滾らせ、悶えるのか。私の唇をお求めになる貴方を思い浮かべながら、私が何度自分を慰め、貴方の中で果てたいと浅ましくも願ったのか。

貴方は、想像もなさらないのでしょう？」

ラファエルは重なり合った身体を僅かに離し、クリスティアンの手をラファエルの股間に導いた。布越しにも熱く硬いそこに驚き、反射的に手を引っ込めようとしたら、咎《とが》めるようにぐいぐいと股間を押し付けられる。

「クリスティアン様…、どうぞ私を嘲《わら》って下さい。森で初めて成長されたお姿を拝した時、私は…貴方が欲しくてたまらなかった。探し求めたクリスティアン様だとわかった後も、忠義面をしてお傍に侍りながら、ずっとここを滾らせていたのです。私を無邪気に誘惑される貴方を裸に剝いて、卑しい犬の一物を突き入れて、子種を孕んで頂きたいと…そんなことばかり妄想して、私は、私は…っ」

「らふぁー、らふぁーっ、いやっ」

「…駄目です。逃がしません」

ラファエルはクリスティアンの両脇に膝をつき、上半身の衣服を素早く脱ぎ去った。ズボンの前もくつろげてしまうと、いつかクリスティアンが想像した通りの…いや、それ以上に逞しい、筋肉に覆われた分厚い肉体が現れる。股間の濃い金色の茂みには、肉体に相応しい長大な雄が六つに割れた腹筋につきそうなほど反り返り、既にぼたぼたと透明な滴《しずく》を垂らしていた。

「や…、やっ」

クリスティアンとて男だから同じものを持っているが、ラファエルのそれはクリスティアンとはあまりに違いすぎる。先端はすっかりずる剝けて大きいし、筋の浮かんだ肉茎はクリスティアンの倍近く太く、長くて、黒ずんでいるのだ。

「やっ！　やめ、ろっ！」

本能的な恐怖を覚え、クリスティアンは死に物狂いで暴れまくった。いつもなら躊躇わずに喉笛に嚙み付いてやるところだが、今、この男にそうすることはとても危険だと本能が警告していた。

「くっ…」

めちゃくちゃに繰り出した蹴りが折り良くラファエルの鳩尾を捉えた。ラファエルが顔を歪めた隙に、クリスティアンはしなやかな身のこなしで起き上がり、出入り口の扉を目指す。窓はラファエルの向こう側だし、こうなったら外の警護兵たちに見付かっても構わなかった。いくらラファエルが強くても、数人がかりなら止められるはずだ。

「…あっ！」

だが、あと少しで指先が触れるという寸前で足が動かなくなり、クリスティアンはつんのめった。高い反射神経でとっさに手をつき、正面から転ぶのは避けられたが、一体何が起きたのだろうか。

答は、下半身が直に空気に触れる感覚と共にもたらされた。四つん這いになって振り向いた先、ラファエルが片手で器用にクリスティアンのズボンを下着ごと膝までずり下ろしていたのだ。もう一方の手はクリスティアンの足首をがっちりと摑み、指がぎりぎりと食い込んでいる。

「クリスティアン様、…はあっ、クリスティアン、様…っ」

「あ、ぁっ…」

熱い吐息が尻たぶに吹きかけられた。転んだ弾みで開いてしまった脚を反射的に閉ざそうとするが、その前にかさついた手が尻たぶを割り開き、秘められた蕾《つぼみ》にぬるりとしたものが這わされる。

「…あ、ぁん！」

それがたっぷりと唾液を纏ったラファエルの舌だと悟ったとたん、クリスティアンの背筋を未知の感覚が走り抜けた。さっきまでの本能的な恐怖ではない。悪寒とも違う。戸惑ううちに身の内に生まれた熱が、じわじわと恐怖を蕩《とろ》かしていく。

「クリスティアン様っ…、貴方は、こんなところまで芳しい…」

「やぁう、う、やぁ」

「なんと甘いお声だ。ああ…っ、クリスティアン様クリスティアン様、貴方は、何をなさっても私を誘惑される…、なんて残酷な、可愛らしい御方だ…っ」

「やぁうー、あー、らふぁー、らふぁああ…！」

「クリスティアン様…！」

ひときわ強く、熱い吐息が尻をくすぐるや、べろべろと入り口を舐め回していた舌が耐え兼ねたように中へ潜り込んでくる。

「うやぁっ…！」

ぬるりとした肉厚な熱い舌が、閉ざされていた胎内を舐め上げながら少しずつ進む。魔獣の仔も幼い頃は親にこうして排泄《はいせつ》を促されるが、それとはまるで違う気がする。たっぷりの唾液で胎内を濡らされ、潤されていく。

「あっ…や、らふぁ、らふぁ…」

きっと一心不乱に舌を動かすラファエルの目には、ふっくらと濡れて綻び始めた蕾が丸見えのはずだ。異物を追い出そうと収縮する内部の締め付けもしっかりと伝わっているだろう。そう思うと、今までに感じたことの無い感情が芽生え、今すぐラファエルの眼球を抉り出し、クリスティアンを見えなくしてやりたくなる。

もしラファエルが正気なら、クリスティアンが尋ねれば、それは羞恥という感情なのだと教えてくれただろう。だが、クリスティアンに何をされても微笑みと歓喜でもって受け容れてきた男の頭には、今やクリスティアンの尻の中を舌でもって探り、味わうことしか無いようだった。

応えの代わりとでもいうのか、クリスティアンが息を弾ませ、声を上げるたび、ぴちゃぴちゃと濡れた音が響く。

排泄にしか用の無いはずの穴を、敏感な襞《ひだ》を一つ一つ舌先で拡げ、秘められていたクリスティアンの匂いを探り当てては嗅ぎ、舐め取り、味わう。獲物の骨についた肉までざらついた舌で残らずこそぎ取って食べる暗雪豹《あんせつひょう》ですら、きっとここまで熱心ではない。

このままではラファエルに尻の中から喰われてし

まうのではないかと恐ろしくなった頃には、クリスティアンの身体からはすっかり力が抜けていた。唾液でぐしょ濡れにされた胎内は、小さく身動ぎするだけでくちゅりと内側から濡れた音をたて、まるで自分の身体ではないみたいだった。

「うっ……あ！」

　やっと舌が出ていってくれてほっとしたのを見計らったように、舌よりも遥かに熱く、太いものが綻んだ入り口にあてがわれた。振り返れば、ラファエルが股間でそそり勃《た》つものを扱《しご》き立てながら、びゅっびゅっと透明な液を撒き散らす切っ先を突き立てようとしている。

「らふぁーっ、やっ、なっ」

　股間のそれが交尾のため、仔作りのために使う器官だという知識くらいは、クリスティアンにも辛うじて存在した。

　それをどうやって使うのかまではブランカも教えてくれなかったが、森で暮らしていれば、魔獣の交わりを目撃する機会は何度もあった。牡が牝を這わせ、勃起したものを突き入れるのだ。最近は眺めていると何だか股間が硬くなって、本能の欲求に従って肉茎を絞ったら白い粘液が出てびっくりした。クリスティアンは牡だから、きっとこの白いのが子種で、いつかつがいと仔を作る時が来たら、魔獣と同じように牝の中にそれを突き立て、雄々しく腰を振って、子種を注ぎ込むのだろうと思っていた。

　ラファエルもまた、牝を孕ませようと猛り狂う魔獣さながら、股間のものを誇らしげに反り返らせている。クリスティアンの鋭い嗅覚は、血に混じる青臭い匂いを捉えていた。子種汁が放つのと同じ匂いが、ラファエルの切っ先から放たれている。

　だが、ラファエルもクリスティアンも牡だ。いくらラファエルが勃起したところで、受け容れるべき牝はここには居ない。たった今まで胎内を貪られ、切っ先をあてがわれていながら、クリスティアンはまだそんなことを考えていた。

交尾は牡と牝が仔をなすためにするものだ。それ以外の目的などあるわけがない。

「クリスティアン様…、私がさっきまで何をしていたのか、おわかりになりますか？」

クリスティアンの視線に気付き、ラファエルは笑った。そう、確かに笑っているはずなのに、クリスティアンには何故か泣いているように見えた。

「自分で、自分を慰めていたのです。クリスティアン様が私だけを欲して下さったから、浅ましく卑しい犬は、クリスティアン様の甘いお言葉だけで欲情したのです。…いや、さっきだけではありません。クリスティアン様と再びあいまみえること叶ってから、何度も…何度も何度も、クリスティアン様の中に入れさせて頂くのを夢見ながら、一人で腰を振っていたのです」

「らふぁー…」

「…こんな浅ましい欲望は、墓場まで持っていくつもりでした。私は貴方の犬で、貴方は我が主君…女神の末裔たる、王太子であられるのですから。けれど、もう駄目だ。もう我慢出来ない出来るはずなんてない貴方は私のものだ絶対に逃がさない逃がさない逃がさない……！」

「ひぃっ、あ、ああっ、や――っ…！」

ぶつっと何かが切れる音がして、圧倒的な質量を持った熱く太いものがクリスティアンの中に入ってきた。みちみちと軋みながら広がり、受け容れているのはさっきまでラファエルに舐め蕩かされていた尻の穴。そして、狭い胎内の抵抗をものともせずにずんずん進んでくるのは…赤黒くて太い、ラファエルのあれだ。

「やぁっうー、う、あ、はっ」

「繋いでしまいましょうね。貴方を、私に。卑しい犬の一物で、繋いでしまいましょう。そうすれば貴方はどこにも行けない」

「いち、も、つ…？」

「ああ…、クリスティアン様はご存知なかったのですね。コレは、一物というのです。貴方を欲し、孕ませたいと勃起して泣いている、浅ましい私の一物です。人間の男は、コレで女を孕ませるのですよ」

耳元で囁く間にも、ラファエルは腕を使ってずり上がろうとするクリスティアンを押さえ込み、一物をクリスティアンの中に押し入れてくる。熟した果実ほどありそうだった大きな先端が、狭い胎内を切り拓き、ラファエルの一物の形に変えていく。

「うぁっ…あ、や、やぁや、い、いたい、いたぁい…っ」

無理矢理拡げられた胎内が激痛を訴える。手足の皮膚をうっかり傷付けた時とはまるで違う。身体の内側を抉られ、引き裂かれる初めての痛みに、クリスティアンはぼろぼろと涙を零した。鼻をつく血の匂いは、きっとラファエルのものだけではない。太い一物を銜《くわ》え込まされた入り口が裂けて、血を滲ませているに違いない。

懸命に耐えていた腕に力が入らなくなり、がくっと床に突っ伏してしまうと、ラファエルは心配するどころか、興奮したようにクリスティアンの腰を抱え上げた。そのままずるずると引き寄せられる。

「っだめ、も、いっぱいっ…はい、んないっ！」

「クリスティアン様…クリスティアン様、大丈夫です。力を抜いて…」

熱に上ずった囁きに、クリスティアンはぶるぶると首を振った。何が大丈夫なものか。下肢はさっきから未知の激痛に苛《さいな》まれ、自分の身体なのに少しも思い通りに動かせない。ラファエルにいいようにされているだけでも屈辱なのに、もう限界まで拡げられた胎内に、これ以上入るわけがない。

「…うぁっ!?」

すると、腰を掴んでいたラファエルの手が片方だけ外され、クリスティアンの股間で揺れる一物を包み込んだ。大きな掌が萎《な》えた肉茎と萎《しぼ》んだ袋を一緒に揉《も》みだすと、強い快感が生まれ、下肢の激痛がほんの少しだけ和らぐ。

「うあ…、あ？」

そこを扱けば気持ちいいのは、クリスティアンも経験済みだ。だが、自分で何度絞っても、こんな快感を得たことなど無かった。

「あっ…、あ、あ、あっ、やっ…ん」

「クリスティアン様…、気持ち良いのですか…っ？」

「あぅっ、う、うぁ、あんっ」

肯定しているのか否定しているのか、クリスティアンは自分でもわけがわからなかった。

こうしてぷるぷると首を振っている間にもラファエルの一物は着実にクリスティアンの胎内を侵していき、激痛は酷くなる一方なのに、ラファエルに揉みたてられている前からは確かに快感が立ちのぼってくるのだ。

痛みと快感が混ざり合った感覚にクリスティアンは戸惑い、翻弄される。最初に慣れたのは心ではなく身体の方だった。がちがちに強張っていた下肢が少しずつ弛緩《しかん》し、ラファエルの一物がずぶずぶとぬかるんだ泥に足を踏み入れるかのように再び進み始める。クリスティアンの更に奥を目指して。

「やーっ、やーっ、やぁっ」

クリスティアンは木の床を掻き毟《むし》らんばかりに爪をたてた。這わされ、自分よりも圧倒的に強く逞しい男に覆い被さられ、その男の一物を突き入れられている。

ここまでくればクリスティアンにも理解出来た。

これは交尾だ。

今、クリスティアンはラファエルと交尾しているのだ。仔を生す牝の性器の代わりに、唾液でぐちゃぐちゃにされた尻の穴で、ラファエルの一物を銜え込んで。

でも、どうして？　ラファエルもクリスティアンも男だ。交尾したって仔は生せない。ラファエルがいくらクリスティアンの奥底まで入ってきたって、何の意味も無い。

「ああ…っ、クリスティアン様クリスティアン様…、

私の、愛しいクリスティアン様…」

なのに、クリスティアンが尻にラファエルの股間の茂みを感じた瞬間…ラファエルの一物がクリスティアンの中にすっかり嵌まり込んだ瞬間、ラファエルはさも満足そうな、熱い息を吐いたのだ。クリスティアンの細い背に、分厚い胸板をぴたりと重ね合わせて。

「愛しています。魔の森で再会した時から…いいえ、きっと赤子だった貴方に引き合わされた時から、私は貴方に惹かれていた…」

「あっ、あっ」

「貴方が欲しい。貴方だけしか欲しくない。飼い犬如きが浅ましいことは百も承知です。でもどうか…置いて行かないで。私を置いて、二度と、どこにも行かないで下さい…っ」

「は……、あっ！」

一度先端ぎりぎりまで引き抜かれた一物が、今度は一気に根元まで入ってきた。ラファエルの腰が勢い良く当たり、クリスティアンの尻がぱんっと高い音をたてる。

まるでこちらも受け容れてくれとばかりにぐりぐりと蕾の下のくぼんだあたりを抉るのは、ラファエルの二つの袋だろうか。あそこに子種が蓄えられているのだという知識は、おぼろげながらにあった。

それにしても、なんて硬くて、熱い。クリスティアンのものとは比べ物にならない。一体、どれだけ子種を溜めこんでいるのだろう。どれだけクリスティアンに注ぐつもりなのか。

「あ…っあ、だめ、だめっらふぁー、だ、めっ、らふぁ、おかしい…っ」

「…クリスティアン、様？」

ずっずっと小刻みに突き入れられるのにあわせて一物を弄られるたびに、少しずつ快感が痛みを上回っていく。痛みが和らげば胎内のラファエルがどんな状態かも感じ取る余裕が出てきて、狭い内壁の締め付けをものともしない切っ先がぶるりと震え、今にも熱い子種を中に撒き散らそうとしているのが伝わってくる。

「らふぁ、…おとこ。こうび、おか、しいっ」

　仔が生せないのに子種を注ごうとするラファエルも、意味の無い行為で快感を得ているクリスティアンもおかしい。

　もしやラファエルは、クリスティアンを他の牝と間違えているのではないか。ふと過ぎった疑惑は、無理矢理繋がされた痛みよりもクリスティアンを苦しめた。

　いつだったか、ラファエルほどの牡なら既に何人もの牝とつがい、仔を産ませているだろうと想像したのを思い出す。そうだ、きっとラファエルはクリスティアンを牝だと間違っているのだ。そうでなければ、どうして同じ牡のクリスティアンと交尾なんてするだろう。

「クリスティアン様…人間は、獣とは違うのです。仔を生すため以外でも、こうして繋がるのですよ」

「え、…っ？」

「私は仔など欲しくない。…貴方が欲しいのです、クリスティアン様。貴方の身も、心も…」

「や…っあ、ああっ、あーっ」

　ではラファエルは、クリスティアンを牝だと間違っているわけではないのだ。クリスティアンを牡だと、仔は生せないと承知の上で一物を突き入れているのだ。決して命を生み出さない子種を孕ませることで、クリスティアンはラファエルのものになるのだと思っているのだ。

　理解した瞬間、ラファエルを根元まで受け容れた腹の中がカッと熱くなった。しつこくクリスティアンを苛んでいた痛みが消え、快感だけが残る。ラファエルの形に拡げられ、ひりついていた入り口がやわらかく綻ぶ。大きく腰を引かれ、大きな先端のしゃくれた部分が敏感な襞に引っ掛かるのがたまらなく気持ち良い。

「クリスティアン様…、クリスティアン様、貴方を下さい。貴方に焦がれる犬を憐れとおぼしめすなら、どうか貴方を、私に…っ」

「あ…、あっ、ら、ふぁ、らふぁっ」

「クリスティアン様…、私の愛しいクリスティアン様…っ」

もはや、ラファエルにはがくがくとされるがままに揺さぶられるクリスティアンを気遣うゆとりすら無いようだった。

魔獣の跋扈する森でさえ平静を失わなかった男が、クリスティアンの細腰を片手で摑み、もう片手で一物をごしゅごしゅと扱いている。快感を与えるためではなく、大きな手の中で硬くなっていく一物の感触に酔っているのだと、クリスティアンには感じられた。ラファエルを受け容れたクリスティアンは何をしても、ラファエルの欲望を煽り立ててしまうらしい。

「や…、や－っ、らふぁ、やぁ－っ」

もうそれ以上呼ばないでと、喋らないでと叫びたかった。クリスティアンには意味もわからないのに、ラファエルが愛しいと囁くたび、愛していると吐露するたび、快感はどんどん強くなっていくのだ。人間の言葉とは、こんなにも強い力を有しているのか。だから、ブランカはあんなにしつこく学ばせようとしたのか。

「クリスティアン様…、受け取って下さい。私の、全てを、貴方の、中に……っ」

「い、や、あ、ああ、ああ——っ！」

ラファエルが小さな呻き声と共に動きを止めた瞬間、恐ろしいほど奥まで入ってきた一物が、どくんっと脈打ちながら弾けた。クリスティアン自身でも決して触れられない奥の奥、敏感な内壁に、熱い液体がぶっかけられる。

「あ…っ、あつ、い…らふぁ－、の、あつい…」

己の雄々しさと逞しさを思い知らせるかのように大きく脈打つ一物は、熱い液体を吐き出しながらもずいずいとクリスティアンの更に奥に入り込み、内壁に液体を塗り込める。ぬちゅっぬちゅっと粘《ねば》ついた音が結合部分から聞こえてくる。

内側を濡らされる、牡なら一生経験しないはずの感触から逃れたくて尻を引こうとすれば、見咎めたラファエルに今度は両手でがっちりと腰を捕らわれた。クリスティアンの一物を握っていた手がぬるりと滑り、そこでようやくクリスティアンも中に出されると同時に達していたのだと悟る。

「はぁ…っ、クリスティアン、様…、動かないで。まだ、出ますから…」

「あぅっ…」

組み敷いた相手を押さえつけ、ぶちまけた子種を一滴残らず注ぎ込み、擦り付ける。ラファエルのそれは、確実に受胎させせようとする牡の動きだった。

クリスティアンは思わず尻の穴をすぼめ、まだ子種を発射し続ける一物をきゅっと締め付けた。これ以上されたら、本当に孕まされてしまうと恐ろしくなったのだ。けれど、それは逆効果だった。

「…ッ、く、リスティアン、様っ！」

「ああっ!?」

狭い肉の輪の抵抗などものともせず、ずどんっと一気に奥まで突き入れられた一物が、クリスティアンの中でぐんぐん漲っていく。さんざん擦られた敏感な内壁は、ラファエルのものが充溢《じゅういつ》していく様をつぶさにクリスティアンに伝えてきた。

ああ、育っていく。ラファエルが、クリスティアンの中で。一度だけではとても足りない、もっともっと子種を植え付けてやりたいと。クリスティアンを、孕ませてやりたいと。

「やぁう、だ、だめっもうだめ、らふぁ、だめぇっ」

「ああ…、クリスティアン様クリスティアン様、可愛い私のクリスティアン様…っ」

「やーっ！　あーっ…！」

繋がったまま抱き起こされ、折り曲げた両膝を左右に開いたラファエルの上に乗せられた。自身の体重がかかり、さっきよりも深くラファエルが入り込んでくる。腹が突き破られてしまいそうな錯覚に囚われ、反射的に尻に力を入れれば、背後で苦しそうな、それでいて恍惚とした呻き声が上がり、逞しい腕にきつく抱き締められる。

「はぁ…っ、はぁ、はぁ、はぁっ…、クリスティアン様、愛しい、可愛い、私の、クリスティアン様、クリスティアン様…っ」

「あー…っ、らふぁー……！」

まだ着込んだままだった衣越しに胸をぐりっと擦られ、甘い疼痛《とうつう》にクリスティアンは鳴いた。すると、背後でまたあの呻き声が聞こえ、クリスティアンの中に埋められた一物は更に膨らむのだ。

「…まだだ…、まだ、足りない…」

やがて、激しい突き上げの後に二度目の子種を注ぎ込んだラファエルは、繋がったままクリスティアンを部屋の隅の寝台に運んだ。そこでようやく結合を解かれたとたん、栓を失った蕾からごぷりと子種が流れ出る。じっと見詰めてくるラファエルの視線から逃れたかったが、ずり下げられただけのズボンが膝下で絡まり、剝き出しの尻を隠すことすら出来ない。

「…せっかく注いだのに、零れてしまいましたね」

ズボンを脱ぎ、全裸になったラファエルは、クリスティアンの衣も残らず取り去った。その手付きはいつもと変わらず優しいのに、ラファエルの股間では立て続けに二度も種付けをしたとは思えないほど雄々しい一物が存在を主張しているのだ。てらてらと濡れて光る大きなそれが自分の中に嵌まり込んでいたのだと思うと、恐怖と、自分では説明出来ない熱を帯びた感覚が背筋を這い上がる。

「もっともっと、注いで差し上げなくては…クリスティアン様は、私から、お逃げになってしまう…」

「あ…っ、らふぁ…っ」

仰向けに押し倒されるや、膝裏を摑まれ、これ以上胎内から子種が零れるのは我慢ならないとばかりに尻を高く掲げ上げられた。ラファエルは尻のあわいに顔を埋め、零れかけていた子種を舌先でクリスティアンの中に戻していく。さっきまでラファエルの形に拡げられていた入り口をぬるついた舌で舐められるとひどく感じてしまって、ぴちゃり、ぴちゃりと水音がするたび、クリスティアンは丸めた爪先を跳ねさせる。

「うやっあ、あ、らーふぁっ、あっ、あっ、ら、だめぇっ」

「クリスティアン様、はぁっ、…はぁっ、クリス、ティアン、様…」

飢えた魔獣よりも熱心にクリスティアンの子種塗《まみ》れの入り口を舐め蕩かしながら、ラファエルはその青い双眸でクリスティアンを射抜く。ずっと背後から貫かれていたから、ことが始まってからラファエルの顔をまともに見るのは初めてだった。

興奮と欲情の中に混ざる切なげな色が、クリスティアンが欲しくて欲しくてたまらないと雄弁に訴えかける眼差しが、クリスティアンを捕らえて放さない。もし今、身体がまともに動いたとしても、クリスティアンはラファエルから逃げようとは思えなかっただろう。無我夢中でクリスティアンを求め続けるこの男からは。

「あ…、らふぁー…」

どくん、と脈打つ心臓から、言葉に出来ない感情が溢れた。クリスティアンを押さえつける男が…クリスティアンに縋り付く男が、いじらしく、愛く思えてしまった。それでラファエルが安堵するなら、身体くらい好きにさせてやってもいいとさえ。

最初に貫かれた時の激痛は既に和らぎ、殆ど残っていないのだ。零れ出た子種を全部中に戻されたらまた貫かれるのだろうが、今度はきっと銜え込まされた瞬間から快感を味わえる。ラファエルが、愛している、私の可愛いクリスティアン様と囁き続けてくれれば、もっと気持ち良くなれるだろう。

こんな感情を、一体何と呼べばいいのだろうか。ブランカに聞いたら、教えてくれるのだろうか。

「…ぁ…、ぶら、んか…」

　胸に浮かんだ懐かしい白い獣の名を無意識に呟いたとたん、クリスティアンは大きく脚を割り開かれた。ぐるる、と呻いたのは獣ではなく、獲物を追う獣よりも爛々と目を輝かせたラファエルだ。クリスティアンの柔らかな太股に、剣を握る硬い指がぎりぎりと食い込む。

「…駄目ですよ、クリスティアン様。ブランカの元へは行かせません」

「あ…あ、あぁ…！」

　ずるずると入り込んでくる一物の凶悪なまでの大きさに、クリスティアンは喘いだ。さっきまでとは違い、薄い腹のすぐ裏側を硬い切っ先に抉られ、痛みにも似た強い衝撃が全身を駆け抜ける。それが快感だと判断出来たのは、弄られてもいない自分の一物が反り返り、腹に子種を撒き散らしているからに他ならなかった。

「貴方は私だけのもの…、愛しています、クリスティアン様。愛しているのです。貴方がお望みになるなら、この身体など、どうなっても構わない」

「あっ！　あっ！　らふぁー、らふぁーっ！」

　感じる部分ばかりを狙って擦り上げられ、ただでさえ快感でわけがわからなくなってしまいそうなのに、ラファエルの狂おしげな囁きが更にクリスティアンを惑わせる。

　筋肉に覆われた広い背中にしがみつき、きつく爪を立てれば、ラファエルはうっとりと微笑んだ。殉教者という言葉など知らずとも、それは信じるもののためなら歓喜に打ち震えながら身も心も差し出す者の微笑みだと伝わってくる。

「…っそう、ずっとそうして、私を、放さないで下さい…クリスティアン様…」

「らふぁー……」

「私の手綱を握るのは、貴方だけ…私は、貴方だけの守護騎士であり、貴方だけの犬なのですから…」

「……んっ、んぅ…」

じん、と湧き上がる衝動のままに口を開けば、ラファエルは心得たように首を傾け、項を露にしてくれる。傷一つ無かったはずのそこは、クリスティアンが欲望のままに噛み付きまくったせいで今やあちこち噛み痕だらけになっていた。その傷だらけの首筋がひどく心に迫り、クリスティアンはまだ滑らかな部分の肌に思い切り歯を立てる。

「…くっ、ああ…、クリスティアン様…私の私の、クリスティアン様…」

胎内でびくびくと震える一物が、まるでクリスティアンを求めるラファエルそのもののようで、クリスティアンはきつく目を瞑った。

視界が閉ざされれば、自分を貫く男をよりはっきりと感じられる。クリスティアンを包んで余りある、大きく逞しい身体。クリスティアンの中でしゃくりあげる巨大な一物。従順に差し出された血肉の、しなやかさと甘さ。

…ああそうだ。こうしていればいいいんじゃないか。

ずっとずっとこうして繋がり合っていれば、どこにも行けないのはクリスティアンもラファエルも同じだ。ラファエルの一物をずっと銜えていれば、ラファエルが居なくなったらどうしようと不安にならずに済む。ニーナと同じ緑色に、怯えずに済む。

「クリスティアン様…、クリスティアン様、どうか、どうか私を、貴方のものに…っ」

「らふぁーっ、らふぁああっ！」

みたび注ぎ込まれた子種を、クリスティアンは目も眩《くら》むほどの快感と共に受け止めた。

部屋の扉が遠慮がちに叩かれた時、ラファエルはまだクリスティアンと繋がっていた。

「ラファエル様…、ラファエル様」

様々な体位で繋がったが、今のように仰向けのクリスティアンにのしかかり、大きく開かせた脚の間から割り入るのが一番いいと思った。クリスティアンの上気した艶やかな表情も、健気に勃起する一物も、珊瑚《さんご》色をした可愛らしい小さな二つの突起もつぶさに覗き込みながら腰を振れるからだ。

それにしても、クリスティアンと繋がるのに夢中になりすぎて、あまり他の部分を可愛がれなかったのが残念だ。小さな胸の突起はまだ男を知らぬ乙女のように無垢な色をしているし、ラファエルの指先がちょうど収まるよう誂えられたかのような臍《へそ》は少し湿っただけである。王太子として非の打ち所の無い正装に身を包んでいようと、男を知る身体なのだと裸になればすぐ誰もがわかるようにしてやりたかった。小さな突起がぬれぬれとした濃い色になるまで揉みまくって、臍にラファエルの唾液が溜まるほど舐めまくってやりたかった。女神の末裔たる至高の身体を卑しい牡犬の子種に塗れさせ、犬の匂いをぷんぷんと撒き散らさせて、他の誰もが眉を顰めるようにしてやりたかった。そうすれば、クリスティアンはラファエルのものだ。ラファエルの傍以外のどこにも行けない。

「ラファエル様！　何かあったのですか、ラファエル様！」

「……っ？」

焦燥の滲んだ呼びかけと同時に、どんどんと扉が軋むほど強く叩かれた。そこでようやくラファエルの意識は狂熱の夢から残酷な現実へと戻ってくる。

「…あ、ああ、あ…っ」

喉も張り裂けんばかりに叫んでしまわなかったのは、僥倖《ぎょうこう》というものだろう。非常事態と判断した部下たちが扉を破って突入してくれば、この惨状が白日の下《もと》に晒されてしまう。今回同行させたのはみなハース家子飼いの者たちだが、どんなに篤い忠義心も、今のラファエルを目撃すれば崩壊するだろう。生涯かけて守り抜くと宣誓した主君の尻に深々と一物を突き立て、こんな状態でさえ未練がましく主君のぬるついた熱い胎内から出たがらずにいる醜悪な男を。

外がやけにざわついている。今にも扉が破られそうな気配を感じ、ラファエルはクリスティアンから一物を引き抜いた。始まってからほぼ嵌めっぱなしだったそれは、肌寒い室内に出たとたん仄かな湯気をたて、行為の長さを物語る。

戦いを本分とする騎士は、身支度を可能な限り短時間で整えられるよう叩き込まれる。様々な衝動を呑み込み、散らばっていた衣服を手早く身に着け、扉を開けるまでものの一分もかからなかった。

「…待たせてすまなかった。王太子殿下が体調を崩され、臥《ふ》せっておいでなのだ」

「なんと…！　やはり、昨日の襲撃で御心を痛められたのでしょうか。すぐに薬師を手配いたします。間も無く出立の刻限ですが、延期しますか？」

外で待ちわびていた部下は、ラファエルの説明を頭から信じたようだった。昨日、クリスティアンに挟撃の危機を救われ、すっかり王太子贔屓《びいき》になってしまったせいだろう。背後に居並ぶ他の部下たちも、心配そうに顔を見合わせている。

「いや、お疲れになっただけだから薬師は必要無い。出立も予定通りに。殿下は私がお世話するから、新しい衣装一式と湯を持ってきて欲しい」

「はっ！　只今《ただいま》！」

ラファエルの願いはすぐに叶えられ、クリスティアンの真新しい衣装と盥《たらい》いっぱいの湯が運び込まれた。運んできた従卒が、退出する間際、寝台で昏々と眠るクリスティアンを心配そうに一瞥していく。まさか肩口まですっぽり覆う毛布の下では一糸纏わぬ素裸を晒し、尻から守護騎士の放った子種を垂れ流しているなど、思いもしないだろう。

「あ…あ、ああ、あああっ……」

再び室内に二人だけになり、クリスティアンの毛布を剝ぐと、ラファエルは頭を掻き毟りながらへなへなとくずおれた。

伸びやかな白い肢体にはあちこちに紅い吸い痕が刻まれ、まるで悪い病にでも罹《かか》ったかのようだ。長時間ラファエルの太く逞しい腰を迎え入れていた脚は、限界まで酷使されたせいか完全には閉じきれず、白い液体でべっとりと濡れた内股を晒していた。奥にある蕾からとめどなく子種が溢れ出てくるせいで、乾く気配も無い。

　意を決してうつ伏せにさせれば、ラファエルの心臓は砕け散ってしまいそうな激痛を訴えた。尻たぶを割って露にした蕾はぽってりと腫れ、綻んでいる。入り口の周囲が赤くなっているのは、長時間ラファエルの猛々《たけだけ》しい一物で擦られ続けたせいばかりではあるまい。一秒でも早く繋がりたくて、最初に舐めしゃぶっただけで一息に貫いたからだ。普通の男よりも遥かに立派なラファエルの一物は、花街の女でさえよく濡れてからでなければ受け容れきれない。元々受け容れるための器官ではないそこは、限界を超えて裂け、出血してしまったのだろう。

　無理矢理拡《ひろ》げられ、腫れて血を滲ませる蕾から、どくどくと白い子種が溢れ続ける。

　まさに悪魔の所業だった。クリスティアンが小柄で細く、実際の年齢よりも幼く見えるから尚更だ。鍛え上げられた隆々たる体格のラファエルが、こんな小さな身体にのしかかり、欲望のままに腰を突き上げる様は、野獣がいたいけな幼子を襲っているようにしか見えなかっただろう。ラファエルでさえそう思うのだから、実際にラファエルの欲望を叩き付けられていたクリスティアンが味わった恐怖と苦痛、そして屈辱はいかほどか。

　行為の間じゅう、あのたどたどしい口調でラファエルを呼び、ラファエルの背中に爪を立てていたのは、痛みに耐え兼ねてだったに違いない。クリスティアンもラファエルの一物に突き上げられて感じているのだと悦に入っていた自分の、なんて愚かなことか。

「あ…あっ、クリスティアン様…クリスティアン様、お許しを…クリスティアン様…っ」

　ラファエルは口元を覆い、クリスティアンの枕元に縋った。

昨日、クリスティアンに丸薬を飲まされた瞬間、抑え続けてきた欲望の箍《たが》が外れた。クリスティアンが少しずつ打ち解けてくれていると思ったのは錯覚だった。全てはラファエルを騙すため、ここから逃げ出すための演技だったのだと悟り、怒りと悲しみで目が眩《くら》んだ。なにがなんでもクリスティアンを逃してなるものかと念じ、朦朧《もうろう》とする意識で短刀を抜き、自分の膝を傷付けた。

溢れる血の匂いが裸に剝いたクリスティアンの甘い匂いと混ざり合い、僅かに残った理性は容易く吹き飛んだ。命を賭して守るべき白い身体は、極上の餌にしか見えなかった。初めて男に犯されるだろう主君を慮《おもんぱか》りもせず、一刻も早く自分に繋げてしまおうと、肉の凶器を突き立てた。

「申し訳ありません…、クリスティアン様、申し訳ありません……！」

欲望を残らず注ぎ込んで満ち足りた自分に、生きて呼吸をしている自分に、反吐《へど》が出そうだった。

死ね、今すぐ死ねと迫る声が頭の中でこだまする。伽を求められてもいないのに、主君を犯すなど守護騎士にあるまじき重罪だ。この場で首を刎《は》ねられても当然である。床に転がったままの、乾いた血のこびりついた短刀に視線が吸い寄せられる。

あれで喉を突けば一撃で終わりだ。いや、あっさり死んでは罪は償えない。腹をかっ捌《さば》き、内臓を引きずり出し、汚臭と汚物と大量の血に塗れ、最期まで激痛にのたうちまわりながら地獄に堕ちる醜悪な死に様こそ不忠極まりない男に相応しい。もしくは、このまま単騎で王宮に戻り、ニーナやセドリックたち、クリスティアンに仇なす者を残らず殺してから死ねば、僅かなりとも犬としての本分を果たせるかもしれない。

「…う、…ぁ」

暗い思考に憑《と》りつかれそうになった時、小さな呻き声が聞こえ、ラファエルははっと顔を上げた。クリスティアンがひどく億劫そうに長い睫《まつげ》に縁取られた瞼を瞬いている。

「…っく、クリスティアン様…」

細く開かれた目がラファエルを捉えた。

とっさに跪き、額を床に擦り付けたのは、クリスティアンの怒りを受け止めるためだけではなく、美しい紫の瞳が嫌悪と侮蔑に染まるのを目の当たりにしたくなかったからだ。だが、クリスティアンの唇から漏れたのは、あまりにか細く頼りない声だった。

「…らふぁ…、いた、い…」

恐る恐る起き上がれば、クリスティアンはぽろぽろと涙を零しながら、敷布に埋めた腕を伸ばそうとしている。だが、細い腕は敷布の皺を増やすばかりで、いっこうに持ち上がる気配も無い。身動ぎしたせいで股間からは胎内に残されたラファエルの子種がまた流れ出るが、脚を閉じようともせずひっくひっくとしゃくり上げるだけだ。

「いたい、らふぁ…いたい、からだ、いたい…のど、かわいた…」

「…っ、クリスティアン様……っ！」

ラファエルは己の罪深さを痛感した。

合意も無く男に、しかも飼い犬たる守護騎士に強姦されるなど、男としても王族としても屈辱の極みだ。これがもしセドリックだったら、ラファエルの首はとうに胴体から離れ、ハース家も潰されているだろう。ラファエルとて、クリスティアンが他の男に同じ目に遭わされたなら、その男が生まれてきたことを後悔するまでいたぶり尽くしてやる。

なのに、クリスティアンはそれほどの恥辱を味わされたという自覚すら無いのだ。肉体的に痛め付けられたということはさすがに理解しているだろうが、王太子という至高の身分でそれがどれほど許されざる行為なのか、認識出来ていないのだ。ただ凌《りょう》辱《じょく》の限りを尽くされ、傷付けられた身体が痛いから泣いている。

「クリスティアン様っ、クリスティアン様っ…、申し訳、ありません…！」

「…ら、ふぁー、？」

「汚らわしいこの犬が、罪深いのを承知でお傍に侍りますこと…今だけ、お許し下さい…」

自分で死ぬのも、クリスティアンに剣を渡して斬ってくれと哀願するのも簡単だ。主君を凌辱した男の命など、どうなっても構わない。

だが今、男の欲望に塗れてもなお無垢なクリスティアンを、事情を把握した上で守れるのはラファエルだけなのだ。ラファエルが死んだらいずれクリスティアンがどんな目に遭ったかは周囲に知れるだろうが、守護騎士に凌辱された王太子という烙印《らくいん》を押され、腫れ物に触れるかのように世話をされるなど、想像するだけでもはらわたが煮えくり返る。

――今だけ。

今だけ、クリスティアンの傍に在ることを許してもらおう。持てる限りの力を尽くしてクリスティアンを守り、いつかクリスティアンが王太子としての自覚と知性を身につけたら、その時こそ断罪してもらおう。

「クリスティアン様…、飲めますか？」

室内に置かれていた水差しから杯に水を注ぎ、毒見をして異常が無いのを確かめ、クリスティアンの口元まで運んでやる。

「…ん、く」

クリスティアンの喉がこくりと動き、流し込まれる水を嚥下《えんか》した。だが、横たわったままでは上手く飲めず、杯を傾けるそばから水が零れてしまう。ラファエルは拳をきつく握り締めてから、クリスティアンの背中に腕を差し入れ、そっと起こしてやった。

「ふ…ぅ」

無心に水を飲み干したクリスティアンが、口の端に垂れた水もぺろりと舐め取った。一瞬だけ覗いた紅い舌に、背筋がぞくりとする。昨日、首筋をかぷかぷと噛まれながら、何度もあの舌で愛撫するように舐められたのを思い出してしまったのだ。

クリスティアンはただ、唯一自由になる口で己を痛い目に遭わせる男に抗っていたにすぎないのだろうに、どこまでも浅ましい犬は身の内で燻《くすぶ》り続ける欲情の炎を容易く煽られてしまう。あれだけクリスティアンの中にぶちまけたのに、卑しい一物が下着の中で硬くなっていくのがわかる。

そこから先は、ラファエルにとって拷問《ごうもん》に等しい時間だった。

己が蹂躙した身体を湯に浸した布で拭き清めるだけでも辛いのに、脚を開かせ、蕾から子種を掻き出す作業の間、ラファエルは二つの強敵と戦わなければならなかったのだ。

至高の存在たる主君を他ならぬ自分が穢してしまったことに対する慚愧《ざんき》の念。未だラファエルの子種を垂れ流し続ける、とろとろに蕩けて最高に気持ちが良いだろう胎内に再び割り入りたいという浅ましい欲望。

なんとかそれに打ち勝てたのは、クリスティアンがぐったりと弛緩《しかん》しきった身体を大人しくラファエルに委ねてくれていたおかげだ。時折瞼を開けるからには、意識はあるらしいが、清拭《せいしき》を終えて衣装を着せられてもまるで抵抗しない。

きっと、意識を保つのが精一杯なのだろう。初めてであれだけ長時間、一回りは大きな男と交わらされたのだから、体格的にも無理を強いられている。筋肉には疲労が溜まり、身動ぎするだけでも痛むに違いない。あの誇り高く賢い野獣のようだったクリスティアンをここまで打ちのめしたのは自分なのだと思うと、泥沼のような後悔も欲望も抑え込める。

細い腕に嵌まった腕輪が、ラファエルを無言で糾弾しているように思えた。天上から我が子を見守る亡き王妃は、さぞ憤っているだろう。女神は何故、末裔を穢した罪深い男に罰を下さないのか。

出立の刻限になり、ラファエルはとうとう眠ってしまったクリスティアンを抱いて村長の家を出た。まだ夜も明けきっていないにもかかわらず、村の入り口に停められた馬車は村長や村人たちに囲まれており、ラファエルたちが現れるや、わっと寄ってくる。

　茶色の髪をお下げにした幼い少女が、ラファエルの長い上着の裾をくいくいと引っ張った。昨日、クリスティアンにアルの実を差し出した少女だ。

「きしさま、おうたいしでんか、びょうきなの？」

「こ、これっ！　止めなさい！」

　母親らしい女性が血相を変えて少女の手を引っ張る。ラファエルはこの一帯を治める領主の息子であり、クリスティアンに至っては王太子だ。王侯貴族は平民を同じ人間と思わない者が多い。昨日は寛容に許されても、今日は気が変わったと無礼を咎められ、罰を与えられてもおかしくないのだ。

「いや、構わない。…大丈夫、王太子殿下は病気などではない。少しお疲れなだけだ」

　ラファエルが首を振ると、母親は安堵の息を吐き、少女も嬉しそうに笑う。

「よかった！　なら、わるいやつら、すぐにやっつけてくださるよね？」

「…悪い奴ら？」

「これっ！　あんたはもう、余計なことばっかり言って！」

　母親は少女の口を慌てて押さえ、集まっていた村人たちも一緒になってぺこぺこと頭を下げた。

「も…、申し訳ありません、ハースの若様。この子ときたら、お綺麗な王太子殿下に優しくして頂いたからって、すっかりのぼせちまって」

「のぼせてなんかないもん！　みんないってるもん！　おうたいしでんかが、わるいこーしゃくをやっつけてくれるって！　…おとうさんのかたき、とってくれるって！」

　母親の手を振り払った少女が叫んだ瞬間、母親も村長も、村人たちもみな凍り付く。ラファエルが視線を向けると、村長は観念したように肩を落とした。

「その子の父親は、王都の市に野菜を売りに行った際、侯爵様の馬車の前を横切って勘気《かんき》をこうむってしまい…その場で、斬り殺されたのです」

王の守護騎士が治めるこのハース領は侯爵の影響を受けない数少ない領地だが、領主が仕え、敬愛する王をないがしろにし、政を牛耳《ぎゅうじ》る侯爵のことが面白いわけがない。ことあるごとに侯爵一派に対する不平を零し、奇跡の生還を果たしたクリスティアンに期待をかける大人たちの話を、父を殺された少女はしっかり聞いていたのだろう。きっと、ハース家やその一派の領民たちは、正統なる王太子が自分たちを解放してくれるのを今日か明日かと待ち焦がれているはずだ。

——それほど期待されているクリスティアン様に、お前は昨日、何をした!?

良心の糾弾が胸を刺すのを堪え、ラファエルはクリスティアンを抱えたまましゃがみ、少女と目線を合わせた。

「…そうだな。悪い奴らはいつかきっと王太子殿下がやっつけて下さるだろう。だから、お前も殿下に負けないよう、一生懸命母を助けるのだぞ」

「…うん！」

何度も頷く少女が、その隣で涙を滲ませる母親が、ラファエルの罪悪感を容赦無く煽り立てる。ここに居るのは主君を凌辱した浅ましく罪深い男なのだと叫び出したい衝動を、ぐっと耐える。

「王太子殿下、万歳！　領主様、万歳！」

感激した村人たちの叫びは、ラファエルたちを乗せた馬車が走り出してもなお聞こえてくる。さっきの少女や母親、他の村人たちが馬車を追いかけてくるので、後続の騎兵たちが村に戻るよう促さなければならないほどの熱狂ぶりだ。

——そう、悪い奴らはきっとクリスティアンがやっつけてくれる。侯爵も……そしてラファエルも。

「クリスティアン様…」

いつか断罪される時を夢想しながら、ラファエルは昏々と眠り続けるクリスティアンを縋るように抱き締めた。

太陽が中天に昇る頃には、一行は何の問題も無く領主館に到着した。昨日襲撃に加わった者は残らず捕縛したが、たぶん報告役の者が別に控えており、侯爵にことの次第を伝えたのだろう。侯爵も守護騎士の領地で立て続けに王太子を狙うほど愚かではなかったらしい。

「遠路お疲れ様でした、ラファエル様。お迎えの準備は万端に整っております」

王都に詰めることの多い当主親子に代わり、家事の一切を取り仕切る老執事のベネットが出迎えてくれる。ラファエルの腕で眠るクリスティアンを微笑ましそうに見詰めるベネットの隣には、予想外の姿があった。

「オズワルド、お前どうしてここに？　父上と共に陛下をお守りしているはずではなかったのか？」

「そのつもりだったんですが、昨日、早馬の報告を聞かれた陛下が王太子殿下をひどく心配されましてな。守護騎士が陛下のお傍を離れるわけにはいきませんから、私に殿下のご様子を伺うついでに護衛に加われと命が下されたのです」

ラファエルたちは襲撃を恐れて遠回りの別経路を使い、ゆっくり進んできたから、オズワルドが俊足の愛馬を飛ばせばラファエルたちよりも早く到着するのは可能だ。それにしても昨日ラファエルが早馬を放ってからまだ一日も経っていないのに、一人だけとはいえ護衛を追加で送り込むとは、アレクシスはよほど我が子を気にかけているのだろう。愛しい我が子に降りかかった真の災厄を知れば、どれほど怒り狂うだろうか。

ラファエルは激しい自己嫌悪を抑えて頷いた。

「そうか。お前が居てくれれば頼もしい」

侯爵が術石まで使い、クリスティアンを襲ったのは、クリスティアンが領主館に入って手出し出来なくなる前に命を奪っておきたかったからだろう。あるいは殺さないまでもまともに口も利けない状態にするか。

クリスティアンは侯爵にとってそれほど重要な手がかりを握っているということだ。証言されたが最後、侯爵の偽りは暴かれ、築き上げた権力の全てが崩壊してしまうほどの。

セドリックの病が癒え、クリスティアンを野獣と詰《なじ》り、再び権勢を盛り返したかのように思える侯爵とニーナだが、内心は相当追い詰められているようだ。今回は捨て駒の配下に賊を装わせてこそこそと襲ってきたが、思い余って私兵たちを差し向けてくる可能性もある。歴戦の強者であるオズワルドが居てくれれば、最悪の場合でもクリスティアンの命だけはなんとか守れるだろう。

「不肖このオズワルド、陛下の命に従い、全力で王太子殿下をお守りいたしましょう」

「…ぅ、う…」

オズワルドが騎士の礼を取った時、腕の中のクリスティアンがむずかるように呻いた。荷解きのために家人たちが忙しく働き回っているので、うるさかったらしい。ぎくりとしたが、まだ覚醒したわけではなかったようで、またすぐ安らかな寝息をたて始める。

ベネットが気遣わしげに声をかけてきた。

「外は寒いですから、中の寝所でお休み頂いてはいかがでしょうか。殿下のお部屋は、ラファエル様のお部屋の隣に用意いたしましたので」

「…そうさせてもらおう。ああ、案内はいい。お前は荷解きの差配をして、済んだら何か軽い食事を持ってきてくれ」

部屋に向かうラファエルに、オズワルドは当然のように付いてきた。それがただ護衛のためだけでないのは、背中を刺す物言いたげな視線からも明らかだ。

「…クリスティアン様を、犯した」

指示した通り、クリスティアンが滞在する部屋は淡い紫の調度で統一されている。クリスティアンを寝台に横たえてから、ラファエルは振り向きざまに告げた。

「クリスティアン様が逃げようとなさったので、押さえつけて、力ずくで犯したのだ。まだ夜伽の経験も無い、無垢な方を…私は、浅ましい欲望で汚したのだ。クリスティアン様はご自分の身に何が起きたのかもおわかりではないが…回復されたらきっと、私などお傍にも近付けて下さらないだろう」

「若……」

衝撃的な告白にも、オズワルドはさほど驚いていないようだった。クリスティアンに対する行き過ぎた思慕にいち早く気付いた男だから、あるいはこうなることも予想していたのかもしれない。

「随分ぎこちなく殿下に接しておいでだと思ったら、そういうことでしたか…」

「…私は、ぎこちなかったのか？」

「少なくとも、いつもの若なら、殿下がむずがられればこちらが気恥ずかしくなるくらいに甘くあやされたでしょうからな。不審を買わないためにも、注意された方がよろしいでしょう」

「オズワルド……お前は、怒らないのか？」

まるで剣の稽古《けいこ》の後、弱点を指摘するかのような淡々とした態度に、理不尽とは思いつつも怒りが募った。この男はラファエルの話をきちんと聞いていたのだろうか。犯したのだ。ラファエルは、今やトゥランの希望とも言うべき王太子を、クリスティアンを犬の分際で辱《はずかし》めたのだ。まともなトゥランの民ならば、怒り狂って当然ではないか。

「ここに許されざる大罪を犯した罪人が居ると、父上に…いや、陛下に報告しようとは思わないのか？　私は、罰されるべきだと思わないのか!?」

「まったくもって、思いませんな」

オズワルドはきっぱりと告げた。一見穏やかな眼差しには、かつてラファエルを容赦無くしごいた時と同じ、厳しい光が宿っている。

「若が罰されたいと願うのは、そうすれば自分が楽になれるからです。重罪人として処刑されれば、その後は何の苦しみも味わわずに済むでしょう。…ですが、残された殿下はどうなります？　ご自分には何の非も無いのに、無条件に庇護してくれる存在を失った殿下は」

「……っ！」

「苦しみなさい。殿下を何者からも守りながら、血反吐を吐いてお生きなさい。それが若の償いにもなりましょう。…死ぬことなど、いつでも出来るのです」

「オズワルド…」

燃え盛っていた怒りの業火が、嘘のように鎮まっていく。代わりに胸に満ちた後悔を噛み締め、ラファエルは拳を握り締めた。

「…八つ当たりをしてすまなかった。今のクリスティアン様をお守り出来るのは私だけだと、それが私の償いだと、わかっていたはずなのにな…」

「……いいえ。若は何でも溜め込まれる性分でいらっしゃるから、時には発散なさるべきなのです。相手を選ぶ必要はありますが、私なら他所《よそ》に漏れることはありませんからな。…それにしても」

オズワルドはふと寝台を見遣《みや》り、感嘆とも困惑ともつかない唸り声を出した。

「殿下は、本当に何があったのか、おわかりではないのでしょうか？」

「…どういうことだ？」

「獣のように育たれたとはいえ、アーサー様のお話を伺っている限り、殿下にはきちんと人としての知性も情動も備わっているように思えるのです。閨《ねや》の知識はさすがにお持ちではないでしょうが、もしも殿下がただ若に暴力を振るわれていると感じられたのなら、今こうして大人しく若の傍で休まれたりなどなさらない気がするのです」

「それは、お身体が自由にならないからではないの

か？」

「王宮にお移しする際の騒動をお忘れですか？　殿下なら、本当に若を許せない、傍に置きたくないと思われれば、動かないお身体を引きずってでも若に噛み付かれるのではないでしょうか」

言われてみれば、確かにそうだ。魔の森から王宮に移動する際、クリスティアンは薬酒を飲ませようとするラファエルに最後まで抵抗していた。クリスティアンは誇り高い野生の獣なのだ。気に入らないことは何があろうと受け容れない。それはラファエルが一番よくわかっている。

「そんな殿下が、ことの後も大人しく若に世話を焼かれ、ここまで連れてこられたのです。少なくとも、若が何故あのような仕打ちをされたのか、全くおわかりでないとは思えないのですがね」

「オズワルド…お前、何を言っている。それではまるで、クリスティアン様が、私を…」

驚愕と、浅ましい期待がラファエルの中でうごめく。クリスティアンがラファエルを嫌っていないかもしれない？　まさかそんな、ありえない。ラファエルはクリスティアンを捩じ伏せ犯したのだ。騙し討ちにして、魔の森から攫ってきた。窮屈な王宮に閉じ込めた。クリスティアンが嫌がることしかしていないのに。

困惑するラファエルの耳が、微かな衣擦れの音を捉えた。見れば、目を覚ましたクリスティアンが寝台から上体を起こし、何かを求めるように手をさまよわせている。

「…ううっ、らふぁー…」

「…クリスティアン様！」

「らふぁー、どこ？　らふぁー」

きっと嫌われている。憎まれている。恐れられている。どんな宝石よりも美しいあの瞳が、自分を映して嫌悪に染まる様を見たくない。

身勝手な願いは、クリスティアンの心細そうな表情が吹き飛ばした。

気付けば、ラファエルは寝台の傍らに跪いていた。ラファエルを見付けたクリスティアンが、重たい身体を投げ出すようにしてラファエルの頭に抱き付く。

「らふぁー、どこ、いってた？　はなれる、だめ」

「クリスティアン…様…」

「らふぁー、らふぁー、からだ、いたい。のど、かわいた。おなかも、すいた」

「…ああ…、クリスティアン様…、クリスティアン様…」

項をがりがりと引っ掻かれ、髪を引っ張られる感触が、ラファエルを絶望の淵から救い上げる。生理的な欲求を満たすのに真っ先に思い浮かべてくれるほどには、クリスティアンはラファエルを必要としてくれている。卑しく浅ましい犬を、使おうとしてくれている。なんて優しく慈悲深い、無垢な方なのか。

「そろそろベネットが食事を運んでくる頃合《ころあい》でしょう。陛下とアーサー様への報告は私が代行いたしますので、若は殿下に付いていて差し上げて下さい」

「…オズワルド…すまない。感謝する」

「このくらい、どうということはありませんよ。…ですから、どうかお忘れなきよう。貴方は幾つになられても私の教え子なのです。思い詰めそうになったら仰《おっしゃ》って下さい。久しぶりに稽古をつけて差し上げますから」

おどけた口調で言い、オズワルドはちょうど訪れたベネットと入れ替わりで退出する。

自ら食事の乗ったワゴンを押してきたベネットにはばれないよう、ラファエルはくすりと笑った。オズワルドの稽古はとても厳しく、幼いラファエルにも容赦が無かった。今なら互角に渡り合える自信はあるが、あの重たい一撃をまともに喰らえば、確かにどんな迷いも甘えも吹き飛ばされてしまうだろう。

「お食事をお持ちしました。お言い付け通り、味付けは塩だけで、ごく軽くしてあります」

王太子が守護騎士にべったり張り付き、項をがぶがぶと噛んでいても、ベネットは少しも動じない。微笑ましげに頷いただけで、傍のテーブルに麦粥《むぎがゆ》や果物を並べ、出て行ってしまう。主人と王太子の関係を察したとしても、それを表に出すような男ではない。仮にラファエルとクリスティアンが裸で絡み合っていても、平然としているだろう。

自分の館をクリスティアンの滞在場所に選んだのは、あの口の堅い執事の存在も大きいのだが、まさかこんなことでも恩恵を被《こうむ》るとは思わなかった。オズワルドといい、ベネットといいラファエルには過ぎた存在だ。

「クリスティアン様、お食事です。召し上がれますか？」

彼らに報いるためにも、何よりクリスティアンのためにも、一日も早くクリスティアンを王太子に相応しい貴公子にしなければならない。

頭を切り替え、ラファエルはクリスティアンを寝台に座らせてから、麦粥の皿を鼻先に近付けてやった。王宮では味付けの濃いものは全く手を付けず、果物ばかり好んで食べていたクリスティアンだが、少しずつ人の食事にも慣れてもらわなくてはならない。身体も弱っている今、素朴な味付けの麦粥なら食べてくれるのではないだろうか。

「…うう―…」

クリスティアンは慣れない匂いに皺を寄せている。ふと思いつき、ラファエルはクリスティアンの前で麦粥を一匙食べ、なるべく美味しそうにゆっくりと咀嚼してみせた。すると、狙い通り、クリスティアンは興味を持ったようだ。匙で掬った麦粥を口元に運んでやると、意を決したように食べる。

「いかがですか？」

「……ん、ん」

クリスティアンは麦粥を飲み込み、催促するようにまた口を開ける。どうやら気に入ってくれたようだ。空腹も手伝ってか、麦粥の皿はあっという間に空になり、ベネットに追加を持ってこさせた。

追加分は密かに塩の分量を増やし、鶏肉《とり》の出汁《だし》も加えてあったのだが、クリスティアンはそれもぺろりと平らげた。思った通りだ。六歳までは王宮で人間の食事をしていたのだから、舌はその味を忘れてはいないはずだ。今のクリスティアンは、言わば食わず嫌いのようなもの。少しずつ慣らしていけば、贅を凝《こ》らした王宮料理も必ず美味だと感じられるようになる。

「らふぁー…」

分厚い雲間から希望の光が射し込んだように思え、女神に感謝を捧げていると、クリスティアンが瞼をしきりに擦っている。腹が満たされ、眠気が訪れたのだろう。馬車の中でも殆ど眠っていたが、初めてであれだけ激しく犯された身体は、まだまだ休息が必要なのだ。

「お休み下さい、クリスティアン様。私はいつも通り、隣室に居りますから」

「うーっ、うーっ」

ラファエルが隣室に続く扉を指差しても、クリスティアンは焦れたように首を振るだけだ。まだ食べ足りないのだろうかと思い、ベネットを呼ぼうとしたら、上着をぎゅっと引き寄せられた。

「らふぁー、いっしょ。…ずっと、いっしょ」

「…な…、クリスティアン様…？」

「ねる、らふぁー、いっしょ。いっしょにねる。らふぁーといっしょ」

――少なくとも、若が何故あのような仕打ちをされたのか、全くおわかりでないとは思えないのですがね。

無邪気にラファエルを求める眼差しに、オズワルドの言葉が蘇る。クリスティアンがラファエルの汚らわしい思いを理解した上で、求めてくれている？　ありえない。クリスティアンはただ、痛みで心細くなっているだけだ。浅はかな期待など、抱くのは間違っている。それでもクリスティアンに求められるのは、魂が震えるほどの歓喜をもたらす。

「らふぁー、だまっていなくなる、だめ。ずっといっしょ」

上着を脱ぎ、寝台に入ると、クリスティアンがぎゅっとしがみついてくる。

……貴方は一体、私をどう思っていらっしゃるのですか？

問い質《ただ》したいのを堪え、ラファエルは誂えたようにすっぽりと腕に収まる身体を抱き締めた。すぐに聞こえてきた安らかな寝息に安堵しつつも、昨夜を思い出させる温もりはラファエルを眠らせてはくれなかった。


「らふぁー！　らふぁーっ！」

クリスティアンは肩をいからせながら、広い領主館の中を走り回っていた。森の中なら高い木に登ればすぐ見付けられるのに、人間の棲み処というのは不便なものだ。その不便さにも、ここに来て一月《ひとつき》も経てばすっかり慣れてしまったのだが。

「おや、殿下。いかがなさいました？」

「らふぁー…が、来ない。書き取り、終わったら来るって、言ったのに」

折り良く通りがかったベネットに訴えると、ベネットはクリスティアンと視線を合わせ、にっこりと笑った。

「もう今日の分の書き取りを終えられたとは、殿下は優秀でいらっしゃいます。アルの実のパイがありますから、お茶でもいかがですか？」

「食べたい！　…けど、だめ。らふぁーが一緒じゃなきゃ、食べない」

口の中に湧いた唾《つば》を飲み込み、クリスティアンはふるふると首を振った。生でも美味しいアルの実を甘く煮て、バターをたっぷり使った生地に包んだパイは絶品だ。初めて食べた時は、この世で一番美味しい食べ物に違いないと思った。毎日でも食べたいが、ラファエルが一緒でなければ何故か美味しさが半減してしまうのだ。

「殿下は本当にラファエル様がお好きなのですね。ですが今、ラファエル様は陛下のお使者様とお話し中なのです。殿下がこんなに早く課題を終えられるとは、思わなかったのでしょう」

「…らふぁー、どこで、話してる？」

「南の広間ですが…あ、殿下！」

駆け出したクリスティアンをベネットが慌てて追いかけてくるが、その手に捕まる前に、クリスティアンは目当ての場所に辿り着いていた。頑丈な扉を開け放ち、広間に飛び込むと、潜めた声で話していた二人の男がぎょっとしたように振り返る。

「…お前は、父上よりの、使者か？」

欲求のままラファエルに飛び付こうとしたが、ふと考え直し、クリスティアンは床に跪く男に尋ねた。旅用の分厚いマントを羽織った男の肩が、びくんと跳ねる。

「は…っ、はい。アレクシス陛下より、殿下のご様子を伺ってくるよう、命じられて参りました」

「ご苦労、だった。わた…私は、元気だと、父上に伝えよ」

「はは……っ！」

男は感極まったかのように目を見開き、頭を垂れる。まさかクリスティアンと直《じか》に対面が叶ったばかりか、きちんとした言葉遣いで労《ねぎら》われるとは思いもしなかったのだろう。まだラファエルとの話は終わっていなかったのかもしれないが、ようやく追いついたベネットに茶を勧められると、嬉しそうに別室へと引き上げていく。

「どう…だった？　らふぁー」

二人きりになり、いたずらっぽく微笑みかけると、ラファエルはほうっと息を吐いた。

「…ご立派でした。あの者も、すぐにでも王都に引き返し、陛下にクリスティアン様のご立派なお振る舞いを報告するでしょう」

「それ…が、狙い。らふぁー、…すぐに、独り占め、できる」

アレクシスが使者を寄越すのは、この一月で既に六度目だ。それほどクリスティアンを心配しているのだろうが、そのたびにラファエルが短くない時間を使者に拘束されるのが面白くない。ラファエルはいつもクリスティアンの傍に居るべきなのに。

「ね…、らふぁー。繋がりたい」

クリスティアンは爪先立ちになり、ラファエルの太く逞しい首筋にしがみついた。薄い絹のシャツに包まれた身体をラファエルの分厚い胸板にすり寄せ、項をぺろりと舐め上げながら。

「く…、クリスティアン様…なりません。まだ昼間のうちから、このような場所で…」

そんなことを言いつつも、ラファエルはクリスティアンを拒まない。もう疼きだしている乳首をくりゅっと擦りつけてやれば、ラファエルの心臓が激しく脈打つのが布越しに伝わってくる。眉根を寄せているのは、拒絶ではなく、欲望と戦っているせいだ。

「場所…、大丈夫。さっき、ベネットが、鍵、かけた」

クリスティアンがラファエルと二人きりになれば繋がるものだと、あの老人はきちんとわかっている。使者と退出する間際、普段は必要の無い鍵をかけていったのがその証拠だ。

「ベネットめ…」

「らふぁーも、硬くなってる。私に…、入りたいって、思ってる。違う？」

まだ欲望に抗おうとしているラファエルの股間を握り込めば、力強く押し返してくる。きっと、下着の奥ではクリスティアンの腹を押し上げるほど逞しい一物が漲っているはずだ。それを銜え込み、隙間無く繋がるのを想像すると、尻がきゅんと疼く。

「らふぁーが出していった課題、全部、やった。早く、らふぁーと繋がりたかったから」

「…クリスティアン様…」

「らふぁー、欲しい。…だめ？」

「っ…、貴方という、方は…っ！」

獣めいた吐息が首筋にかかるのは、ラファエルの忍耐の緒が切れた合図だ。ふわり、と浮いた身体が、毛皮の敷物の上に横たえられる。ズボンの前をくつろげ、取り出されたラファエルの逞しい一物にうっとりしながら、クリスティアンはこの一月を思い出す。


あれだけ執拗に繋がっておきながら、クリスティアンがすっかり回復しても、ラファエルはクリスティアンと再び繋がろうとはしなかった。片時も離れず傍に居て、クリスティアンが好きなだけあちこちを噛ませるくせに、下肢に触れようとすると跳びのいて離れるのだ。

『私などに、そのような真似をなさってはなりません…！』

ラファエルの言葉の意味がわからなかった。クリスティアンと最初に繋がって、こうすれば離れずにいられると教えたのはラファエルだ。

『私は許されざる罪を犯した罪人です。いつかクリスティアン様もおわかりになる日が来ます。その時は、クリスティアン様の手で処罰されるべき罪人なのです』

罪？　それこそわけがわからない。ラファエルと一分《ぶ》の隙も無く繋がることが、どうしていけないことなのだろう。ラファエルの漲る一物を胎内に受け容れた瞬間、クリスティアンのどうしようもない不安は霧散した。愛しい、可愛い、愛していると耳元で切々と訴えられるのが心地良くてたまらなかったというのに。

あの行為は交尾ではないのだと、人間は仔を生すため以外でも交わるのだと、ラファエルは言った。ならばきっと、繋がり合って互いの不安を消すためなのだろう。クリスティアンが逃げてしまうとあれだけ不安そうだったラファエルが、クリスティアンの胎内に実を結ばない種を何度も吐き出して、ひどく満足そうにしていたのだから。

罪だろうと何だろうと関係無い。クリスティアンはラファエルと繋がりたい。ラファエルもクリスティアンと繋がりたい。ならば、何の問題も無いではないか。ラファエルと繋がっていればクリスティアンは不安にならず、森に帰りたいという気持ちも起こらない。クリスティアンを放したくないラファエルにとっても、願ってもないことのはずだ。

なのに、ラファエルはクリスティアンに擦り寄られれば股間を硬くするくせに、なりませんだの自分は罪人ですだの繰り返す。焦れたクリスティアンは強く抵抗されないのをいいことに、ラファエルを寝台に押し倒し、ズボンを剝いで跨ってやったのだ。

まだ解《ほぐ》されてもいない蕾は、何度も擦り付けてやるうちにすぐラファエルの先走りでぬるぬるになった。ラファエルの項を好き勝手に噛みながら、そろそろ繋がってやろうと尻を持ち上げた瞬間、はあっと歎めいた息が聞こえ、視界が反転したのだ。


『クリスティアン様……っ！』

村長の家から逃げ出そうとして、押し倒された時と同じ目だった。黄金の髪と青い双眸はいつもなら安堵をもたらすのに、こんな時には胸が甘くざわめくのも同じ。理性を失ったラファエルは、クリスティアンが裸の下肢を広げてやれば、興奮して蕾に顔を埋めた。己の先走りでぬるついた蕾を最初の時よりも丹念に解し、味わってから、耐え兼ねたように一物を突き入れてきた。

数日ぶりの一物を、クリスティアンは歓喜と共に受け止めた。ああこれだ、と思った。ラファエルの一物で繋がれていると、どんな不安も無くなってしまう。

行為を終えたラファエルはこの世の終わりが訪れたかのように落ち込み、ついにはクリスティアンに短刀を渡して『斬って下さい』と懇願してきたので、まだ萎えきっていない一物を踏み付けて、勃起したところにまた乗っかってやった。

『わた…し、は、らふぁーと、つながるの、すき。あんしんする』

苦手な言葉を一生懸命耳元で囁いてやれば、ラファエルは零れんばかりに見開いた目をぎゅっと閉じ、一筋の涙を流した。何か悲しいのだろうかと思ったが、胎内の一物はひときわ大きく漲り、クリスティアンをがっちりと繋いでいる。

『…それでも、私は罪人です。貴方はトゥランの王太子として、然るべき姫君を娶られる身。伽をお望みならば、相応しい女性を用意いたします』

『そんなの…、だめ。ほかのひと、ちがう。らふぁーじゃなきゃ、だめ』

たとえ対の性である女でも、いや、ラファエル以外のどの人間と繋がっても、クリスティアンは安心出来ないだろう。ロイドのようにラファエルと同じ色彩を持つ人間でも、だ。

『だから、らふぁー、しぬの、だめ。ずっと、わたしのそばにいる』

『クリスティアン様……』

その夜から、ラファエルはクリスティアンの求めを拒まなくなったのだ。


ラファエルに連れて来られたのは、ラファエルが生まれ育った館だという。

王宮よりもずっと狭いが、ラファエルと一緒ならどこに行っていいというので、遥かに快適だった。賑やかな街ではなく、のどかな田園に囲まれているのも良い。澄んだ空気は森とよく似ているし、田畑を耕す農民たちはニーナやその取り巻きのような嫌な空気を纏っていない。クリスティアンがラファエルと連れ立っていると、とれたての野菜や果物を分けてくれる。

もらった野菜で作られたスープはとても美味しかったし、果物を使った菓子ときたら頬が落ちそうだった。王宮とは違い、こちらの料理は素材を活《い》かし、味付けは最低限に抑えられているから、ラファエルに食べさせてもらった麦粥と同じように素直に味わえたのだろう。

生の果実や肉しか食べてこなかったクリスティアンのために采配《さいはい》を振るったのは、ラファエルだった。この館には、ラファエルの心遣いが満ちていた。クリスティアンが恐れる緑色はどこの部屋の調度にも使われていなかったし、数少ない使用人たちはみなクリスティアンに優しかった。森にやってきたあの赤毛のような、態度と内心の異なる気持ち悪い人間は一人も居なかった。

ラファエルはクリスティアンのために様々なことをしてくれた。ならばクリスティアンもラファエルに何か返してやりたい。自然とそう思い、尋ねてみたら、ラファエルの講義を受けて欲しいと言われた。

最初は簡単な文字の書き取りから始まったが、それが単語になり、短い文章になるのに時間はかからなかった。人間が言葉を表すのに使う文字というものを見るのは初めてなのに、ラファエルに発音と共に教えられるとすぐ理解出来るようになったのだ。

簡単な本を読めるようになると、ラファエルは文字以外のことも少しずつ教えてくれた。人間と獣の違い、国というものの存在や仕組み。それらもまた、クリスティアンは砂が水を吸うように理解していった。

今ではあのアレクシスが国の頂点に立つ国王であり、クリスティアンがその息子、後継者たる王太子であることも理解している。クリスティアンの生母ユーフェミアはとうに亡くなり、あのニーナが父の後妻であり、母親の違う弟セドリックが居ることも教わった。

ニーナは自分の息子を王太子に据えたいがあまり、父侯爵と協力してクリスティアンを森に捨てさせたのだという。だからクリスティアンは人間なのに魔獣だけしか棲息《せいそく》しない森で成長したのだ。

しかし、ニーナはセドリックの病が癒えるなり前言を翻し、クリスティアンを拉致したのはただの賊だと言い張った。確たる証拠が無いのをいいことに断罪されず、野獣の如き王子は世継ぎには相応しくない、セドリックを王太子にと画策している。この館に移動する途中で襲ってきた黒ずくめの賊も、十中八九、侯爵が放った刺客だそうだ。

女神の怒りを買う危険まで冒してクリスティアンを狙うからには、クリスティアンが彼らを追い詰める決定的な証拠を握っている可能性が高い。黒ずくめの男たちは惨《むご》たらしい拷問にかけられても何も漏らさず、歯に仕込まれた毒を飲んで死んでしまった。遺体からは勿論、侯爵との繋がりを決定づけるものは出てこない。

『今のところ、クリスティアン様の記憶だけが有力な手がかりなのです。何でもいい、何か覚えてはいらっしゃいませんか？』

ラファエルに問われ、何度も試みたが、何も思い出せなかった。

今では、ラファエルがクリスティアンに嘘をつくはずがないことはわかっている。ラファエルが断言する以上、クリスティアンが十一年もの間行方不明になっていた王太子なのは事実なのだ。王宮でも、父親だというアレクシスと過ごした幼い日々や、腕輪を形見に遺した母ユーフェミアの姿が蘇った。彼らは他人ではない、クリスティアンにとても近しい人なのだと確信出来る。

だが、森でブランカに拾われる前――どうやって拉致され、森に捨てられたのかを思い出そうとすると、とたんに記憶に靄《もや》がかかってしまう。そして、代わりにニーナの瞳の色…緑色が頭に広がり、不安に襲われてラファエルと繋がらずにはいられなくなるのだ。そう、今みたいに。

「ん…っ、あ、らふぁーっ…」

じっくり解す間も惜しみ、仰向けに横たわったラファエルに跨って、そそり勃つ一物を銜えこんでいく。もう何度も繋がったとはいえ、クリスティアンよりもずっと大きなラファエルのものを受け容れるのはかなり辛い。初めての時のような痛みこそ無いが、まだあまり潤っていない胎内がぎちぎちと軋むのがわかる。

「はぁっ…、クリスティアン様…」

ようやく根元まで入り、身体をぺたんと前に倒してラファエルの厚い胸板に重ねると、ラファエルは背が撓《しな》るほどきつく抱き締めてくれた。こうされるのがクリスティアンは一番好きだ。心から不安が消え、代わりに温かいものが満ちる。ラファエルが欲しくて、もっとクリスティアンを欲しがらせたくてたまらなくなる。

「らふぁー、らふぁー…」

「クリスティアン様…、また、思い出そうとされたのですね？」

熱い吐息をクリスティアンの耳朶に吹きかけながら、ラファエルが囁く。

「確かに、クリスティアン様が記憶を取り戻されるのが、侯爵たちを排斥する一番の近道ですが…そこまでお辛いのなら、無理に思い出されなくて良いのです。クリスティアン様が立派な王太子となられて無事に王宮に戻られれば、侯爵たちも何も言えませんし
「…らふぁ」

「クリスティアン様が玉座に就かれるその時まで、私が必ずやお守りします。私で気を紛らわせなくてはならないほどお辛いのに、我慢されることは…っ、！」

くどくどとくだらないことを囁かれるのに苛々とし、クリスティアンはラファエルの喉仏に思い切り噛み付いてやった。さっきから胎内を圧迫し、存在を主張し続けている一物がびくんと震える。

ラファエルは、クリスティアンがラファエルと繋がりたがるのは不安を紛らわせるためだと思っているらしい。

…気に入らない。

確かにラファエルと繋がるのは不安を消すためだ

が、それだけではない。ラファエルという男を感じるのが、ラファエルに求められるのがとても心地良いからだ。

「私、何度も、言った。らふぁーが欲しいから、繋がっている」

ラファエルと繋がると胸に満ちる、この温かい気持ちを何と呼べばいいのかはわからない。だから既に知っている言葉を苦労して組み合わせ、何度も告げているのに、ラファエルは悲しげに溜息をつくのだ。

「…クリスティアン様は、初めて経験された快楽に、酔われているだけです。しかも私は、クリスティアン様のお慈悲に縋る、浅ましく醜い犬で…っん、あ…っ、あ、く、クリスティアン様…っ」

心の中に浮かぶことを上手く言葉に出来ない。ラファエルに身体だけを求めていると思われるのがひどくもどかしくて、クリスティアンはゆさゆさと腰を動かし始めた。


ずるり、とクリスティアンの中から引き抜いた一物は、まだ硬度を保ち、物欲しそうにうごめいていた。まだ足りない、もっとクリスティアンの中を味わいたいと猛り狂う本能を鎮めるのが、この数日とても辛くなってきている。

「クリスティアン様…」

生まれたままの姿のクリスティアンに衣服を着せ、自分も申し訳程度に身繕いを済ませる。意識の無いクリスティアンを抱えて広間を出ると、廊下の壁に背を預けていたオズワルドがぱちりと目を開けた。

「オズワルド…戻っていたのか。すまない、待たせてしまったようだな」

「いえ、ついさっき到着したばかりですから」

オズワルドはラファエルからアレクシスへの報告書を携え、この一月、何度も王都とハース領を往復している。伝令は本来なら護衛の役割ではないのだが、侯爵が放った刺客に遭遇した場合、単騎で突破出来る人材となるとラファエルかオズワルドくらいしか居ないのだ。

「さっき、王宮からの使者と入れ違いになりましたよ。王太子殿下直々にお言葉を賜ったと、とても感動していました。きっと、王宮ではまた王太子殿下の評判が上がるでしょうな」

クリスティアンの部屋へ向かうラファエルと並んだオズワルドは、情事の痕跡も露なクリスティアンを目の当たりにしてもまるで動じない。ラファエルがクリスティアンの誘惑に抗いきれず、欲望をぶつけてしまったと気付いているだろうに、何も聞いてこない。求められない限りは口を挟まないという姿勢は、実にオズワルドらしかった。

「…王宮での反応はどうだ？」

オズワルドに椅子を勧めてから、クリスティアンを寝台に横たえる。長く伸ばした髪を一房握らせてやるのは、最近出来たばかりの習慣だ。こうすると、クリスティアンはぐっすり眠れるのである。

「殿下が賊の襲撃を察知し、警護の騎士たちを救った一件が伝わってから、流れは大きく変わりましたよ。侯爵に失脚させられた貴族たちは勿論、日和見の貴族たちまで、掌を返したようにクリスティアン様クリスティアン様と称賛しております。…皮肉なものですな」

オズワルドがそう評するのも尤もなことだった。あの黒ずくめの男たちからは、侯爵に繋がる手がかりは何一つ摑めなかった。だが、術石まで用意周到に所持した賊が、たまたまお忍びの王太子一行と遭遇し、たまたま襲ったなど、信じる者は居ない。誰もが侯爵を疑ったはずだ。

勿論、侯爵もニーナも関与を否定した。しかし、侯爵がクリスティアンの口を塞ぐために打った手が、皮肉にもクリスティアンの名声を高めるのに一役買ってしまったのだ。騎士たちを救ったばかりか、血なまぐさい戦場に降り立ち、自らの守護騎士を労った慈悲深く勇敢な王太子――と。アーサーや数少ない王太子派の貴族たちがあちこちで喧伝《けんでん》したおかげで、今や王宮内だけではなく、城下の街でもクリスティアンの評判は急上昇している。

「しかし、そうなれば侯爵も黙ってはいないだろうな。陛下の御身に大事は無いか？」

「今陛下の御身にことあらば、真っ先に疑われるのは侯爵です。今のところ心配は無いかと。…ただ、ニーナ王妃はセドリック王子を王太子に据えるよう、執拗に陛下に嘆願されているそうです」

「野獣の如き王子など、王太子には相応しくないというのが王妃の言い分だったからな。クリスティアン様が本来の自分を順調に取り戻されているので、追い詰められているのだろうが…」

ラファエルは眉根を寄せた。クリスティアンの拉致にニーナが大きく関わっているのも、クリティアンが有力な証拠を握っているのも、もはや疑いようはない。だが、例えばニーナが拉致を指示しているところをクリスティアンに目撃されたのだとしても、それだけでそこまで切羽詰まるだろうか。セドリックが回復したとたん、懺悔をころりと翻すような女だ。クリスティアンの記憶違いだと言い張って通す気がする。

「…記憶だけではないのか？」

「若？」

「王妃がセドリック王子の立太子を急ぐ理由だ」

クリスティアンはもしや、拉致される際、自分でもそうと知らぬうちにニーナの罪を暴く物証を手にしたのではないか。ニーナはクリスティアンがそれを記憶と共に思い出し、突き出してくる前に我が子を王太子に据えようと急いでいるのではないだろうか。

ラファエルの推察に、オズワルドはううむと唸った。

「しかし殿下は、魔の森でお会いした時には裸同然のお姿でいらっしゃいました。何かを隠し持つなど不可能です。もし、あるとしたら…あの、魔の森のどこかなのでは…」

「クリスティアン様は、ブランカという魔獣の王に育てられたと仰っていた。クリスティアン様に衣食住を提供したのがブランカなら、クリスティアン様の所持品をブランカが持っている可能性がある」

「持っているって…魔獣が、ですか？」

「ブランカはただの魔獣とは違うそうだ。クリスティアン様が仰るには、思慮深く、人の言葉を操り、クリスティアン様とは心で意思疎通も出来たとか。そんなブランカが、クリスティアン様が所持されていたものを森に打ち捨てておくとは思えないのだ」

「…仮に、若の推測が事実だったとしても、いかがなさるおつもりですか？　再び魔の森へ出向き、ブランカを捜索して、幼い殿下が何か所持していなかったかと尋ねるのですか？　養い子たる王太子殿下がご一緒なら、あるいは出てきてくれるやもしれませんが」

「…いや。あくまで推論の域を出ないことのために、今、貴重な戦力を割《さ》くわけにはいかん」

オズワルドの提案に、ラファエルはきっぱりと断言し…次いで、切なげに目を細めた。

「…いや、違うな。一番は、クリスティアン様をブランカに逢わせたくないのだ。せっかくこちら側に戻られつつあるのに、懐かしい養い親と会えば、私のことなどお忘れになって、森へ帰ってしまわれるかもしれない」

「…若」

「笑ってくれ。私はどこまでも醜悪で、卑しい男だ。もう二度と同じ過ちは繰り返さないと誓っておきながら、クリスティアン様に求められればすぐに禁を破った。あの甘く芳しい身体に夢中になってしまった。クリスティアン様はただ、初めて経験された快楽に流されていらっしゃるだけだというのに…わかっていながら、クリスティアン様が私の身体だけでも欲しいと思って下さるのが嬉しくてたまらないの

「だが…クリスティアン様は、私が欲しいから繋がるのだと…」

「ほうほう、それはそれは」

真剣そのものだったオズワルドがにやにやと笑いだした。妙な居心地の悪さを感じ、ラファエルは後ずさる。

「お前…なんだ、その顔は」

「いやいやいやあ、微笑ましいと思っただけですよ。王都では氷の心臓の君と令嬢がたに揶揄《やゆ》されておいでの若が、肝心の大切な方のことだけはおわかりにならないのですから。恋は盲目とは、よく言ったものですなあ」

「…お前の言い方だと、私とクリスティアン様との関係を歓迎しているように聞こえるぞ」

面白がるような口調に、ラファエルは呆れて突っ込む。一体どこの世界に守護騎士とはいえ臣下、しかも男と、未来の国王たる王太子が身体を重ねるのを歓迎する者が居るだろう。しかもオズワルドは以前、侯爵たちを確実に追い詰められる物証があるかもしれないのなら、多少無理をしてでも再び魔の森を捜索すべきなのだ。それをやらないのは、あくまでクリスティアンを離したくないというラファエルの身勝手だ。いくら囲い込んだところで、クリスティアンはいずれこの腕を飛び立ち、相応しい家柄の姫君と結ばれてしまうというのに。

オズワルドがはあっと盛大に息を吐いた。

「若はまだ、殿下の心が獣か幼子のままだとお思いのようですが…私には、殿下が若の身体だけをお求めなのだとは思えないのですがね」

「…なに？」

「ベネットから聞きましたよ。あの窮屈なことが大嫌いな殿下が、若のために大人しく講義を受け、課題もこなし、お言葉もだいぶ滑らかになってきたそうじゃないですか。身体だけを欲する相手のために、普通はそこまでしませんよ」

前、ラファエルがクリスティアンに恋心を抱くのをあれだけ危惧していたのに。

「私が心配していたのは、若が叶わぬ想いに苦しまれ、身も心もすり減らされた挙句、取り返しのつかない事態を招くことですよ。あの殿下が、若とこれほど打ち解けられるとは思いもしませんでしたからな。ですが、殿下は若を頼りとし、受け容れておられる。若も殿下を一途に愛しておられる。ならば、何の問題も無いのでは？」

「オズワルド、お前…」

「人生は思うよりずっと短いものですよ。身分も体裁も、墓の中までは持って行けません。生きているうちに後悔が残らないよう足掻《あが》くべきだと、私は思いますがね」

　ほろりと笑うオズワルドは、父アーサーと同年代だ。男ぶりも愛想も良く、この歳で未だに女性に人気が高いにもかかわらず独身である。己のことは滅多に語らないが、苦い恋の経験でもあったのかもしれない。

　ラファエルが追及する前に、オズワルドは話題を変えた。

「若のお心がどうあれ、再び魔の森を探索し、ブランカとやらを捜し出すのは現実的ではないでしょう。しかし、王妃が殿下に物証を握られていると思っているのは少々厄介ですな。罪を暴かれると恐れるあまり、過激な手段に出るかもしれません」

「同感だ。さすがに我が領地内に再び賊を差し向けるような真似はしないだろうが、殿下は来月には王宮に戻られる。警護にはますます慎重にならねばなるまいな」

「来月…すると、さっきの使者は、陛下からの書状を？」

　表情を引き締めたオズワルドに、ラファエルは頷いた。さっきクリスティアンに体よく追い払われた使者がもたらしたのは、いつもの報告だけではない。アレクシス直筆の書状が密かに同封されていたのだ。

書状を封じる蜜蠟《みつろう》にはトゥラン国王が代々受け継ぐ指輪で刻印がされており、宛先人であるラファエル以外の者が開封すれば重罪に問われる。

書状によれば、アレクシスはクリスティアンの順調な回復を心から喜んでおり、一日も早く会いたがっている。同時に、クリスティアンに対する期待が高まっている今、非の打ち所の無い王太子としての姿を取り戻したクリスティアンをお披露目し、流れを一気に侯爵たちからこちらへ引き寄せたいという国王としての狙いもある。ひいては、来月にもクリスティアンを王宮に呼び戻したい。

「陛下はそこで、盛大な夜会を催されるおつもりだ。表向きはクリスティアン様の帰還と回復を祝って、ということだが…」

「…実際は、王太子殿下の健在を周囲に示しつつ侯爵たちを牽制《けんせい》し、揺さぶるのが目的なのですね」

セドリックとクリスティアンは父を同じくする兄弟だが、その差は大きい。

片や、母親に甘やかされ、鼻持ちならない性格の傲慢な王子。その母親も非道の限りを尽くす侯爵の令嬢だということで元から民には嫌われていたが、クリスティアンを拉致させた一件が知れるや、怨嗟《えんさ》を浴びるようになった。

対するに、幼くして悪辣《あくらつ》な継母によって魔の森に捨てられたが、女神の加護によって奇跡の生還を果たした王子。その性根などはまだ詳しく知られていないものの、勇敢で慈悲深い性格を物語る逸話は伝わってくる。侯爵一派が必死になって『あれは野獣だ』と吹聴しても、王太子を貶《おとし》めようとしているようにしか聞こえない。しかもその生母は、未だ絶大なる人気を誇る先代王妃ユーフェミアであり、王太子は母に瓜《うり》二つの美貌だという。一体どちらの王子がより人心を集めるかなど、考えるまでもない。

どっちつかずを決め込んでいた貴族たちだけでなく、今まで侯爵に与《くみ》していた貴族からも造反者が出る可能性は高い。侯爵の力を削いでいけば、クリスティアンを拉致させた罪も、改めて追及する余地が生まれるだろう。

「我らの責任はますますもって重大、というわけだ。来月の出立まで、何があってもクリスティアン様をお守りしなければならない。お前にもしばらく負担をかけるが、頼んだぞ」

「お任せ下さい。…若もどうか、お心に溜め込みすぎませんように。私がここに居ることを、お忘れなきよう」

「…ああ。ありがとう、オズワルド」

そして、すまない――退室するオズワルドの背中に、ラファエルは心の中だけでそっと付け足した。

オズワルドの主はラファエルではなく、アーサーだ。本来ならラファエルの過ちをすぐにでもアーサーに報告すべきなのに、胸の中に仕舞っておいてくれるおかげで、ラファエルは今も守護騎士としてクリスティアンの傍に居られる。不甲斐ない教え子には、心労をかけられ通しだろう。


ラファエルは音をたてないよう注意を払い、静かに寝台の傍らに跪いた。クリスティアンの寝顔は安らかだが、情事の後独特の艶《つや》を帯びて、どきりとするほどの色香を放っている。

触れたい。その唇から甘い喘ぎを零させたい。己を欲しいとさえずらせたい。

そう願うのは、きっとラファエルだけではないだろう。今のクリスティアンを見れば、どんな男でも犯したくなるに決まっている。そしてクリスティアンは、力任せにのしかかってきた男でも、強い快楽と安心をくれるなら、その足元に跪き、白い身体に触れる栄誉を与えるかもしれない。お前が欲しいと囁き、歓喜に舞い上がらせるのかもしれない。…ラファエルがそうだったように。

――そんなの…、だめ。ほかのひと、ちがう。らふぁーじゃなきゃ、だめ。

――だから、らふぁー、しぬの、だめ。ずっと、わたしのそばにいる。

「あ…っあ、クリスティアン様、クリスティアン様……！」

わかっている。クリスティアンは決して、偽りを口にしているわけではない。単純明快な獣の世界に、そんなものは存在しないのだから。ラファエルが欲しいのも、ラファエルとの交わりを気に入ってくれているのも真実なのだ。

けれどそれは、クリスティアンの世界がまだ狭く、ラファエルという男しか知らないからだ。

クリスティアンに対する忠誠心なら他の誰にもひけを取らない。欲望を紛らわせるために何人もの女を抱いてきたが、クリスティアンの甘い身体を知った今、きっとどんな美女にもこの一物は役に立たないだろう。ラファエルにはクリスティアンしか居ない。けれど、クリスティアンは違う。クリスティアンはラファエル以外の男でも構わないのだ。

来月の夜会では、参列した誰もがクリスティアンの美しさに目を奪われるだろう。きっと、あのボルドウィン侯爵でさえも。野生の獣めいたしなやかな肢体は男の欲望を煽り、紫の双眸に宿る強い光は令嬢たちの心を射抜くだろう。クリスティアンも本来なら婚約者が居て当然の年齢だから、未来の王太子妃候補たる令嬢たちも多く招かれているはずだ。数多の男女に群がられれば、中にはクリスティアンが気に入る者も居るかもしれない。ラファエルよりも具合がいい男を見付けたら、次からクリスティアンの閨に侍るのはその男になるかもしれない。

そしてラファエルは、クリスティアンが他の男に跨り、一物を銜え込んで腰を振る様を、ただじっと指を咥えて見詰めているしかないのだ。守護騎士は、忠実なる犬。犬とは本来、主君のすることなすこと全てを諾々《だくだく》と受け容れるものなのだから。

確実に待ち受けている未来を思えば、いっそ全てを懺悔し、死を選びたくなる。けれどすぐ、浅ましい本能が囁くのだ。死んだらもう、クリスティアンを味わえなくなる。いいではないか。クリスティアンは人間のような倫理観など持ち合わせていないから、たとえラファエル以外の人間を気に入ったとしても、たまには閨でお零れに与《あずか》れるかもしれない。たとえ他の男の子種に塗れていようと、クリスティアンの身体はきっと美味だぞ——と。

「らふぁー…？」

小さな囁きに、ラファエルははっと我に返った。大きな枕に埋もれるようにして眠っていたはずのクリスティアンが、寝台の上で四つん這いになり、ラファエルを覗き込んでいる。こんなに接近されるまで気付かなかったなんて、と強張る頬を、滑らかな舌がぺろりと舐めた。髪の中に差し入れられた指先が、艶やかな感触を愉《たの》しみながら後頭部を引き寄せる。

「…っ、いけません、クリスティアン様…」

とっさに拒絶を口にする己に、吐き気がする。結局拒むつもりなど無いくせに、あくまで求めているのはクリスティアンだと…自分はクリスティアンに求められているのだと言い訳をしているのだ。さっきさんざんクリスティアンの胎内に子種を吐き出したはずの一物は、卑しく勃ち上がり、既に下着を押し上げつつある。

「いけない…、ない。らふぁー、悲しい。だから、慰める」

「クリスティアン様…」

「らふぁー…、…おいで？」

名残惜しそうに離れたクリスティアンが、広い寝台の奥に移動し、空いた部分をぽんぽんと叩いた。寝乱れた襟がすっかりはだけ、小さな乳首が覗いている。

無垢でありながら艶めいたその色に、ラファエルはふらふらと引き寄せられた。

クリスティアンの身体ならどこもかしこもこの舌で味わい、この手で愛撫したいラファエルだが、実際にそう出来たのは初めての時くらいだった。後はただひたすらクリスティアンの細腰を鷲掴《わしづか》みにし、僅かな隙間も無いほど下肢を絡ませて、ひたすら腰を打ち付け、子種を植え付けることに夢中になっていたのだ。本能的な獣の交わり。クリスティアンが交尾と称したのも無理はない。

「…っ、ぁ」

寝床に潜り込むなり、わき目も振らずに乳首に吸い付いた卑しい犬を、クリスティアンは拒まず抱き寄せてくれた。あえかな喘ぎが、ラファエルの一物をますますいきり勃たせる。なけなしの理性の鎖が、呆気《あっけ》なく千切れ飛ぶ。

「あ…あ、クリスティアン様、クリスティアン様…」

「らふぁー、あ、らふぁー…、はやく、はやく…っ」

ラファエルの頭を抱え込みながら、クリスティアンが浅ましく盛り上がった股間をぐりぐりと膝頭で擦り上げてくる。それだけで達してしまいそうになるのを懸命に堪え、ラファエルは右から左へと乳首をしゃぶり替えた。クリスティアンが胎内を突き上げられることを——即物的な獣の交わりをこそ望んでいると知っているから、人としての愛撫を加えたくなる。ラファエルはクリスティアンとは違うのだと、快感を分かち合える相手なら誰でも良いのではないのだと教えたくなる。

「愛しています。愛しているのです、クリスティアン様…」

「うー っ…ぁ、あ、らふぁー…」

「貴方を誰にも渡したくない…本当は、王宮にも戻りたくない…！」

幼くして父親の元から引き離され、魔獣が跋扈する森に捨てられる。クリスティアンにとっては不幸でしかない現実を、一番喜んでいるのはきっとニーナでも侯爵でもなくラファエルなのだ。そんな事情でも無ければ、尊い主君と交尾する栄誉など決して与えられなかっただろうから。

…ただの主従であり続けたなら、ラファエルの欲望が目覚めることも無かっただろうが。

「貴方とずっとこうして、二人きりの世界にこもっていられればどれだけ幸せか。そうすれば、貴方が私以外の人間に目をくれることは無い…」

「やっ…ぁ、あ、らふぁ、らふぁーっ…！」

執拗な愛撫を受けて尖った先端を強く噛んだ瞬間、クリスティアンは身を震わせ、くったりと寝台に沈み込んだ。こと主君に関しては鼻の利く犬が、微かに香る匂いを嗅ぎ逃すはずがない。まるで抵抗が無いのをいいことに、さっき自分が着せてやったばかりの服を取り去ってしまえば、仄かに赤く染まった裸体はすぐに晒される。予想通り、淡い茂みに覆われたクリスティアンの一物は、白い蜜に塗れて項垂れていた。

「クリスティアン様っ…！」

「あ…！」

クリスティアンが繋がる前から快感を得てくれた確かな証に、ラファエルは歓び勇んで喰らい付いた。口いっぱいに広がるクリスティアンの蜜を、鼻息も荒く味わう。初めての時以来、久々に許されただけに、ただでさえ甘いそれは、極上の美酒のようにラファエルの脳髄を蕩かした。長い間お預けを喰らった野良犬さながら、無我夢中で啜るうちに、クリスティアンの両脚はラファエルの手によってどんどん開かれていく。

「うっ…ん、らふぁ、らふぁー…」

最初はもどかしそうにしていたクリスティアンも、やがて自ら脚を広げ、ラファエルの髪に指を埋めた。後ろ頭をぐいぐいと引き寄せ、もっととねだられて、興奮しなければ男ではない。己のものに比べれば随分とささやかな肉茎は口内に収めたまま、舌や上顎を使って愛撫しながら、小さな両の袋を揉みしだく。

「あっ…、うー、らふぁー、らふぁぁっ…」

ラファエルの頭を逃すまいと挟み込んでくる太股のしなやかで柔らかな、だが女と違って弾力のある感触が劣情に拍車をかける。股間の一物が完全に勃ち上がり、早く収まるべきところへ入れろと喚いているが、構ってなどいられなかった。口全体でクリスティアンを味わい、滲み出る先走りを啜り、もう一度蜜を出してと希《ねが》う。

「らふぁー……っ！」

高く鳴いたクリスティアンが、とうとうラファエルの口内に蜜を吐き出す。既に何度も達していたせいでごく少量だったが、ラファエルを酔わせるには充分だった。うっとりと目を閉じ、存分に堪能してから、今度はもっと下…物欲しそうに蠢《うごめ》く魅惑の蕾に狙いを定める。

「あ、…あん、…はぁ…っ」

ようやく肉茎を解放したラファエルが、一度も顔を上げないまま蕾を貪り始めても、クリスティアンは止めなかった。自ら腰をくねらせ、ラファエルがやりやすいよう尻を上げる。たとえそれが欲望には素直なクリスティアンが更なる快感を求めているだけだとしても、ラファエルは容易く煽られ、クリスティアンの胎内に尖らせた舌を突き入れていく。

「ら…っふぁ、らふぁ、らふぁ、らふぁーっ」


——どうか、いつまでもそうやって私だけをお求め下さい。

迸《ほとばし》る熱情と募る独占欲のままに舌をうごめかせる。熱く狭い胎内をしっとりと濡らし、綻ばせているのはきっとラファエルが放った子種だ。さっき簡単に掻き出しただけでは、出しきれなかったのだろう。クリスティアンの中に、自分が混ざっている。その事実に容易く煽り立てられ、ラファエルはがばりとクリスティアンから離れるや、ズボンの前をくつろげた。ご馳走《ちそう》を前にした犬のように目を血走らせ、細い両脚を担ぎ上げると、今にもはちきれそうな一物を一息に突き立てる。

「あっ…、あ、あぁー…っ！」

背を撓らせ、ラファエルの愛撫に濡れた乳首を突き出し、白い脚を跳ねさせる。快感を隠さないクリスティアンの反応の全てが愛しくて、ラファエルは激しく腰を使い始めた。頑丈なはずの寝台が、ラファエルの動きに合わせてぎしぎしと音をたてる。

――このまま私の仔を孕んで下さい。腹を膨らませたままでは、貴方はどこにも行けない。他の男も、貴方の中には入れなくなる。

「クリスティアン、様…っ！」

決して叶わぬ妄想に憑りつかれ、ラファエルは長い間クリスティアンを揺さぶり続けた。

そこは久々に訪れる、真っ暗な空間だった。きょろきょろとあたりを見回すまでもなく、白い巨体が音も無く暗闇を切り裂いて現れる。

『ブランカ！』

…久しいな、クリスティアン。

育ての親である森の王は、感慨深そうにクリスティアンを頭のてっぺんから爪先まで見下ろした。どこかおかしいところでもあるのだろうか。金色の視線を追いかけてみるが、これといって変わった服装をしているわけではない。仕立ての良い絹のシャツにズボンだ。身体を締め付けないそれらは窮屈を嫌うクリスティアンのためにラファエルが特別に誂えさせたもので、現実で纏っているものがそのままこちら側でも反映されたのだろう。

『ブランカ…どうした？』

…安堵した。お前は順調に、人間の世界に馴染みつつあるようだ。

しみじみと告げられ、クリスティアンはようやく気付いた。本来なら掻き毟ってでも脱ぎたくなる窮屈な人間の衣装を纏った自分を、当然だと思っていることに。そして、心に念じるのではなく、唇を震わせて言葉を紡いでいることに。どちらもブランカの前では…クリスティアン以外の人間など存在しない森の中では、必要無いはずだ。

あれだけ逢いたかった養い親にようやく再会出来たというのに、心が奇妙に凪《な》いでいるのが不思議だった。いつものクリスティアンなら、きっとまっしぐらにブランカにしがみつき、どうして何度も呼んだのに応えてくれなかったのかと今までの鬱屈《うっくつ》をぶつけていただろう。

懐かしさはある。愛しさも、勿論ある。この白い獣こそが命の恩人だという自覚も、共に過ごした日々の記憶も鮮明に覚えている。

なのに、ほんの少し前までは溢れ出したら止まらなかった感情の渦が、今はクリスティアンの中に留まったままなのだ。まるで、すぐ近くに居るはずのブランカと自分との間に、透明な壁がそびえているかのように。

…それで良いのだ。お前は人間。私とは異なる世界に住む者なのだから。

ブランカは双眸を細め、太い尾をゆったりと振った。満足そうにも、寂しそうにも見える仕草の後、じっとクリスティアンを見据える。

…クリスティアンよ。時が迫っている。

『…時？』

…その時が訪れたなら、お前は耐え難い苦痛に苛まれることになるだろう。私はその苦しみからは救ってやれぬ。だが、忘れるな。救いは常に、お前の傍らにあることを。

『救い…』

真っ先に浮かんだのは、黄金の光を纏う男だった。クリスティアンに繋がる心地良さと安堵を教えたくせに、クリスティアンが求めればわけのわからないことを言って拒む男。クリスティアンが何度欲しいと伝えても、悲しげに微笑む男。

クリスティアンの頭の中を見透かしたように、ブランカはぐるると喉を鳴らした。同時に、ブランカの姿がゆっくりと遠のき始める。身体が眠りから覚めようとしているのだ。

もっと話したい。どうすればラファエルにこの想いを伝えられるのか、教えて欲しい。

懸命に手を伸ばすが、ブランカとの距離は開くばかりだ。こんな機会は二度と無いと、誰に教えられるでもなくわかるからこそ、焦りは募る。

『待って…っ、ブランカ、待って…！』

…本来なら、森を出たお前にこうして語りかけるのは、私の役割を超えること。だが、お前はどうにも危なっかしくて、目を離せなかった。

『ブランカ！　まだ、話したいことが…、ブランカっ』

…再びあいまみえるまで、息災であれ、クリスティアン。

『…ブランカーっ！』


叫びと共に、クリスティアンの意識は現実へと引き上げられた。

…ブランカ、どうして？

疑問がぐるぐると頭の中を回り、気持ち悪いくらいだった。あれだけ呼んでも応えてくれなかったのに、どうして今になって夢の中に姿を現したのか。ブランカの言う『時』とは何なのか。…ブランカは一体、何者なのか。意思疎通のために言葉を操る生き物は人間だけだ。ただの獣は勿論、どんなに力の強い魔獣や魔鳥であれ、言葉を使うものが存在したためしは無い。ラファエルの講義で得た知識が、これまで頭から信じ込んでいた常識を疑問で彩っていく。あの白い獣に対する親愛も慕わしさも変わらないのに、そこに不気味な影が混じる。

「う…、ん…」

汗に塗れた全身を受け止める柔らかな感触は、馴染んだ自室の寝台だ。小柄なクリスティアンには余る空間を無意識に探っていた手が、ふわりと温もりに包み込まれた。

「クリスティアン様、いかがなさ…っ」

「…らふぁーっ！」

あたりは暗闇に閉ざされていたが、クリスティアンには何の障害にもならない。寝台の傍らに佇む男の腰に、クリスティアンは素早く起き上がり、倒れ込むようにしがみついた。

ちゃり、と微かに響く硬い音が苛立ちを煽る。せっかく繋がりながら共に眠りについたのに、ラファエルはあれからまたわざわざ堅苦しい服を着込み、剣を佩《は》いて寝台の傍で警護についていたらしい。

「どうして、そこに、いる？　一緒に、寝る！」

「クリスティアン様、ですが私は」

「らふぁーと一緒じゃなきゃ、寝ない…！」

硬い腹筋に顔を押し付け、ぐりぐりと動かして駄々をこねる。ラファエルと繋がってから眠ると、さすがのクリスティアンも疲れ果て、朝まで目覚めないのが常だから、夜中にラファエルがどう過ごしているのか初めて知った。あれだけ何度も深く繋がったのに、ラファエルはずっとこうして一人で寒い中敵を警戒していたのだ。自分だけが繋がりの安堵に包まれ、ぬくぬくと眠っていたことが、何故かひどく腹立たしい。

「クリスティアン様…」

ラファエルは弱り果てたように呟き、クリスティアンの頭を抱き込んだ。あちこち引っ張られてもつれていた髪が、丁寧に解かれていく。

「私は、クリスティアン様の守護騎士なのです。いついかなる時もクリスティアン様をお守りするのが、私の役割で…」

「…らふぁーの、わからずや…っ！」

この男は何故、結局は受け容れるくせに、クリスティアンから求めればいつも拒んでみせるのか。もどかしい。いや、本当にもどかしいのは、この胸に渦巻く複雑な感情を伝えるすべを持たない自分だ。ラファエルと身体だけで繋がりたいわけではない。繋がらなくても、ずっとこの逞しい肉体に包まれていたい。滑らかな皮膚に吸い付き、牙をたてたい。低く甘い声で、愛しいと、愛していると言われ続けたい。愛している——今まで生きてきて、ラファエルの口から初めて聞いた言葉だけれど、繋がりながら囁かれるたび、胸が甘く疼いて、ひどく満たされた気分になれるから。

…こんな気持ちを、なんて呼べばいい。ブランカにはついに聞けなかった。ならばラファエルに尋ねればいいのか。いや、それは駄目だ。クリスティアンが身体の繋がりだけを求めていると信じ込んでいるこの男が、きちんと真実を教えてくれるとは思えない。

では、ラファエルの次に顔を合わせることの多いオズワルドやベネットか。散歩に出ると笑顔で手を振ってくれる農民たちか。関わってきた多くの人々を思い浮かべるが、どれも駄目だと即座に却下した。これはきっと、クリスティアン自身で答えに辿り着かなければ意味が無いのだ。

学ぼう、とクリスティアンは思った。今までもラファエルの講義は熱心に受けてきたが、それはあくまでラファエルの献身に報いるためだ。教えられたことを全て頭に収めるだけで満足していた。

だがこれからは、自分のため…求める答えを得るために、自ら進んで学ぶ。苦手な言葉も、もっと滑らかに紡げるよう努力しよう。そうすれば、この気持ちをラファエルに伝えるすべも得られるような気がする。

「…わた、し…私は、らふぁ…らふぁ、える。お前と一緒に、寝たい」

単語と単語が途切れないよう、細心の注意を払って言葉を紡げば、ラファエルがはっとしてクリスティアンの顔を覗き込む。

「クリスティアン様、今…」

「らふぁえる、一緒に…寝よう？」

腰にしがみついたまま、じっと見上げ続ける。ごくりと上下する喉は、森で出逢って以来、何度も喰らい付いたせいで傷だらけだ。治りかけのもの、真新しいもの、塞がって元の皮膚に紛れつつあるもの。とりどりの傷に彩られた皮膚は、まるでクリスティアンのものだと刻印されているかのようだ。

…ああ、まただ。また、あの気持ちが胸に溢れる。

「らふぁー、らふぁえる」

「…っ、クリスティアン様…何故です。何故、貴方は私をそんなにも…！」

苦しげな吐息と共に、クリスティアンはラファエルの腕の中に閉じ込められた。そのまま体重をかけられ、のしかかってきた長身を受け止めながら寝台に沈み込む。

「ん…、らふぁえる…」

ただ力任せに抱き締めてくる男の背中に腕を回し、長い脚に自分のそれを絡める。冷え切った手足に自分の体温が移り、解けた金髪と銀髪が寝台の上で絡まり合うのが、心地良くてならなかった。…この男はクリスティアンのものだ。何もかも、クリスティアンに属する男なのだ。理屈無しにそう感じる。

「ね…、らふぁえる…、言って」

「クリスティアン様…？」

「あいしてる…って、言って。私は、お前にそう言われるのが、好き」

どれだけ残酷な願いを口にしているのか、クリスティアンに自覚などあるわけがなかった。ただ己の欲求の赴くまま、ようやく傍に来た男のずっしりとした重みと熱を堪能する。しなやかな四肢で男を絡め取り、股間を膝頭でなぞり上げる。ごりりとした硬く熱い感触はクリスティアンを安堵させた。ここがこうなっているのは、ラファエルもクリスティアンと繋がりたがっている証拠だ。たとえ、口先では何と言っていようとも。

「…クリスティアン様…、きっと貴方は、私以外の男をお気に召したなら、同じようにねだられるのでしょうね…」

「らふぁえる？　…どうして、そんなことを言う？」

切なそうな囁きの意味がわからなかった。

繋がりたいのは、ラファエルだからだ。クリスティアンの知る人間は数少ないが、アレクシスやオズワルドやベネットたちと同じことをしたくはない。彼らの肉に齧り付き、血を啜り、そそり勃つ一物に跨り、屈服させてやりたいとも思えない。自分のものにしたいのはラファエルだけだ。食んだ血肉を甘く感じるのも、きっとラファエルだけ。あらん限りの思いをこめ、きっちり閉ざされた襟元を引き千切り、喉元や鎖骨に加減無しに嚙み付いてやる。

「…っあ、あ…、クリスティアン様…」

けれど、熱くなっていく身体とは裏腹に、クリスティアンの牙を諾々と受け容れるラファエルは悲しげな表情のままだ。

「貴方は…まだ何も、ご存知では、ないのです。私がどれだけ矮小《わいしょう》で、浅ましい犬か…。いつかきっと、クリスティアン様は私以外の男を閨に呼ばれるようになる…」

「…っち、違う…、違う…！」

思いは後から後から溢れてくるのに、クリスティアンの少ない語彙《ごい》と喋り慣れていない口では到底追い付かないのが悔しい。やはり、もっと学ばなくてはならないのだ。知識だけではなく、それを上手く頭の中で動かし、言葉で意志を疎通させるすべを。

身体とは別に言葉でも心を確かめ合わなければならないなんて、人間とはなんて不自由で不便な生き物なのか。でも、いい。やってやろうではないか。言葉如きでこの男が素直になるなら、努力する価値は充分にある。絶対に、ラファエルの方から欲しがらせてやる。クリスティアンがラファエル以外の人間を欲しがるだなんて、二度と言わせない。

「それでも…、愛しています。貴方が誰をお求めになろうと、私は…クリスティアン様を、愛さずにはいられない…」

「らふぁえる…」

どうしてだろう。求めた言葉を与えられているのに、どうして胸がこんなにも痛くて、怪我をしたわけでもないのに泣きたくなるのだろう。

「愛しています、愛しています。私の…クリスティアン様…」

「あ…っぁ、らふぁえるっ、らふぁえる…っ」

性急に衣服を剝ぎ、素肌をまさぐりだす手の熱に、苛立ちや疑問はゆっくりと溶かされていった。

トゥラン王城の西翼は、国王の正妃や、その子女たちの住まう一角だ。その北側には廷臣たちが集い、王と共に政務を執《と》る北翼が、東側には大掛かりな式典を執り行う東翼が、そして南側には国王とその世継ぎである王太子が住まう南翼がある。

城門から最も遠い南翼が、まるで他の翼によって守られているかのようだと思うのは、ニーナの僻《ひが》みではない。事実だ。王城は頑強な城壁に囲まれており、攻め入ってきた敵の軍勢は、北、東、西、それぞれの翼を突破しなければ王の居る南翼には辿り着けない造りになっている。万が一落城の危機に陥った際には、王と王太子は他の翼の臣下たちが時を稼ぐ間に脱出するのだ。女神の末裔たる王族の血は、それほどに尊ばれる。

「おおセドリック、かわいそうに…」

「う…っ、お母様…」

母親譲りの緑の目に涙をいっぱいに溜め、しゃくり上げる憐れな我が子を、ニーナは床に跪いて抱き締めた。とたんにぎゅっとしがみついてくる腕の力強さが、相反する二つの感情を煽る。

一つは嬉しさ。ほんの少し前まで病魔に侵され、自力で起き上がることも出来なかったセドリックがここまで回復してくれたのだ。枯れ木のように痩せ衰えていた身体には、以前ほどではないが肉付きも戻り、涙に濡れた頬もふっくらつやつやとして、かつての病の気配など窺えない。

もう一つは怒り。野獣も同然のクリスティアンよりも、十一歳の幼い身で重い病に打ち勝ったセドリックこそ栄光ある王太子の座に相応しい。当然至極の事実を理解出来ない愚か者のせいで、可愛いセドリックの心は侮辱され、傷付けられたのだ。

「…お父様。わたくし、もう我慢なりません。どうしてわたくしの可愛いセドリックが、このような思いをしなければならないのですか！」

ちょうど機嫌伺いに訪れていた父、ボルドウィン侯爵に、ニーナは噛み付かんばかりに訴えた。彫像のように黙って控えている侍女たちが、びくりと肩を跳ねさせる。

セドリックは朝食の後、取り巻きの貴族の子息たちを引き連れ、日課の散歩に出ていた。いつもならしばらくは戻らないのに、ほんの三十分もせずに泣きながら逃げ帰ってきたのだ。

取り巻きたちによれば、中庭で遊んでいるうちに興が乗り、すぐ近くの南翼へ入り込もうとしたセドリックを、警護の兵士たちが止めたのだという。南翼へ入れる王族は王と王太子だけで、王妃さえも例外ではない。兵士たちは任務を遂行したまでに過ぎないのだが、セドリックは引き下がらなかった。自分はいずれ王太子となるのだから、何の問題も無いはずだと主張したのだ。母や祖父が常日頃言い聞かせている通りに。

しかし、いつもならセドリックの言いなりになるはずの兵士たちは、決して首を縦には振らなかった。それどころか、上司である近衛騎士を呼んできたのだ。近衛は守護騎士が所属することからも明らかなように、王の忠実なる臣下。ボルドウィン侯爵の威光をもってしても従えられない、数少ない清廉の徒だ。彼らは慇懃《いんぎん》に、だが断固として部下の言い分を支持した。剣すらまともに扱えない少年が厳しい訓練で鍛え上げられた屈強な騎士たち相手に我を通せるはずもなく、母の胸に逃げ帰るのが精一杯だった、というわけだ。

「お母様…、お母様っ…、わ、わたしは…わたしは…」

屈辱的な出来事を思い出してしまったのか、セドリックが大きく啜り上げると、ニーナの怒りはますます膨れ上がる。

「たかだか兵士風情《ふぜい》がセドリックにたてつくとは、不遜極まりないこと。セドリックを侮辱した騎士共共、首を切ってしまえば良いのですわ。そうでしょうお父様、今すぐそうして下さいませ。でなければセドリックの傷付いた心は癒されませんわっ」

「…二人とも、落ち着きなさい。兵士だけならともかく、近衛にまで手を出すのは危険だ」

溜息混じりに宥める侯爵の顔色は悪く、セドリックが快癒《かいゆ》した時、贅肉を揺らしながら小躍りして喜んでいた姿が嘘のようだ。まだ、ほんの二月ほど前のことなのに。

「ハースの犬どもが、しつこく嗅ぎまわっているのだ。奴らは鼻が利く…今、下手《へた》に動いて新たな餌を与えるのは絶対に避けたい」

「あのような卑しい犬どもなど、お父様のお力で蹴散らしてしまえば良いではありませんか！」

「そう出来たら苦労はせぬわ。我らを排斥せんと実際に動き回っているのは、犬に感化された貴族どもだ。一つ一つは取るに足らずとも、雲霞《うんか》の如く集まれば踏み潰すのにも苦労する。…お前もわかっておろうに」

「……っ」

いつになく深刻な父の口調に、ニーナは反論を諦めざるをえなかった。

かつて、ニーナが夫に告白したことは事実である。正妃の忘れ形見であるクリスティアンが居るのでは、可愛いセドリックが王位に就けない。父侯爵も王の外戚として権力を振るうという野望を達成出来ない。邪魔者は殺してしまうのが最も手っ取り早いものの、女神の末裔たる王族を殺めれば天罰を受けると言われている。さして信心深くもない父娘だが、女神の罰は恐ろしかった。だから一計を案じ、魔の森に捨てさせたのだ。罰を受けるとしたら、何も知らずにクリスティアンを喰らった魔獣どもだ。万が一クリスティアンが魔獣どもから逃れても、幼子の足では到底王宮までは戻れない。途中でのたれ死ぬのが落ちだが、その場合もニーナたちが直接手を下したわけではない。

全ては上手くいったのだと思っていた。セドリックが原因不明の病で死にかけるまでは。

どんな治療も功を奏さず、病み衰えていく我が子を前にした時、忘れかけていた罪がニーナの頭を過ぎった。これはきっと女神の罰だ。直接手を下さなかったからといって、女神は見逃してはくれなかったのだ。だから、セドリックの命を奪うという形でニーナに罰を与えようとしているに違いない。

クリスティアンは間違いなく死んでいる。だが、せめて遺体の欠片なりと王宮に持ち帰り、王族として手厚く葬ってやれば、女神の怒りも和らぐかもしれない。セドリックとてれっきとした王族なのだ。

一縷《いちる》の望みに賭け、ニーナは夫に全てを告白した。しかし、ラファエル率いる捜索隊が連れ帰ったのは遺体ではなく、生きたクリスティアンだったのだ。

その報せを受けた時には総毛立った。六歳の幼子があの魔境で生き延びられるはずがない。ラファエルが偽者を仕立て上げたのだと主張しようにも、連れ帰られたクリスティアンはあの忌々しいユーフェミアに生き写しだ。

セドリックの病はクリスティアンが帰還したその日、あっさりと癒えた。やはり女神の罰だったのだと噂する貴族たちを、ニーナは必死に否定した。自分が我が子愛しさゆえにどれだけ愚かな行動を取ったのか、ようやく思い知ったのだ。

今や、ニーナと侯爵の罪を知らぬ者は居ない。クリスティアンが戻った以上、セドリックは王の唯一の直系ではなくなってしまった。ニーナの権力を支えていた土台にはひびが入り、崩れ去ろうとしている。ニーナに愛情など抱いたことも無い夫は、これを機に目障りな妻とその父親を排斥にかかるだろう。クリスティアンを拉致した罪が公に認められれば、侯爵とニーナは確実に死罪を賜る。まがりなりにも王の子であるセドリックは、年齢からしても命までは奪われないだろうが、一生を辺境に閉じ込められて過ごすことになるだろう。権力への道を断たれた王子など、死んだも同然だ。

ニーナは己の告白を翻し、あれはただの乱心であり、セドリックの病が癒えたのも偶然だと言い張った。アレクシスや王太子派の貴族たちの非難の視線など、生きるか死ぬかの瀬戸際において構ってはいられない。ニーナの罪の証は、今のところ先の告白だけなのだ。他の確たる証拠が無い以上、アレクシスがいかに望んでも、王妃とその父親を断罪は出来ない。

幸いにも、帰還したクリスティアンは容姿こそ非の打ち所も無く整っているものの、中身は野獣だった。片言の言葉も喋れず、ただ唸るだけで、王族らしい優雅な振る舞いなど望むべくもない。取り巻きたちを引き連れ、王太子の部屋に踏み込んだ時には、心から安堵した。いかに美しく、正しい血統の主であろうと、野獣では政務を執れない。クリスティアンに希望を見出した貴族たちも、これでは担ぎ上げられまい。

目論見は当たった。部屋に閉じこもったまま、公には姿を現さない王太子に、周囲は失望と疑念を募らせていった。

だが、ニーナの胸には一抹の不安が巣食っていた。クリスティアンがニーナに遭遇して恐慌状態に陥ったのは、野獣なりに幼い頃の記憶を秘めているからではないのか。クリスティアンにはあのラファエルが付いている。十一年もの間、決して諦めずに主君を追い求め続けた守護騎士が。騎士の中の騎士と謳われるラファエルが粘り強く導けば、野獣とて人の心を取り戻す時が訪れるかもしれない。

証言だけならまだしも、もしもクリスティアンが、あれを持っているとしたら？

十一年も経っている。しかもクリスティアンは魔の森で、獣として生きてきた。可能性は限りなく低いとわかっていても、セドリックの病を目の当たりにしてしまったせいか、不安は拭えない。

だから、王宮からハース領へ向かうクリスティアン一行を襲わせた。クリスティアンを殺さずとも、一生口が利けない程度に痛め付け、厄介なラファエルやその部下たちをついでに始末出来れば良かった。…まさか、それがクリスティアンの名声を一気に高め、自らの首を絞めることになるなど、想像だにしなかったのだ。

王宮に在っても――否、王宮に在るからこそ、ニーナは実家と己の権勢が急激に傾きつつあるのを感じ取っている。

今日の兵士たちの振る舞いなど、実はたいしたことではない。王妃と第二王子のご機嫌伺いに訪れる貴族は日に日に減ってゆき、今や最盛期の半数以下。演奏会などの催し物には欠かさず招待状を寄越していた貴族たちなど、偶然行き交えば恭しく挨拶こそするが、世間話に興じる間も無く逃げ去ってしまう。ニーナたちが罪に問われることになった時、連座させられるのを恐れているのだ。今まで様々な便宜を図ってやった恩も忘れて。

「…ですがっ、あの忌々しい野獣は、あと十日もすれば王宮に戻ってきてしまうのですよ⁉　姑息《こそく》にも、ハースの犬はなんとか野獣が人間に見えるよう調教しているそうではありませんか。蒙昧《もうまい》な者どもが、あの見てくれに騙され、感化されてしまったらどうするのです！」

金切声《かなきりごえ》を上げながら、ニーナは無意識に大きく開いたドレスの胸元に触れた。

成人して以来ずっと付けていた誕生石の首飾りはもうそこには無いが、不安な時にはつい手が伸びてしまう。それこそが、ニーナを追い詰める証となっているかもしれないのに。

「お母様…」

はあはあと荒い呼吸を繰り返す母を、セドリックが不安そうに見上げる。侯爵は侍女たちを手で追い払ってから、孫の頭を撫で、娘の耳元にそっと囁きかけた。

「案ずるな。…策は考えてある」

「…策？」

「そうだ。野獣の分際で我らが王宮に舞い戻ろうというのなら、獣に相応しい方法で追い出してやれば良いだけのことであろう？」

含みのある口調に、ニーナは現金にも顔を綻ばせた。胸元をまさぐっていた手が、父の肩にかけられる。

女神の罰など、あってたまるものか。セドリックもまたクリスティアンと同じく女神の末裔。病が癒えたのは、罰などではなく、野獣を退けよという女神の意志、恩恵なのだ。ニーナが産んだのは、女神の血を引く、次代の王。国を統べる者のみに許された南翼に住まうべきは、クリスティアンではなくセドリックなのだ。

「…聞かせて下さいな、お父様」

不安を上回る期待が、ニーナを支配しつつあった。


王家の紋が刻まれた豪奢な四頭立ての馬車は、予定通りの刻限に入城した。付き従うのはラファエル率いる近衛の精鋭たちだ。真新しい制服に身を包み、威風堂々と馬を進める騎士たちの姿は、華やかでありながら相対する者の威儀を自然と正させる風格に満ちている。

侍従長たちの出迎えを受けた一行は、旅装を解き次第、王の待ちわびる東翼へ向かう予定だ。王太子が魔の森から奇跡的な生還を果たしたのはもう二月以上も前のこと。公に姿を現すのはこれが初めての上、夕刻からは夜会が催されるとあって、謁見《えっけん》の間には貴族たちが詰めかけていた。

「王太子殿下が、ついに戻られたか…」

「はてさて、野獣は本当に人間になったのやら…」

集まった貴族のうち、ひそひそと猜疑《さいぎ》的な会話を交わすのは、未だどちらの陣営に付くべきか決め兼ねている者たちだ。王太子派は王太子の美貌や才知を褒め称え、第二王子セドリック派…即ちボルドウィン侯爵派はただの野獣だと貶めるが、どちらも噂ばかりが先行し、王太子本人を目にした者は殆ど存在しないのが現状である。

侯爵の権威を借りて好き勝手をしてきた者たちは別として、トゥラン貴族なら、誰もが心情的には王太子に味方したいところだろう。民たちも王太子が侯爵の専横を打ち破ってくれることを熱烈に期待している。だが、貴族は平民のように簡単にはいかない。政治と善悪は別なのだ。王太子が噂通り野獣であるのか、味方するに足る人物であるのか、慎重に見極めなければならない。侯爵の権勢が弱体化しつつあるのは事実だが、今まで政を恣《ほしいまま》にしてきた老《ろう》獪《かい》な侯爵のことだ。このまま大人しく消えるとは思えない。王太子誘拐についても未だに王と侯爵は対立しており、どう転ぶかわからない。

全ては今日、間も無く現れるはずの王太子本人にかかっているのだ。

それは日和見を決め込む貴族たちよりも、王の隣に座した王妃の方がよほど理解しているだろう。さっきから隣の席のセドリックが不安そうにしているのに、宥めてやる余裕も無いらしく、表情を凍らせたままだ。そんな娘を、高位貴族として王族の最も近い席から侯爵が苦々しく見守っている。

不安と期待が入り混じり、混沌《こんとん》とした空気を、侍従の高らかな宣言が打ち破った。

「王太子クリスティアン殿下のおなりです！」

王が期待に身を乗り出し、王妃は更に顔を強張らせ、セドリックは母のドレスを震える手でぎゅっと握りしめる。

列席した貴族たちが一斉《いっせい》に最高礼を取る中、靴音も高らかに現れたのは白銀を纏う女神の御使いだった。

「おお…っ…」

大きくざわめいた場が、一瞬で静まり返る。誰もが…王妃やセドリック、ボルドウィン侯爵でさえ、ただただ王太子の姿をぽかんと口を開けたまま追うことしか出来ない。

母譲りの美貌の主だとは聞いていた。だが、これほどとは。

肩のあたりで切り揃えられた銀の髪が、天井から射し込む陽光に照らされ、幻想的な光の環を浮かび上がらせている。

つんと高い鼻に、微かな笑みを湛えた薔薇色の唇。最上級の宝玉と見紛《みまご》うばかりの紫の双眸。

前王妃ユーフェミアの美貌は未だ語り草となっており、記憶に留めている者も多いが、ユーフェミアが花園に咲き誇る大輪の薔薇なら、こちらは峻険な山に凛《りん》として立つ白百合だ。朝露を含んだその麗姿を拝むためなら、険しい山道をも踏破する価値はおおいにある。

まだ十七歳の匂い立つかのような、だが触れたいと手を伸ばすのも躊躇われるほどの侵し難い気品を放つ王子の背後に付き従うのは、長身の美丈夫だ。

王太子の背中をこれほど近くで守ることを許されるのは、守護騎士だけしか居ない。

王太子の美貌に魅入るのは若い令嬢か、さもなくば男性貴族が多かったが、彼らに非難の眼差しを送っていた貴婦人たちが、今度はうっとりと頰を染める番だ。

鍛え上げられた体軀を包む黒の衣装は、誰のいかなる思惑《おもわく》にも染まらず主君を守り抜く決意の証。守護騎士にのみ許された色彩に、獅子のたてがみの如き金髪はより豪奢に、より神々しく映えた。ほんの少しでも振り返って欲しい。こちらを見て欲しい。貴婦人たちの声にならない願望など容易く感じ取れるだろうに、空を写し取った両の瞳は警戒の色を滲ませつつも、前を行く主君の背中にまっすぐに注がれている。

まるで気高い白百合に、黄金の獅子が寄り添っているかのような——。

誰もが同じ幻想に耽《ふけ》る中、王の御前に辿り着いた王太子は完璧な所作で膝をつき、朗々と名乗りを上

げた。

「王太子、クリスティアン＝トゥラン。ただいま、御前にまかりこしましてございます」

　周囲から突き刺さってくる数多の視線は、緊張というものを知らないクリスティアンにとっても恐ろしいほど熱狂的だった。知識を身につけた今ならわかる。貴族たちは初めて姿を現した王太子に熱狂しつつも、その実冷静に値踏みしているのだ。クリスティアンが信用に足る人物であるか…担ぎ上げても良い旗印であるか。

　普通の人間ならすっかり萎縮し、震え上がってしまうところだ。しかし、クリスティアンには背後の怒りの気配を感じ取り、密かに苦笑するくらいには余裕があった。命よりも大切な主君を値踏みされるなど、守護騎士としては看過出来ぬ屈辱。アレクシスの前でなければ剣を抜きかねない男に、落ち着けと囁き、大好きな項に噛み付いてやりたいが、それはなすべきことをなしてからだ。

「クリスティアンよ…よくぞ、よくぞ戻った。健やかそうな姿、安堵したぞ」

「陛下におかれましては、長らく御心を痛めさせてしまいましたこと、心よりお詫び申し上げます。陛下の勇健なるお姿を拝し、私も嬉しゅうございます」

「クリスティアン…」

　かつての姿が嘘のように完璧な受け答えに、感極まったアレクシスが席を立ち、床についていたクリスティアンの手をそっと持ち上げる。母の形見の腕輪が、父子の対面を喜ぶかのようにしゃらりと涼やかな音をたてて煌いた。

「そなたには、本当に辛い思いをさせた…」

　すまなかった、と震える唇で詫びるアレクシスから、クリスティアンはたとえようのない慕わしさを感じた。ラファエルに対するあの気持ちとはまた異なるが、目の前の人は確かに血を分けた親なのだと、触れ合った肌から伝わる温もりが教えてくれる。

「何を…、仰せになります。私こそ、ちち…陛下には、心配のかけ通しでした。王太子の地位にありながら、長らくその務めも果たせずにいた不孝者でございます」

「父で良い。そなたは我が子なのだ…誰に憚《はばか》ることがあろう」

「…父上…」

呟いたとたん、がばりと抱き締められた。王宮に連れて来られたばかりの頃なら暴れ出していただろうが、強い親愛の情を感じる今は、ラファエルほどではないが充分に逞しい背中に自然と腕を回す。

「…無事で…、良かった…！　女神よ、感謝いたします…！」

それきりアレクシスは黙ってしまったが、もはや言葉など必要無かった。周囲の貴族たちはみなようやく我が子を取り戻した国王に涙し、感動的な空気を壊そうとする無粋者など居ない。値踏みする視線はすっかり賛嘆に変化し、背後のラファエルの怒りも和らぐ。

ふと異様な気配を感じ、クリスティアンは顔を上げた。父の肩越しに、覚えのある女が玉座の隣に設えられた席からこちらを射殺さんばかりに睨み付けている。ニーナだ。では、その豪奢なドレスの裾に縋っている太った少年が異母弟のセドリックだろうか。血が繋がっているはずなのに、一見してクリスティアンやアレクシスと似たところは無い。黒髪と緑の瞳こそニーナ譲りだが、むしろ玉座に最も近い席で苦虫を嚙み潰したような顔をしている禿《は》げた男の方にそっくりだ。

「…王妃、そして宰相。そなたらは王太子を野獣と評しておったな。では尋ねるが、今の王太子を見ても、そう思うのか？」

クリスティアンの視線の先を追ったアレクシスが、居住まいを正して問いかける。背後ではラファエルが油断無く剣の柄に手をかける気配がした。あの禿げた男がボルドウィン侯爵なのだ。娘と組み、クリスティアンを拉致させた黒幕という男は、覚えのある空気を漂わせている。森で遭遇した赤毛と同じ、何とも嫌な空気だ。

貴族たちが固唾を飲んで王妃と侯爵を見守る。野獣も同然の王子など未来の国王たる王太子には相応しくない、というのを理由に、ニーナたちはクリスティアンの廃太子とセドリックの立太子を迫っていたのだ。かつてはいざ知らず、今のクリスティアンを拝し、野獣と断ずるのは白を黒と言い張るのと同じくらい無理がある。だが、アレクシスの問いに否を唱えれば、同時にクリスティアンを王太子と認めることになってしまう。それは、侯爵たちにとっては敗北を意味する。

二人は一体、どう答えるのか。返答によっては、トゥランは大きく変わる。

その意味がわかるだけに、クリスティアンもラファエルに倣って身構える。王宮の警備は近衛が指揮しているから、侯爵たちが私兵を潜ませる隙は無いが、くれぐれも油断しないようにとラファエルからは何度も警告されたのだ。

「…母上っ」

緊迫した空気に怯えきったセドリックが、母親のドレスを引っ張る。屈辱に唇を震わせていたニーナは、はっとしたように顔を上げ、侯爵と頷き合うと、深く息を吐き出した。

「……思い、ません」

「…そうか。宰相はいかがだ？」

「私も…妃殿下と、同じ考えでございます」

間、髪を入れずにアレクシスは侯爵を追い詰める。侯爵が唸るように言いきった瞬間、場は大きくどよめいた。クリスティアンと同じく、こんなにあっさりと敗北を認めるとは思わなかったのだろう。

「王妃殿下だけでなく、侯爵まで認めるとは…」

「信じられぬ…。まだ何か企んでいるのではないのか？」

「王太子殿下の一件はどうなるのだ。この上、賊の仕業だったと言い張るのは苦しかろうに…」

驚愕と憐れみの入り混じった視線に晒され、耐え切れなくなったのか、ニーナは一礼もせずにセドリックの手を引き、淑女らしからぬ荒い足取りで退出してしまった。その後を侯爵が追いかける。

まだ王の下問が終わっていないにもかかわらず退出するなど、たとえ王妃でも許されない無礼である。しかし、アレクシスは別段咎めもせず、何事も無かったかのように貴族たちを解散させた。彼らは一旦王宮の客室棟に下がり、衣装を改め、夕刻からの夜会に参加することになっている。きっと各々に与えられた部屋を忙《せわ》しなく行き交い、この出来事を噂し合うだろう。

「…素晴らしいお振る舞いでした、クリスティアン様。これで貴族たちの心は決定的にクリスティアン様に傾いたでしょう。よくぞ、ここまで励まれました…」

その後、アレクシスと少し話してから王太子の部屋に引き上げると、ラファエルが感極まったように跪いた。

クリスティアンは室内に二人だけしか居ないのを確認し、自分もラファエルの傍らに膝をつき、黄金の髪をひとふさ掬い上げた。羞恥という点では人目などまるで気にならないクリスティアンだが、王太子としては可能な限り守護騎士との関係を悟られない方がいいのは既にわかっている。

「励んだのは私ではなく、お前の方だろう。父上からもお褒めの言葉があったのに」

アレクシスはラファエルの肩をがっちりと摑んで心から労をねぎらったし、アーサーも今度ばかりは主君の背後で涙を滲ませながら微笑んでいた。今、アーサーの次に国王から篤い信頼を寄せられているのは間違いなくラファエルだ。なのに、ラファエルの男らしさと甘さが調和する顔に滲むのは、歓喜ではなく苦い後悔だ。

「いいえ…全てはクリスティアン様が血の滲むような努力をなさった結果です。私など、何のお役にも立てませんでした。それどころか…」

首を振った弾みで、クリスティアンの手から黄金の髪が零れ落ちる。父との再会という大切な場面ゆえに仕舞い込んでおいた苛立ちが再燃し、クリスティアンはラファエルの顎を持ち上げるや、禁欲的な詰襟を乱暴に広げた。露になった首筋に、容赦無く牙をめり込ませる。

「…くっ…、う、…ん…っ」

潜めた悲鳴が苦痛から仄かな快感を滲ませたそれに変化するまで、そう時間はかからなかった。謹厳実直な騎士の鑑《かがみ》のような顔をしていながら、この男はクリスティアンに身体のあちこちを噛まれるのが大好きなのだ。幾度となく繋がってきたのだから、特に好きな部分はもう知り抜いている。喉仏から太い血管が通う首筋、そして項。

「…違う。お前のおかげだ。お前が居なければ、私はきっとここまで辿り着けなかった」

ただたどしさがすっかり抜けた滑らかな言葉も、洗練された貴族としての仕草も、ラファエルのために努力して身につけたのだ。クリスティアンが『まっとうな王太子』に戻らなければ、教育係に任じられたラファエルの責任が問われてしまう。そうなったらラファエルと引き離されかねないと悟ったからこそ、言葉や知識だけでなく、礼儀作法まで進んで習得したのである。あれほど喜んでくれたアレクシスには悪いが、王太子として周囲に認めさせるためではない。

「お前が欲しいから…お前とずっと繋がっていたいから、私は努力した。お前のおかげだろう？」

「クリスティアン様…、なりませ…っ」

抵抗が形ばかりであることは、硬くなりつつある股倉を摑んでやる前からわかりきっていた。常に一分の隙も無くきっちりと服を着込んでいるが、守護騎士の正装である黒衣を乱してやるのは初めてで、ひどく興奮する。

「ラファエル……らふぁー」

「っ……」

かつてと同じ、たどたどしい発音で囁いてやれば、ラファエルの身体がぎくりと強張った。その隙を見逃さず、クリスティアンは一気に体重をかけて自分よりも遥かに逞しい騎士を押し倒す。無論、股間を摑み上げ、鎖骨に牙をたててやったまま。

「いけません…クリスティアン様、…っ」

「…お前はいつも、それればかりだ。最後には私と繋がって子種を沢山孕ませるくせに、どうして抵抗する？」

ブランカと夢で久しぶりに再会したあの夜から、クリスティアンは懸命に学んだ。けれど、いくら知識を得て、以前とは比べ物にならないほど滑らかに意志疎通が叶うようになっても、ラファエルとは相変わらずのままだった。お前が欲しいのだと、繋がりたいのはお前だけなのだと、滑らかになった言葉でどれほど言い募っても悲しそうに首を振るだけ。クリスティアンが迫れば一応抵抗はしても拒まないし、最後にはクリスティアンの方がもう堪忍してと懇願するほど子種を注ぎ込んでくるにもかかわらず、どうして無駄な抵抗などするのか。クリスティアンはこの男のために窮屈な王太子の正装にも耐え、髪を鋏で整えることまで許したのに、わけがわからない。

「う…ぁっ、クリスティアン様…」

股間をぐにゅぐにゅと揉み込みながら、自分の股間も擦り付けてやる。されるがままのラファエルの一物は、たちまちクリスティアンの手を押し返すほど硬く、熱くなった。きっと禁欲的な黒衣の下では、クリスティアンの中に入りたい、繋がって子種をぶちまけたいと咆哮しているはずだ。

「何度も申し上げたように、私は…、許されざる罪を犯した、罪人なのです。王太子殿下の伽を務める資格など…」

なのに、やはりラファエルはわけのわからないことを言って拒む。身体とは正反対の言葉でクリスティアンを苛立たせる。

ふと思い出されるのは、ハース領に残り、万が一の事態に備えているオズワルドだ。森にも付いてきたあの男は、クリスティアンにとってのブランカと同じ存在らしく、講義の合間によくラファエルと親しげに話しているところを見かけた。クリスティアンには話せないことも、あの男には話せるようだった。苛々として、会話の途中のラファエルを寝台に引きずり込み、跨ったことは何度もある。

…身体が求めているのなら、心も同じではないか。何を迷う必要がある？

困惑混じりの苛立ちは、クリスティアンの中で大きくなるばかりだ。胸の中に渦巻く気持ちを伝える言葉を、クリスティアンは未だに習得していない。もどかしくてたまらない。

怒りのままに一物をきつく握り締めてやろうとした時、扉が外側から叩かれた。

「殿下、お寛《くつろ》ぎのところ失礼いたします。夜会用のお召し物をお持ちしました」

クリスティアンたちがさっと身繕いをするとすぐに訪れた侍従長は、女官たちに夜会用の衣装を運び込ませた。

「お時間まであと二刻ほどですので、そろそろお召し替えを。女官たちがお手伝いいたします」

クリスティアンには理解し難いが、王侯貴族と呼ばれる人間は着替えを常に他人に手伝わせるものなのだ。着付けに手間取る盛装なら尚更である。侍従長の申し出自体は何もおかしくはない。

「…いや、必要無い。ラファエルに手伝わせる」

なのに断ったのは、気に入らなかったからだ。うっとりと頬を紅潮させ、ラファエルを見詰める女官たちが。胸がむかむかとして、さっきまでとは違うどろりとした感情がこみ上げる。

「クリスティアン様…っ」

だから、侍従長たちが素直に引き下がった後、クリスティアンは感情のままラファエルにしがみつき、唇に噛み付いた。一瞬だけぎくっと硬直するラファエルが、ますます気に入らない。王宮に連れて来られたばかりの頃は、同じこの部屋で、ラファエルの方から近付いてきたのに。ラファエルはクリスティアンのもの、クリスティアンの犬のはずなのに。それなのに。

「いけません、お支度をなさらなければ、時間が……っう、クリスティアンさ、ま…っ」

王太子の健在を見せ付けるため、これから始まる夜会がどれだけ重要かはわかっている。侯爵やニーナがこのまま大人しく引き下がる可能性は低く、過激な手段に訴えてくるかもしれないことも。この部屋にはクリスティアンとラファエルだけしか居ないが、南翼の周囲は武装した近衛たちが固めているのだ。当然、警戒対象は西翼に引きこもった王妃及び侯爵である。

でも、そんなの知ったことか。今まで人間らしく振る舞ってきたのは、王太子としての地位を確実にするためではない。ラファエルとずっと繋がっているためなのだから。

この男さえクリスティアンのものであるなら、他には何も要らない。

猛る欲望のままに、クリスティアンは騎士を再び床に引き倒した。

「まあ、ご覧になった？　王太子殿下の、なんてお美しいこと…！」

「お衣装を改められると、先程とはまた違い、華やかになられますわね。まるで、女神の御遣いのよう…」

東翼で始まったばかりの夜会の主役は、勿論王太子クリスティアンだった。父王に付き添われ、貴族たちの挨拶を受ける姿は、ほんのつい最近まで魔獣に混じって暮らしていたとは思えないほど洗練され、堂に入っている。貴婦人たちがかざした扇の影でしきりに褒めそやす通り、正装よりも飾りが多く、金糸の刺繍《ししゅう》がふんだんに施された白の盛装は、女神が天上より遣わした御遣いのようだ。この世の生き物で、生まれながらにして白をその身に纏えるのは、女神の眷属《けんぞく》だけだと言われているのである。それ故、王族が公式の行事で纏う衣装は、白を基調にすると定められていた。

「ラファエル」

アレクシスの背後に付かず離れず佇むアーサーが、同じくクリスティアンを守るラファエルにそっと話しかけてきた。揃いの黒衣が無くとも、血の繋がりを一目で連想させる父子は、会話をする間も視線は互いの主君に据えたままだ。

「どうしました、父上」

「西翼を偵察してきた部下から報告があった。西翼に不審な動きは無い。セドリック王子は侍女と共に残っている。今のところ、世話役の侍女以外に侯爵家の者の姿は無いそうだ」

「…ですが、この東翼に相当数の警護兵を割かなければならない以上、西翼はどうしても手薄になっています。そこから侯爵が隙を突いて私兵を招き入れる可能性は充分にありますね」

「そうだ。くれぐれも注意を怠るなよ」

アレクシスは明日にでもクリスティアン誘拐の詮議を再開するつもりでいる。今までは知らぬ存ぜぬを通していたニーナたちだが、クリスティアン当人が追及する側に加われば、そうはいかなくなるのは明白だ。昼間の一件もある。なんとか罪を逃れる手段を講じるのに必死で、ニーナも侯爵も夜会には参加しないだろうと思われていた。

だが、大方の予想を裏切り、二人とも姿を現したのだ。今も、みなの好奇の視線を集めながら大広間の一角で不気味な存在感を放っている。アビントン子爵を始め、残された数少ない一派の貴族たちが取り巻いてはいるが、かつてから比べたら寂しいものだ。

我が子可愛さに許されざる罪まで告白したニーナである。セドリックの命を盾に取られるかもしれないのに、私兵を呼び込み、反乱を企てるとは考え辛い。しかし、あの気位の高いニーナが、こんな屈辱的な状況に黙って甘んじるはずがない。何かを企てているのだ。東翼には相当数の近衛を警護に当てているが、この大広間内も招待客に扮した騎士たちが紛れているが、武装はかなり制限される。堂々と剣を帯びているのはラファエルとアーサーくらいだ。決して油断は出来ない。

「王太子殿下、お初にお目にかかります。この善《よ》き日に、ぜひ、我が娘を紹介させて頂きたく…」

「王太子殿下。これは我が妹にて…」

渦巻く混沌とした空気をものともせず、王太子派の貴族たちは年頃の娘や妹、姪《めい》などを売り込むのに必死だ。侯爵一派の敗色が濃厚になってきたので、王太子妃に血族を送り込もうというのである。中には昼間の一件の後、慌てて縁者を養女に仕立てた者まで居るのだから、クリスティアンの登場がどれだけ衝撃的だったかが窺える。

…やはり、そうだった。

頬を染める令嬢たちに微笑むクリスティアンを、ラファエルは胸を締め付けられながら見守る。

…クリスティアンに魅了されない者など、居ないのだ。予想は正しかった。

あのクリスティアンが今の今まで己の守護騎士に跨り、卑しい一物を突き立てられ、白い裸身をくねらせながら子種を胎内に受け止めていたなど、一体誰が想像出来ようか。浅ましくも、ラファエルは繋がりたいと迫るクリスティアンを拒めなかった――否、拒まなかったのだ。初めて欲望を遂《と》げた時からずっと、性的な知識など欠片も持ち合わせないクリスティアンが快楽を求めるのをいいことに、この身体を捧げ続けた。クリスティアンが身体だけでも気に入ってくれたのが誇らしくてたまらず、ほんの少しでも愛しい人に自分の匂いを擦りこもうと、犬らしく腰を振り、何度も胎内で果てた。

さっきだって、あまり時間に余裕が無いと承知の上で、寸前まで繋がり、求められるがままに子種を注ぎ続けていたのだ。この卑しい種が少しでもクリスティアンに根付けばいい。染み込んで、ラファエルの匂いを撒き散らせばいい。他の女は勿論、男も…ラファエル以外の生き物はみな、嫌悪に眉を顰め、クリスティアンから離れればいいと渇望しながら。

だが、ラファエルの浅薄な野望など叶うはずがなかった。盛装に身を包んだクリスティアンは、刻限ぎりぎりに支度したせいで母の形見の腕輪以外の装身具を付けるゆとりも無かったのに、自ら放つ光でまばゆく輝いている。色とりどりの華やかなドレスを纏った令嬢たちに囲まれる様は、まるで炎に羽虫が群がっているかのようだ。

そう遠くないうちに、あの中から王太子妃が選ばれるだろう。クリスティアンの尊い子種を宿し、育むことの出来る姫君が。そしてもしかしたら、クリスティアンに好色な視線を送っている男たちの中から、新しい伽役が指名されるかもしれない。

そうなったら自分はどうするのだろう。たとえクリスティアンが新たな男を褥《しとね》に引き込んでも、傍で見守らなければならないのはわかっている。けれど……けれど……！

「…ラファエル。遠縁にお前と年回りの合う、気立ての良い娘が居る。この一件が片付いたら、王太子殿下のお許しを頂き、娶るがいい」

「父上…っ!?」

唐突な発言に、ラファエルの意識は現実へと引き戻された。アーサーは直立したままだが、意識はこちらに向けている。任務を第一とする父には、かつて無かったことだ。

「家庭を持てば、お前の心も落ち着くだろう。…何があろうと、守護騎士のお役目は放棄出来ないのだ。

わかったな」

ラファエルは確信した。…父は、クリスティアンと息子の関係を悟っているのだ。

オズワルドが約束を違《たが》えるはずはないから、そこに至る経緯までは知らないだろうが、息子と接する僅かな時間で察してしまったのだろう。それほど、今のラファエルからは未練がましい嫉妬の怨念めいた空気が放たれているに違いない。

アーサーの言う通りだ。一度守護騎士の任を拝命すれば、辞めることは決して許されない。クリスティアンが妃を娶ろうと、否やも唱えず傍に在り続けなければならない。ラファエル以外の男に伽を命じようと、否やも唱えず傍に在り続けなければならない。ラファエルはクリスティアンの守護騎士で、従順な犬なのだから。……恋人では、ないのだから。

初めて強い快感を知ったばかりのクリスティアンが欲しているのは、ラファエルがくれる快楽だ。クリスティアンが何度『欲しい』と言っても、その言葉を素直に受け取るわけにはいかない。

ああ……ああ、なんと、なんと浅ましい。

クリスティアンがあるべき姿に戻り、多くの貴族たちに傅《かしず》かれている今こそ、ラファエルがずっと夢見続けてきた瞬間であるはずだ。今日のために生き恥を晒しながら諸国をさすらい、クリスティアンを捜し求め続けてきた。

なのに、ラファエルは今、この命が終わってしまえばいいとさえ考えている。そうすれば、クリスティアンが自分以外の人間を寵愛する光景を拝まずに済むのだから。

主君と犬。あるべき関係を歪めたのはラファエルの方でありながら、こんな願いを抱くなど、身勝手にもほどがある。女神は何故、ラファエルに罰を与えないのか。いや、こうして一生苦しみ続けることこそ、女神の末裔を凌辱した罰なのか。

身の内で荒れ狂う感情を抑え付け、ラファエルは改めて大広間を見回した。相変わらずクリスティアンにうら若い令嬢を紹介する貴族は列を成し、他の貴族たちも麗しい王太子を拝しながら笑いさざめいたり、供される美酒や美食を楽しんでいる。通用口から楽師の一団が入ってきたのも、当初の予定通りだ。間も無くアレクシスが合図し、奥のホールでダンスが始まる手筈《てはず》になっている。最初にクリスティアンにワルツの相手を申し込まれる令嬢こそ、王太子妃の最有力候補と目《もく》されることになるだろう。

全ては予定通り。変わったところは無いはずなのに、何かが引っ掛かる。

ラファエルの視線がニーナたちに引き寄せられたのは、騎士の本能と言うしかない。

ラファエルに見られているのも気付かず、ニーナは嫣然《えんぜん》と微笑んでいた。この場にそぐわぬ晴れやかな笑みが向けられているのは、父侯爵でも僅かな取り巻きたちでもなく、楽器の準備をしている楽師たちだ。妙にびくびくしている侯爵とは対照的である。

「殿下、こちらへ」

「…ラファエル？」

アーサーにも合図してから、クリスティアンを引き寄せようとした時だった。人ではありえない咆哮が響いたのは。

グオオオオオオッ！

遠かった咆哮は幾つもの荒々しい足音と共にあっという間に迫り、華やかな空間は静まり返る。人々の困惑と恐怖が頂点に達したのを見計らったかのように、大広間の壁に嵌め込まれた彩色硝子《ガラス》が外側から砕け散った。

「キャアアアアアッ！」

「うっ…、わああっ！」

貴婦人たちは甲高い悲鳴と共に失神し、男たちさえも腰を抜かす。娘や夫人を置いて逃げ出そうとする者まで居たが、彼らを怯懦《きょうだ》と誹《そし》るのは酷であろう。割れた窓から怒涛の勢いでなだれ込んできたのは、狼や虎、熊といった凶暴な野獣どもなのだから。しかも、一頭や二頭ではない。ざっと見ただけでもそれぞれ十頭ずつ以上は居るはずだ。ただ対峙するだけでも恐ろしいのに、全ての獣どもが大きく裂けた口からだらだらと涎《よだれ》を垂らし、目を血走らせているのでは尚更である。招待客に扮していた騎士たちですら、とっさに剣を構えはしたものの、その手は僅かに震えている。

「招待客を守り、後方へ退避せよ！　防御に徹し、援軍を待て！」

アレクシスを庇いながらアーサーが指示を飛ばした。動揺していた騎士たちも我に返り、倒れた貴婦人たちを担ぎ、まだ冷静を保っている客には自力で下がるよう促す。外の警護兵たちが異変を察知して駆けつければ、数ではこちらが圧倒的に上回る。それまでの辛抱だ。

だが、野獣は人間の都合など汲《く》んではくれなかった。ぐるるるる、と不気味な唸り声を上げてこちらを威嚇《いかく》していたのはほんの僅かな間だけで、すぐにしなやかな動きで誰彼構わず襲いかかる。

「ギャアアアアッ！」

寸鉄帯びない人間など、血に飢えた獣には何の脅威にもならない。大虎に引きずり倒された貴族の断末魔を皮切りに、華やかな宴席は血臭漂う叫喚の坩堝《つぼ る》と化した。騎士たちも奮闘するが、足手まといの貴族を守りながらでは限度がある。何頭かの獣がとうとうラファエルたちにまで辿り着いた。

「…くっ！」

勢い良く飛びかかってきた狼を、ラファエルの剣がなぎ払った。狼はそのまま血溜まりに沈んで動かなくなるが、すぐさま次が襲いかかってくる。今度は熊だ。前脚を振り上げた瞬間曝《さら》け出された胴体に、素早く斬撃を叩き込む。

「ラファエル！」

「クリスティアン様、陛下とご一緒にお下がり下さい！」

ラファエルは加勢しようと前に出かけたクリスティアンの鳩尾に肘鉄をめり込ませた。クリスティアンはうっと呻き、崩れ落ちる。守護騎士にあるまじき無礼だが、主君を野獣どもの牙に晒すよりはずっとましだ。

「ひっ！　来ないで…、来ないでえっ！」

「助けてくれ！　誰か…、誰かっ！」

　クリスティアンのように騎士以外で正気を保っている者は稀だった。貴族たちの殆どは失神するか、貴族の矜持も捨てて泣き喚いている。騎士たちも助けに回りたいのは山々だが、倒しても倒しても野獣たちは窓から湧いてくるのだ。ラファエルもアーサーも、背中合わせで互いの主君を守るのが精一杯である。

「…王太子よ！」

　ニーナの叫びは、縋るものを求めて逃げ惑っていた貴族たちには、あたかも天啓のように聞こえたのかもしれない。たとえ、ニーナや侯爵たちが傷一つ負っておらず、その周囲だけ不自然に野獣たちが近寄らずにいるとしても。

「この獣たちを呼び込んだのは王太子よ！　王太子は魔の森で身も心も野獣に成り果ててしまったんだわ。だから、仲間を呼び寄せたのよ！」

「…貴様！　言うに事欠いて、何をっ…！」

　勝ち誇ったような口調に、ラファエルは確信した。野獣どもを何らかの手段で引き込んだのはニーナたちだ。クリスティアンを沢山の貴族の前で野獣だと貶めることで、王太子の座から引きずり落とす算段なのだろう。野獣を特殊な薬や道具で飼い慣らして操り、犯罪に用いる調教師は存在するし、侯爵の財力なら彼らを雇うのは充分に可能だ。おそらくどこかに調教師が紛れ込み、ニーナたちを除いて襲うよう指示を出しているはずである。獣なら、人間には不可能な経路で侵入させられるから好都合だ。

　クリスティアンが本当に身も心も野獣であるというなら、王宮はとうにこの野獣たちの襲撃を受けていた。怪しいのはどう考えてもクリスティアンではなく、追い詰められたニーナたちの方だ。しかし、恐ろしい野獣たちに命を脅かされている状況で、冷静な判断を下せる者は少ない。クリスティアンに突き刺さる疑惑の視線を煽るかのように、またもや新たな野獣の群れが入り込む。

「陛下と殿下をお守りせよ！」

「負傷者は下がれ！　怯むな！」

警護兵たちがようやく助勢に現れたが、突進してくる群れを押し返すには及ばない。そこかしこでまた犠牲者の絶叫が轟く。

調教師を捕らえない限り、野獣たちの猛攻は止まらない。獣を相手取りながらさっと視線を巡らせたラファエルは、ふと気付いた。一番無防備なはずの楽師たちが、隅に固まって震えつつも獣たちの蹂躙を逃れていることに。そして思い出す。ニーナの晴れやかな笑みを。

「…父上」

覚悟はすぐに決まった。通常の倍はありそうな牙を持つ虎をやっとのことで屠《ほふ》り、剣を一振りして血を払い落とす。これから先は、僅かな逡巡も許されない。

「申し訳ありません。…クリスティアン様を、どうかお願いします」

「ラファエル…!?」

何かを感じ取ったらしい父が引き止めるより早く、ラファエルは楽師たちの元へ疾走した。

無意識に迸《ほとばし》った雄叫《おたけ》びに、野獣たちはびくんとするが、自ら突進してきた獲物に次々と狙いを定め、襲いかかってくる。

「退《ど》け――――っ！」

怯えきった貴族たちには、新たな野獣が降臨したと思われたかもしれない。自分が血塗れの獣よりもよほど獣らしいと、最も承知しているのはラファエルだ。

――若が罰されたいと願うのは、そうすれば自分が楽になれるからです。

ああそうだ、オズワルド。私は身勝手だ。許されざる罪を犯し、クリスティアンの無知に付け込んで欲望を貪った挙句、今、全てを放棄しようとしている。

――残された殿下はどうなります？　ご自分には何の非も無いのに、無条件に庇護してくれる存在を失った殿下は。

身体だけを投げ与えられるのには、もう疲れたのだ。クリスティアンの心が…愛が欲しい。けれど、それだけは絶対に与えられない。自業自得とはいえ、クリスティアンが求めてくれるのは、ラファエルの身体と快楽だけなのだから。

この先ラファエルを待ち受けているのは、クリスティアンがラファエル以外の人間を寵愛する生き地獄だ。どうせ堕ちるなら……この命、クリスティアンのために使いきってしまえばいい。

楽師の一団までは距離があり、主人の危機を察したか、貴族を襲っていた野獣たちもがラファエルの行く手を阻む。かわしきれなかった野獣たちの牙や爪が手足のあちこちに食い込み、血が流れても、激痛すらラファエルを鼓舞した。少しずつ命を削り、最期の最期で元凶たる楽師たちを倒し、ニーナたちまで殲滅《せんめつ》する。それこそがラファエルの狙いだからだ。

……私は最期まで貴方の守護騎士であり、貴方だけの従順な犬でした。それだけを覚えていて下さい。忘れないで下さい。クリスティアン様、クリスティアン様、クリスティアン様……！

全身の鼓動で絶叫し、ラファエルは死地と定めた野獣たちの群れへと突撃していった。

グオオオオオンッ！

「……っ？」

猛々しい咆哮に、朦朧としていた頭が覚醒した。はっと周囲を見回すが、間近に野獣の姿は無く、代わりに視界に飛び込んできたのは野獣の群れに飛び込んでいくラファエルの後ろ姿だ。

「ラファ…っ！」

手を伸ばそうとしたとたん、鳩尾がずきんと痛み、クリスティアンは再び膝をついた。意識を飛ばされる前までは、ラファエルは確かにクリスティアンの傍で剣を振るっていたはずだ。あのラファエルがクリスティアンを置いて単身敵陣に突っ込むなど、一体何のつもりなのか。魔獣ほどは手強くなくても、何頭もの野獣に囲まれればラファエルとて無事では済まない。

「駄目…、ラファエル、駄目…」

鳩尾の痛みに混じり、ひどく耳障りな高い音が聞こえた気がした。再び響いた咆哮に促されるかのように、クリスティアンの目は離れたところで震える楽師の一団――その中の笛を持った男に引き付けられる。

あれだ、とクリスティアンは直感した。あの笛が発する音が野獣たちを操り、人々を襲わせているのだ。高すぎる音は普通の人間の聴覚には捉えられないので、誰も元凶に気付かないでいる。

いいや、例外は居る。ラファエルが野獣たちを蹴散らしながら進む先に、楽師たちが固まっているのだ。音以外の何かで元凶に気付いたのだろう。笛を持った楽師も恐れをなしたか、再びあの高い音を響かせ、野獣どもをラファエルにけしかける。かわしきれなかった牙が、爪がラファエルを引き裂き、血飛沫《ちしぶき》が上がる。それでもラファエルは前進を止めない。血塗れの剣を振るい、激痛に苛まれているはずの身体で、ひたすらに楽師を目指す。

「駄目…、ラファエル…、許さない…」

離れていても届く馴染んだ血の匂いが、怒りに火を点けた。全てが我慢ならなかった。姑息な手段で野獣どもを操る楽師も、それを引き込んだのだろう人間たちも、クリスティアンのものでありながら許しも無く傍を離れたラファエルも。

「許さない…、許さない…」

ゆらりと立ち上がったクリスティアンの耳に、みたび、あの咆哮が届く。ブランカだ。姿も無いのに、とは思わなかった。だって、これほど力強く、魂を揺さぶる咆哮はブランカでしかありえない。

白く神々しい獣の姿が蘇り、身体がカッと熱くなる。そうだ。クリスティアンはブランカの仔。森を統べ、全ての魔獣に君臨する気高き王の養い子なのだ。その所有物たるラファエルを、たかだか人間に操られた野獣如きが傷付けるなど決して許さない。あの男に牙をたて、爪を喰い込ませていいのはクリスティアンだけだ。他の誰も、誰も許さない……！

『……下がれ！　私のものを傷付けるなっ！』

放ったのは最近すっかり馴染んだ人間の言葉ではなく、かつて森では日常的に使っていた思念だった。王の養い子の絶対的な意志が、あまねく大地を照らす太陽の如く人ならざるものたちの脳裏に浸透する。

まさに、夜が突然昼間になったかのように劇的な変化が起きた。ラファエルに襲いかかっていた野獣たちがぴたりと動きを止め、その場にひれ伏したのだ。呆気に取られたラファエルが棒立ちになっても、絶好の隙を突こうともしない。

「な…、な、何故だ！　何故命令を聞かない…？　ええい、動け！　動けっ！」

焦った楽師が隠れているのも忘れて懸命に笛を吹くが、野獣たちは従わない。それどころか、貴族や騎士たちを襲っていた野獣までもが攻撃を止め、ぞろぞろと群れをなしてクリスティアンの前まで移動するや、従順に頭を垂れたではないか。

「命令、だと…？」

「まさか、こやつらを操っていたのは…？」

傷付きつつも無事だった貴族たちの疑惑の視線は、まずうかつな楽師に、そしてすぐさまニーナたちに突き刺さった。危機が去り、ようやく冷静な思考が戻ってきたのだ。

「ち…、違う。野獣を呼び込んだのは王太子よ！　呼び込んだのだから、従わせることだって出来るはずだわ。わたくしは、何も知らない……！」

「そ、そうだ！　王太子は王宮を野獣の巣にしようと企んだのだ！」

懸命に否定するニーナに、侯爵も同調する。ニーナの血走った緑の目に射られ、クリスティアンはラファエルに駆け寄ろうとしていた足を止めた。忘れかけていた恐怖が、俄《にわ》かに蘇ったのだ。それを見たニーナが、胸を反らし、高らかに笑う。

「ほら、野獣の王太子は人の言葉も忘れてしまっているわ。わたくしの仕業だというのなら、そう仰いよ。王太子自ら、証拠を見せてご覧なさいよ。さあ……！」

「――ならば、我が養い子に代わり、私が証立てをしよう」

低く厳《おごそ》かな声と共に、あたりにまばゆい光が満ちる。瞼の奥まで焼き焦がしそうなそれが収まった時、大広間には純白の獣が光の余韻を纏って出現していた。さっきまで大暴れしていた野獣たちの倍はありそうな、虎に似た巨体。大きな四肢から突き出た爪はほんの一振りで脆弱な人間をまとめて十人以上は殺められるだろう。

だが、人々は恐怖ではなく、畏怖をもってこの獣を見上げた。誰も実際に見たことは無い。今までに姿を現したことも無い。けれど、みな知っているのだ。生まれながらに白を纏うのは、女神の眷属だけ。澄んだ黄金の双眸には、理知の光が満ちている。

「ブランカ…、ブランカ…」

白い姿をこの目で見るのは、一体どれほどぶりだろうか。懐かしさに震えるクリスティアンに、ブランカは人間じみた仕草で頷き、大きく口を開いた。その喉奥から光を纏った何かが吐き出され、人々の目線で固定される。それは、一粒の大きなエメラルドだった。そう、まるでニーナの瞳のような。

「きゃ…、あああああっ…！」

ニーナの絶叫と共に、頭の奥底に仕舞われていた記憶が堰《せき》を切ったように溢れ、クリスティアンに襲いかかった。

『お前など、死んでしまえばいいのに……！』
恐ろしい形相のニーナが、クリスティアンの首を絞めている。今より随分と若いが、当たり前だ。これは十一年も前——クリスティアンがまだ六歳の頃の出来事なのだから。

生まれてすぐに生母を亡くしたが、幼いクリスティアンはそれを補って余りある父王の愛情に包まれ、すくすくと成長していた。忙しい父とはあまり会えなくても、寂しくはない。代わりにラファエルがどんな時だって傍に居てくれる。どんな願いだって聞いてくれる。クリスティアンは幸せな子どもだった。

唯一、不満があるとすれば、父と継母ニーナとの間に生まれたばかりの異母弟に会わせてもらえないことだ。母親が違っても、弟は弟である。兄弟で遊びたくて仕方が無いのに、どんなに願っても、父は許してくれなかった。ラファエルもクリスティアンがニーナたちの暮らす西翼には近付かないよう警戒していた。大人たちの事情など、幼いクリスティアンにはわかるはずもなかった。

だからこの日、ニーナに西翼へ招かれた時にはとても嬉しかったのだ。初めて弟に会える。使いの侍女にそそのかされるまま、ラファエルの目を盗み、こっそりと西翼に向かった。だがそこに居たのは覆面をした怪しげな風体の男で、クリスティアンはあっという間に当身《あてみ》を喰らわされた。そして、大きな袋に放り込まれる寸前、ニーナに首を絞められたのだ。

『お前さえ居なければ、わたくしのセドリックが王太子になれるのに…母子揃って忌々しい子！ お前など、ユーフェミアの腹の中で死んでいれば良かったのに……！』
『お…、王妃様、どうかその辺で。そんなに絞めたら、本当に殺しちまいますよ』
男が慌てて止めに入り、ニーナはようやく手を放した。にいっと歪む緑の双眸に、クリスティアンは小さな身体を震わせる。愛情に包まれて育ったクリスティアンは、この時初めて恐怖というものを知ったのだ。

『まあ…、いいわ。お前はこれから、汚らわしい魔獣どもに食い殺されるのですもの。もう勘弁してあげるわ。——連れて行きなさい』

『は、はい』

ぐったりとしたクリスティアンを、男は慣れた手付きで袋に収め、袋の口を縛ろうとした。このまま連れて行かれたら、命は無い。本能で察した瞬間、脳裏に過ぎったのは己の守護騎士の教えだった。

…いいですか、クリスティアン様。どんな時でも、最後まで諦めてはいけません。

剣を習い始めたばかりのクリスティアンに、ラファエルは何度も諭した。

…勝ち目の無い戦いなどありません。最後まで抗ってこそ、生きる道が見付かるのです。

『きゃあ…っ！』

死に物狂いでもがいた腕が袋を突き破り、何かを掴んだ。硬い感触のそれを天の助けとばかりに掴むが、あらん限りの力をこめて引っ張ったとたん、ぶちんという手応えと共に腕は宙に投げ出されてしまう。掌の中に、何かを掴んだまま。

『何をしているの！　早く大人しくさせて、連れて行きなさい！』

『も、申し訳ありません…！』

男の謝罪が聞こえた直後、口元に布が押し付けられた。つんとする匂いを吸い込んだ瞬間、意識が遠くなる。深い闇の中へ落ちていく。どこまでも、どこまでも……。

「…クリスティアン様…！」

沈みかけた意識を、焦燥の滲んだ声が引き戻した。何時《いつ》の間にか傍に寄り、身体を支えてくれていた男の端整な顔に、猛烈な懐かしさがこみ上げる。…そうだ。クリスティアンはずっとこの男を知っていた。求めていた。継母ニーナの姦計に堕ち、侯爵の手の者によって魔の森へ捨てられた時から、ずっと。

「ラファエル…」

人としての知識を学び、我が物としてもなお拭いきれなかった違和感が、淡雪のように消え去っていった。万感の思いをこめ、クリスティアンは守護騎士の手を握り締める。クリスティアンが連れ去られた後、どれだけ心配をしただろう。どれだけ眠れぬ夜を過ごさせただろう。咎められるべきはラファエルの言い付けを破ったクリスティアンなのに。

「すまなかった…。私のせいで、お前には苦労を強いた…」

「…クリスティアン様？」

「私は…全て、思い出した。王妃ニーナによって王宮から連れ去られたことも…その時、王妃の首飾りから、石を一つ、もぎ取ったことも…」

「……っ！」

ラファエルは勿論、アレクシスやアーサー、呆然としていた貴族たちもがはっと息を呑んだ。トゥランの貴族令嬢は、誰もがその瞳と揃いの色の誕生石をあしらった装身具を持つ。ニーナのそれが珍しいエメラルドであることは、周知の事実であった。

「…無事、思い出したのだな」

ブランカが呟いたとたん、不思議な力で宙に浮かんでいたエメラルドがクリスティアンの掌に落ちる。その硬い感触が、取り戻したばかりの記憶に確かに重なった。

「ああ…、思い出した。森に捨てられて、これを握り締めて泣きながらさまよっていたら、ブランカが来てくれた…」

「女神は天上に戻られる際、末裔を見守り、ことあらば助けるため眷属を地上に残された。それがこの私だ。森は我が棲み処と定められた場所。長い時間が経つうちに他の魔獣たちも棲みつき、人間には魔の森などと呼ばれるようになってしまったが…」

ブランカは悠然と首を巡らせ、侯爵と支え合うようにしてやっと立っているニーナを睥睨した。

「欲深い女よ。私にはすぐにわかったぞ。我が女神の末裔を、己が手を穢さずして葬ろうとしている罪人が居るとな」

「ひ…、ひぃっ」

美しい顔を恐怖に歪ませたニーナが父もろとも倒れ込んでも、ブランカは追及を緩めなかった。女神の眷属が放つすさまじい怒りの波動に圧倒され、誰も動けない。

「クリスティアンを王宮に戻してやるくらい、我が力をもってすれば容易であった。だが、私はあえて森に留めた。…何故か？　そのまま帰したところで、欲深いお前はまた姑息にも新たな方法を企み、クリスティアンの命を奪うだろうとわかっていたからだ」

ブランカが言葉を紡ぐたび、立ち尽くしていた貴族たちがよろけながらも跪いていく。静謐《せいひつ》な空間に響くのはブランカの声と、ニーナがかちかちと歯を鳴らす音だけだ。

「女神も、その眷属たる私も、人の世に直接介入するわけにはいかない。人の世は人の手で回されなければならないからだ。だから私は、クリスティアンからそれまでの記憶とエメラルドを奪い、この手で育てることにした。いつかクリスティアンが自らの身を守れるようになり、何があってもクリスティアンを守り通せる者が迎えに来る、その日まで…」

「来ないで…いやっ、わたくしは何も知らない、何も知らないわっ！」

ニーナは縋るように周囲の取り巻きたちを見回したが、支持する者など一人も居なかった。クリスティアンの持つエメラルドが本当にニーナのものであるかどうかは、調べればすぐに判明する。侯爵家の姫君の誕生石を任されるほどの宝石職人は限られており、その記録も厳重に保管されているはずだからだ。ニーナと侯爵がいくら否定しようと、言い逃れしようのない動かぬ証拠である。

「…王妃と、侯爵を捕らえよ！」

アレクシスの指示に従い、跪いていた騎士たちがニーナと侯爵を引き剝がし、捕縛した。乱暴な扱いは、とても王族やそれに連なる貴族に対するものではない。彼らも既にわかっているのだ。二人がもはやその地位を失った、許されざる罪人であることを。

「いやっ！　放しなさい！　わたくしを、誰だと思って……っ」

ニーナはこの期に及んで見苦しく暴れた挙句、クリスティアンをぎっと睨み付けた。

「忌々しいユーフェミアの子…っ！　わたくしをこんな目に遭わせるなんて…許さない、絶対に許さない…お前など、死…ひぃっ」

「…死をもって償うべきは、貴様だ。我が主君を、よくも…」

ブランカが口を開くよりも早く、ラファエルが動いた。全身を苛んでいるだろう激痛などものともせず、血塗れの剣をニーナの首元に突き付ける。

「毒を呷《あお》って死ぬなど、許すものか。クリスティアン様の苦しみを、僅かなりとも我が手で味わわせてやる…！」

「…止めろ、ラファエル！」

怒りに震える逞しい背中に庇われたとたん、蘇りかけた恐怖は消え去った。

放っておけば、ラファエルは確実にニーナと侯爵を殺す。宣言通り、最期の瞬間まで苦痛を味わわせて。王族を害した者は例外無く死罪だが、女性のニーナは身分も鑑みて斬首ではなく毒杯を飲み干しての死が与えられることになろう。主君にこれ以上無い苦しみを与えられ、侮辱された守護騎士がその程度で許せるはずがない。また実行したところで、アレクシスも別段咎めはすまい。国王として取り乱すわけにはいかないが、厳しい表情の下では最愛の我が子が受けた仕打ちに対する怒りが荒れ狂っているだろうから。

クリスティアンとて、ニーナや侯爵に対しては怒りしか無い。特にニーナには、ブランカによって記憶を奪われてもなお苦しめられた。ニーナの瞳と同じ緑色を目にするたび、得体の知れない恐怖に襲われた。王宮で初めてニーナと再会した時は、怖くて怖くてたまらなかった。

けれど、だからこそ、クリスティアン自身が幕を引かなければならないのだ。大丈夫。不安など無い。クリスティアンの守護騎士が…太陽と空の色彩を持つ男が、傍に居てくれるのだから。

「クリスティアン様、ですが！」

「この女に、お前の剣を汚すほどの価値は無い。…下がっていろ」

血気に逸っていたラファエルは、クリスティアンの言葉に息を呑み、拳を震わせつつも従った。

クリスティアンは一つ頷き、ニーナの前に進み出る。

「…お前の愚かな行いのせいで、数多の民が苦しめられたことを、私は知っている」

「えっ…？」

てっきりクリスティアン自ら成敗するとでも思っていたのか、ニーナは顔を庇っていた両手をおずおずと下ろした。侯爵までもが、呆気に取られてクリスティアンをぽかんと見上げている。

「私の苦しみなど、民に比べれば些少なものだ。私は命永らえ、在るべき場所に戻ることも叶ったのだから。だが、お前たちに虐げられた民たちの中には、財産どころか命までも失った者も多いと聞く。…私には、それこそ許し難い」

「…な、そんな…」

「お前たちにはいずれ死罪が下るだろう。だが、誤解するな。それは私を拉致した罪ではなく、多くの者を苦しめたことに対する罰だ。だから、私はお前を罰さない」

「あ…、あっ、あ、あああああっ！　いやあああああっ！」

一番自分を憎んでいるはずの相手から毅然と宣言され、ニーナはとうとう心の均衡を崩してしまったらしい。意味をなさない喚き声を発する王妃と、対照的に項垂れた侯爵を、騎士たちがずるずると引っ立てていく。ニーナは最後の最後までじたばたと暴れていたが、その声もすぐに聞こえなくなった。アビントン子爵を始め、取り巻きたちも詮議のために捕縛され、一緒に連れて行かれる。

「…見事だった。クリスティアンよ」

沈黙を保っていたブランカが、ゆったりと尻尾を振りながらクリスティアンの間近まで歩み寄った。手を伸ばせばすぐに触れられる距離だ。いつもなら、何の躊躇いも無くしがみつき、白い毛皮の艶やかさを堪能していただろう。

だが今は、微笑みながら振り返るのみだ。常に近くに在るが、決して触れ合わない。本来はそれこそがクリスティアンとブランカの——人と神との正しい在り方なのだから。

「ありがとう…ブランカ」

「私は女神に与えられた務めを果たしたまでだ。礼には及ばない」

「ううん、違う…。務めなんかじゃ、なかった…」

頭の中を、森で過ごした十一年が駆け巡る。どんな時でも、ブランカは傍に居てくれた。クリスティアンが寂しがれば、毛皮に包んで慰めてくれた。いずれ必要になるからと、辛抱強く人間の言葉を教え込んでくれた。あの優しさ、温もりは決して義務などではなかったはずだ。

「ブランカが居てくれたから…森を出てからも、励ましてくれたから…私は、人の世界に馴染めたんだ。ありがとう…。何度言っても、足りない…」

「…クリスティアン…」

ブランカは何かを言いかけ、クリスティアンの隣に視線を移した。アレクシスが静かに膝を折り、礼を述べる。

「女神の眷属、ブランカ殿。我が息子をお守り下さったこと、お礼申し上げる」

「何度も言うが、私は務めを果たしたまでだ。…だが、王よ。私に感謝すると言うのなら、一つだけ頼みがある」

「私に出来ることなら、何なりと」

「では…、クリスティアンには、クリスティアンの望む未来を与えて欲しい。たとえ、そなたや周囲の望みとは違っても。それが、私の唯一の願いであり…女神の意志でもある」

アレクシスははっとクリスティアンを振り仰いだが、深く息を吐き出しながら頷いた。

「…承知しました。女神の名にかけて、ブランカ殿の望みを叶えましょう」

ブランカは満足そうに頷き、立ち上がった。静かに踵を返したその背に伸ばしかけた手を、クリスティアンはぐっと押しとどめる。

人たるクリスティアンと、女神の眷属たるブランカ。元々、こんなことでもなければ決して巡り会わない運命だっただろう。当たり前のように共に過ごしていた森での生活の方が、ありえなかったのだ。普通なら、触れ合うことも許されない。

これが今生《こんじょう》の別れになると悟った瞬間、思いが溢れた。

『…ありがとう、ブランカ。…そして、さよなら…』

ブランカだけにしか聞こえない思念の言葉に、一拍の後、静かに応えが返される。

『お前と過ごした十一年は…永い我が生涯において、至福の時だった。…務めなど、すっかり忘れていたよ。このような時は、もう二度と訪れまい。……さらばだ、我が仔よ』

現れた時と同じくまばゆい光に包まれ、消え去る瞬間、ブランカの満足そうな横顔に、会ったことも無いはずの母の面影が重なった気がした。


女神の眷属が降臨した事実は瞬く間に国中に知れ

渡った。人々は王太子の辿った数奇な運命に驚き、ニーナと侯爵の非道に激しく憤った。

ブランカによって保管されていたエメラルドは、調査の結果、間違いなくボルドウィン侯爵令嬢のために加工されたものであると判明した。これが決定的な証拠となり、侯爵は全財産と領地を没収の上斬首により死罪。ニーナは王妃の位を剝奪され、毒杯を与えられた。

侯爵に連なる者にも厳罰が下ったが、セドリックは辺境の修道院に送られるにとどまった。まだ幼いこと、まがりなりとも王族であることが斟酌《しんしゃく》されたためだ。ただし、一生妻帯は許されず、僧侶として厳しい戒律のもと生きていくことになるだろう。セドリックもまた、侯爵たちの被害者だと言えるかもしれない。

一連の騒動が収束する前から、クリスティアンの周囲は騒がしかった。トゥラン中の貴族たちがクリスティアンに謁見を求め、王宮に詰め寄せたのだ。娘や親類縁者を妃に、妃が駄目ならば側室にと切望する者も後を絶たなかった。誰もが女神の眷属に育てられ、その加護を受けたクリスティアンを聖なる王太子と崇め、次代の王と信じて疑わなかったのだ。

勿論、父アレクシスも同じだっただろう。侯爵たちから守り通した玉座は、最愛の息子にこそ譲りたかったはずだ。

「…本当に、良いのか？」

アレクシスの問いかけに、考え直さないかという言外の願いを聞き取り、申し訳無い気持ちになる。長い間さんざん心配をかけた挙句、期待を裏切ってしまうのだ。けれど、自分の心は偽れない。

「申し訳ありません、父上。何度仰られようと、私の心は変わりません」

「……わかった。非常に残念ではあるが…ブランカ殿との約束だ。お前の意志を尊重する。後は私が何とかしよう」

「父上…、ありがとうございます！」

父に何度も礼を述べ、今後について話してから、クリスティアンは急いで自室に戻った。

「クリスティアン様、おかえりなさいませ」

「ああ、いい。そのままでいろ」

ラファエルが起き上がろうとするのを、クリスティアンは慌てて止めた。あの事件からはや半月ほどが経ち、随分と回復したが、一時はまともに歩けないほどの傷だったのだ。それでもクリスティアンの警護を続行しようとするから、ならば目の届くところに居ればいいと無理矢理ここの寝台に押し込んでやったのである。

どうしても外せない公務の時以外はずっと付いていた甲斐あって、そろそろお勤めに戻れるでしょうと薬師も保証してくれた。素直に伝えたらすぐさま寝台を飛び出すに決まっているから、ラファエルにはまだ黙っておいたが。

「それで、何のお話だったのですか?」

「ああ。私が王太子の地位を下りる件についてだ」

「………………はっ?」

寝台に背を預けようとしたラファエルが、そのままの体勢で固まっている。こんな間抜けな顔は初めてだ。不謹慎にも噴き出しそうになるのを堪え、クリスティアンは説明する。

「私は来年にも王太子を辞し、後は叔父上が引き継がれることになった。私には母上の実家の公爵位が与えられるそうだ。たった今、父上から伺ってきた」

「なっ…、何故突然そのようなことになっているのですか⁉　クリスティアン様は陛下の、今となってはたった一人の嫡出の王子…クリスティアン様以上に玉座に相応しい者など、存在しないのに！」

「それは違う。私ほど玉座に相応しくない者は居ない。何故なら、私は民ではなく、政でもなく、たった一人の男を……お前だけを想っているのだ。たとえ義務でも、妃を娶り、子をなすことなど出来はしない」

クリスティアンは寝台に乗り上げ、愕然とする男と向き合った。

あれだけわからずにもどかしかった気持ちの名が、人としての自分を完全に取り戻した今は、自然と浮かんでくる。他の全てをなげうってでも相手を求めてしまう気持ちは、魔獣よりも厄介だ。自分でさえも制御は不可能なのだから。

「愛している」

「クリスティアン様…」

「私は、お前を愛している。ずっと伝えたかったのに、出来なかった。お前は何度も告げてくれていたのに、自分の気持ちもまた同じものだとわからなかったのだ。私はあの頃、まだ獣だったから…」

いけません、と紡ぎかけた唇を、クリスティアンは素早く己のそれで塞いだ。

僅かに重なっただけのそこから灼熱の炎にも似た情熱が生まれ、クリスティアンの身をじりじりと焼いていく。

ああ、たまらない。早く欲しい。この男は、クリスティアンの獲物だ。一刻も早くこの身体で捕らえてやりたい。

「もう、そんな言葉では逃がさない。お前が回復し、父上のお許しを頂けるこの日を、ずっと待っていたのだ。…それともお前は、もう私が欲しくないのか？ …もう、私を愛してはいないのか？」

いつまでもされるがままのラファエルに、自分で言っておきながら不安が募る。

自分の気持ちに気付かず、ただ身体だけを繋げていた頃のクリスティアンは、今思い出しても酷いものだった。ラファエルの気持ちが冷めても仕方が無いかもしれない。…だとしても、今更逃がしてやるつもりなど毛頭無いのだが。

「そんなはずが…、ないではありませんか…っ」

荒々しく引き寄せられ、熱い腕の中に閉じ込められた瞬間、全ての不安は霧散した。薄いシャツ越しに、力強い脈動がクリスティアンの頬を打つ。欲しい、欲しいと切望するかのように。

「私は、卑しく浅ましい男です。飼い犬の分際で、クリスティアン様の身体どころか、心までも欲しがっていた。決して与えられないと…身体だけを求められているのだと、そう、諦めていたのに…」

「ラファエル…」

「クリスティアン様…、お願いです。もっと、仰って下さい。私を愛していると…私だけを愛していると…っ」

主君をあらゆる危険から守るためにある腕が、加減無しにぎゅうぎゅうとクリスティアンを締め付ける。その力の強さが、懇願する声に滲んだ涙が、教えてくれた。身体だけを与えられ続けた犬が、どれだけクリスティアンの愛情に飢えていたのか。

「愛している。愛している、ラファエル。お前だけを愛している。欲しいのはお前だけだ」

何もわからず欲望だけを貪り、一物を銜えていた頃よりも遥かに強い快感が、背筋を這い上がってくる。不思議だ。まだ唇を重ねていないし、互いに服も脱いでいないのに。言葉というのは、これほどに強い力を持つものなのか。

「ああっ…、ああ、クリスティアン様、クリスティアン様」

「愛している。ラファエル、愛している。愛して」

最後の一言は、押し付けられた唇に吸い取られた。性急に入ってくる舌に自分のそれを絡め、クリスティアンは久しぶりの深い口付けを夢中で味わう。

吐息すらも奪い尽くす勢いで貪られるのでは、ラファエルが欲する言葉をくれてやれないから、代わりに分厚い背中に腕を回し、撫でてやった。黄金の髪の艶やかな手触りは手入れの行き届いた犬の毛並にも似て、クリスティアンの欲望と優越感とを同時にかきたてる。

ラファエルに焦がれる女は多い。王宮に伺候する貴婦人たちは勿論、王太子付きの侍女や下働きの女たちさえも、ラファエルに熱のこもった眼差しを送っている。これほど精力に満ちた男が、クリスティアンを犯すまでただ自慰に耽っていたはずもあるまい。何人もの女がラファエルの褥に侍り、逞しい一物を受け容れ、強い牡に征服される悦《よろこ》びに悶えただろう。

だが、ラファエルが征服者ではなく、毛並の良い従順な犬なのだと知っているのは、きっとクリスティアンだけだ。クリスティアンだけが、この男を身の内に引き込み、屈服させられる。

氷の心臓の君などと、笑わせてくれるものだ。口付けだけで燃え上がってしまいそうなほど、ラファエルという男の身体は熱いのに。

「ラファエル…、ん…」

解放された唇を項に滑らせ、体重をかけながら牙をたてる。いつもなら大人しく押し倒され、跨られるラファエルだが、今日は違った。

「クリスティアン様…、もっと…、どうか…っ」

もどかしげに押し倒され、狂おしい光を帯びた青の双眸に射られた瞬間、クリスティアンはラファエルの願望を悟る。

初めての時を除けば、これまではクリスティアンが貪り、与えられる側だった。

けれど今日は逆。貪られるのはクリスティアンの方だ。徹底的に奪われ、征服されてしまう。そしてクリスティアンはそれが決して嫌ではない。むしろ――。

「愛してる…、ラファエル、…愛してる…」

望むだけ与えてやりたい。貪らせたい。征服する歓びを、愛する男にも味わわせてやりたい。

こみ上げる想いのまま、クリスティアンは衣服の前をはだけ、素肌を晒した。いつもとはかけ離れた、自ら捧げる従順な仕草が、どれだけ男を煽るかも知らずに。

「クリスティアン様…、クリスティアン様クリスティアン様……！」

「ぁ…んっ！」

薄い胸を、男の武骨で大きな手が這い回る。ほんの僅かに盛り上がり、つんと突き出された胸の頂《いただき》にはあはあと荒い息がかかるや、きつく嚙み付かれた。何度も繋がってきたが、これほど強く嚙まれたのは初めてだ。

「ん…っあ、ラファ…っ、愛して、る…あ、あああ…っ」

そのまま食い破られるのではと心配になるほど強い痛みは、すぐに快感が散らしてくれた。己の欲望に素直な男が可愛い。あの立派な一物がクリスティアンを求め、下着を濡らしながら猛り狂っているのだろうと思うと、今すぐ跨ってやりたくなる。

求められる歓びが身体中を支配し、硬くなっていた股間が一気に張り詰め、濡れた感触が広がった。乳首を嚙まれただけで達してしまったのだと理解したのは、ラファエルに下着ごとズボンを剝ぎ取られた後だ。

「クリスティアン、様…」

ごくんと喉を鳴らし、ラファエルはクリスティアンの蜜に塗れた一物にかぶりついた。

舌と上顎で挟み込んだ肉茎を扱き、僅かに残った子種さえも貪欲に啜ってから、次は柔らかな毛に覆われた股間から脚へと、飢えた獣のように喰らっていく。舐めては嚙み、嚙んでは舐める。全身がラファエルの唾液に塗れ、濡らされていく。

「ぁ…、あ、ら、ふぁ…」

やがて、ぐしょ濡れの尻を名残惜しそうに解放され、クリスティアンはぐったりと寝台に沈み込んだ。まだ繋がってもいないのに、自力では起き上がれないほど疲れ果てていた。身体が自分のものではないかのようだ。

ずっと広げさせられていた脚は、もう自力では閉じられない。子種を吸い尽くされてもなお執拗にしゃぶられたせいで、一物が腫れているような気さえした。ラファエルがもどかしげに衣服を脱ぎ去っていくが、クリスティアンに据えられたままの視線の熱さに慄《おのの》く余裕すら無い。

全身を男の唾液塗れにされて、脚を広げ、受け容れるための性器と化した蕾を晒して。そんなみっともない姿に欲情を隠しもせず、ラファエルはクリスティアンの脚を持ち上げ、柔らかな内股の肉をついばんでいった。時間をかけて幾つもの所有印を刻んでから、クリスティアンの小さな足の甲に額を擦り付ける。互いに一糸纏わぬ姿で、熱と欲望の匂いに包まれているというのに、ぬかずくラファエルの姿は何故か神聖なものに見えた。

「クリスティアン様…騎士としての誓いは既に捧げておりますが、今ここに、再び誓わせて下さい」

「…ラファ、エル」

「私は、この命ある限り、クリスティアン様だけを愛し、守り抜くと誓います。我が主君も、我が愛する生涯の伴侶も、貴方だけです。……死ぬも生きるも、貴方と共に」

「…私、も…」

真摯《しんし》な誓いに、クリスティアンは夢中で手を伸ばした。顔を上げ、脚の間に割り込んできた男に、ぎゅっとしがみつく。

魔の森で再会を果たした時、クリスティアンもまた魅了されていたのかもしれない。太陽と空の色彩を持つこの男に。だから、ラファエルの血肉だけが甘くて、欲しくてたまらなかったのだ。

ニーナの企みによって引き離された十一年もの年月は、トゥランにとっては悪夢でしかなかった。クリスティアンも多くのものを奪われた。

だが、たった一つだけ、得たものがある。この胸に渦巻く狂おしいまでの想いは、王太子として何不自由無く育っていたら、決して生まれなかったはずだ。失い続けた末に辿り着くもの。それが愛というものなのかもしれない。

「私も…お前だけだ。お前だけを愛し、共に生きると誓う」

「……っ」

獣めいた呻きと共に蕾にあてがわれた一物は、雄雄しく猛っていた。何度も銜え込んだクリスティアンでさえ、壊されてしまうのではないかと危惧するほどに。

けれど、クリスティアンは我知らず微笑み、誘うように腰を揺らした。本当に、言葉とは偉大なものだ。愛していますというラファエルのかすれた囁きを思い出すだけで、この男の望みなら、たとえ自分がどうなろうと叶えてやりたくなるのだから。

「いいぞ。お前の子種を、私に注げ。…お前は私のものだから、いくらでも受け容れてやる」

「あ…あ、クリスティアン様……！」

逞しい背中を抱き締めた瞬間、ラファエルが咆哮し、猛りたった一物を一気に沈めてくる。激しい突き上げがほんの始まりでしかないことを、クリスティアンはまだ知らなかった。

ひたすらに胎内を貪る獣にしっかりとしがみついていられたのは、最初のうちだけだった。森で活発に動き回っていたクリスティアンの体力も、続けざまに絶頂を極めさせられた挙句、胎内に放たれ続けたのではとてももたない。

朦朧としていた意識がふっと戻った時、ぼんやりとした視界に、まず逞しい肩に担がれて揺れる自分の太股が、次いで胸元でうごめく黄金の光が映る。

「…ブラ、ンカ…？」

素肌をくすぐる感触が懐かしくて、無意識に呟いたとたん、あれほど執拗だった突き上げが止んだ。それでようやくクリスティアンにも少し余裕が生まれ、ラファエルが乳首に吸い付いていたのだと気付く。

「…ブランカが、恋しいですか？」

ラファエルは担いでいた脚を下ろし、口付けんばかりに顔を寄せてきた。突然の問いの意味を、嫉妬に燃える青い双眸が愛しい男の心を教えてくれる。

「馬鹿…、だな。何故、ブランカに、嫉妬、する？

ブランカは、私の親、なのに」

「…自分でも、愚かだとは思います。ですが、たとえ人間ではなくても、私は妬《ねた》ましくてたまらないのです。私がお傍に居られない間、ずっとクリスティアン様と共に在り続けた男が…」

「…ぷっ」

状況も忘れ、思わず噴き出したクリスティアンに、今度はラファエルがきょとんとする番だった。笑いの衝動が収まってから、クリスティアンはそっと耳打ちしてやる。

「ブランカは……牝だ」

「…は…？」

呆気に取られた表情に再び笑いがこみ上げそうになるのを堪え、もっととねだるように腰を擦り付ける。

今まで言葉よりも身体で繋がる方がずっと多かったのだから、知らないことがあるのは当たり前だ。これから少しずつ知っていけばいい。人として、言葉を紡いで。そのための時間はたっぷりある。

「愛してる…、ラファエル」

囁いたクリスティアンの脳裏に一瞬だけ白い獣が浮かび、静かに消えていった。

獣王子と
虜の騎士

王太子の位を叔父《おじ》に譲ることを公式に発表すると、クリスティアンは速やかに南翼を出て、西翼の客室に移動した。亡き母の実家アシュクロフト公爵家を正式に相続し、領地に出立するまでは、いち王族としてここで過ごすことになる。

「クリスティアン様、お茶をお持ちしました。少し休憩されてはいかがですか？」

客室に滞在を始めて十日ほどが経った、ある日の午後。

ラファエルが主《あるじ》から仰《おお》せつかった様々な用事を済ませ、戻ってきた時、クリスティアンはまだ机に向かっていた。真剣そのものの表情が、茶と菓子を手にしたラファエルを認めたとたん、嬉《うれ》しそうに緩む。

今日の茶菓子は、料理長特製のアルの実のパイだ。

「そうだな、そうしよう。勿論《もちろん》、お前も一緒だろう？」

「はい、クリスティアン様」

ラファエルは勧められるまま、素直に腰を下ろした。

主君と同じテーブルにつき、食事を共にするなど本来は決して許されない非礼だが、ここには咎《とが》めるような者は居ない。客室付きの侍女たちも、呼び付けられない限り室内には立ち入らないよう、クリスティアンが移動してきた際に厳命している。彼女たちがすべき雑務はラファエルの担当だ。トゥランでも指折りの名家の出身であるラファエルだが、騎士として身の回りのことくらいはこなせる。

『お前と一緒に居るのに、他の者は邪魔ではないか』

あの時のクリスティアンの笑みを、ラファエルは一生忘れないだろう。クリスティアンは決して嘘をつかない。その薔薇《ばら》色の唇から紡がれるのは、全《すべ》て真実なのだ。

狂おしいほどに焦《こ》がれた主君が、ラファエルを求めてくれている。

歓喜に舞い上がる心も、机上に積まれた書簡が目に止まるや、たちまち地に叩き落とされてしまった。

ラファエルが使いに出る前よりも確実に増えている。恐ろしい番犬が留守のうちにと、貴族たちがあつかましくも押しかけてきたのだろう。

蜜蠟《みつろう》に家紋の刻印まで施されたこれらの書簡は、一言で言えば嘆願書だが、内容は様々だ。臣下に降《くだ》るとはいえれっきとした王族であり、国内貴族としては最高位の公爵になるクリスティアンに娘や親類縁者を嫁がせたいと願うもの。新公爵の側近に身内を推薦《すいせん》するもの。そして最も多いのは、クリスティアンが復位してくれるよう切望するものである。

クリスティアンに代わり王太子となった叔父は、既にアレクシスの元で政務に励んでいる。新たな王太子を差し置いてクリスティアンの復位を願うのは、王家に対する反逆と捉えられかねない。その程度のことは、貴族たちとて重々承知しているはずだ。

だが、ラファエルは彼らを浅薄だと嘲《あざけ》る気にはなれなかった。

女神の眷属《けんぞく》を従え、見事ニーナと侯爵の悪を暴《あば》いてみせたクリスティアンの神々しい姿は、ラファエル以外にも、あの場に居合わせた者の脳裏に閃光と共に焼き付けられてしまったのだ。話を伝え聞いただけの庶民たちでさえ、侯爵の横暴から救ってくれた光の王子とクリスティアンを崇《あが》めている。クリスティアンを領主に戴くことが決まったアシュクロフトの領民は狂喜し、クリスティアンの到着に合わせて盛大な歓迎の祭りを計画しているらしい。

実際に奇跡を目《ま》の当たりにした者が、クリスティアンを次代の王にと望むのは当然であろう。ラファエルとて、未だに夢に見ることがあるのだ。きらめく王冠を被《かぶ》り、玉座に悠然と腰掛けたクリスティアンの姿を。才気溢《あふ》れる若く美しい王に恍惚《こうこつ》として跪《ひざまず》く、数多《あまた》の貴族たちを。そして、玉座の傍《かたわ》らに忠実な犬として侍《はべ》る自分を。

実現したかもしれない未来を、その白く気高い手に相応《ふさわ》しい王者としての栄光を、クリスティアンから奪ったのは他でもないラファエルだ。

…クリスティアンの言葉を疑ったことは一度も無い。犬なのだから、当然だ。

だが、浅ましくも狂おしいこの想いを受け容《い》れてもらい、同じだけの愛情を返されるという僥倖《ぎょうこう》に恵まれてから、ラファエルの胸には常に一抹の不安が巣食っている。

クリスティアンは聡明で無欲だが、人の世に戻ってまだ間も無い。これから多くの出会いがあるだろう。その中には、クリスティアンの気に入る人間が居るかもしれない。今はラファエルだけに注がれている愛情が、その人間にも与えられるかもしれない。

一番恐ろしいのは、ラファエルのために輝かしい未来を捨ててしまったと、クリスティアンが後悔することだ。面倒を嫌うクリスティアンである。いつもなら貴族たちからの嘆願書など見向きもしないだろうに、使者を追い返しもせず受け取り、きちんと目を通す姿が最近のラファエルの不安をますますかきたてている。

お前など要《い》らない、やはりトゥランの王子と生まれたからには玉座が欲しいと言われたらどうしよう。クリスティアンの重荷となり、疎《うと》ましがられるなんて耐えられない。

一人で悶々《もんもん》と悩むなど時間の無駄だ。何を考えているのかと、クリスティアン当人に問うのが一番早いのはわかっていても、出来ない。嘘をつかないクリスティアンの口から、もしもラファエルを拒む言葉が飛び出してしまったら？　いい機会だと、傍《そば》を離されてしまったら？

「…本当に愚かだな、お前は」

呆《あき》れ果てた、だがどんな時でも凛《りん》と響く声が、ラファエルを思考の泥沼から引き上げた。横から伸びてきた手がラファエルの詰襟を千切《ちぎ》らんばかりにはだけ、露《あらわ》になった首筋に熱い吐息がかかる。

「う…っ、あ、クリスティアン、様」

鋭い犬歯がめり込む瞬間の恍惚は、何度味わっても慣れるものではない。一気に蕩《とろ》けそうになりながらも、膝の上に乗り上げてくるクリスティアンを落としてしまわぬよう支え、抱き締めるのはもはや犬としての条件反射だ。恥じらいも無く擦《こす》り付けられるクリスティアンの股間に、既に硬くなりつつある己《おのれ》のそれを押し付けてしまうのも。

肉の弾力を存分に味わい、僅《わず》かに血が滲《にじ》んでいるだろう噛《か》み痕《あと》を一舐《な》めしてから、クリスティアンはようやく顔を上げた。濡れた唇が、ラファエルの中で常にくすぶっている熱情の炎を呼び覚ます。もっと噛んで下さい、肉を引き千切ってその愛らしい牙とつややかな舌で味わって下さい、と懇願しそうになる。

「私はお前を手放すつもりなど絶対に無いぞ」

「え…？」

「前も言っただろう。私は民ではなく、政《まつりごと》でもなく、たった一人の男を……お前だけを想っているのだと。その気持ちは決して変わらない。欲しいのはお前だけだ。王太子の地位に、未練など無い」

心中の不安をずばりと言い当てられ、絶句するラファエルに、クリスティアンは微笑《ほほえ》みかける。優しく、けれどどこか艶《つや》めいた笑みは、ラファエルだけに与えられるものだ。

「クリスティアン様…、何故…」

「お前の考えることなど、わかるに決まっている。私が書簡を受け取るたび、あんなに切なそうな顔をされるのではな。…なあ、ラファエル。どうしてお前は物事を悪い方へしか考えられない？　私がなすことは、全てお前と共にあるためだというのに」

「私の、ため？」

「そうだ。くだらない嘆願書など突き返してやりたいのは山々だが、そうすれば貴族どもは不満を募《つの》らせるだろう。挙句《あげく》、私を担ぎ上げ、叔父上を廃そうとする者まで出るかもしれない」

そこでようやく、ラファエルはクリスティアンの意図に気付いた。

自分を取り囲む状況がどれほど不安定なものか、

クリスティアンはよく理解している。だからこそ彼らが積もり積もった不満を爆発させないよう、適度に相手をし、発散させてやっているのだ。何のため？　…ラファエルという男だけを、ずっと傍に置くためだ。クリスティアンの意志に関係無く玉座に据えたいと願う者にとって、何があろうと主君を守り通す忠実かつ強健な番犬など邪魔者でしかないのだから。

クリスティアンの大きな愛情に比べ、ラファエルの心のなんと脆弱《ぜいじゃく》なことか。愛する唯一無二の主君を疑いさえしてしまった。なのに、クリスティアンは不出来な犬を咎《とが》めるどころか、さっきとは反対側の首筋を甘く噛んでくれるのだ。

「クリスティアン様…申し訳ありません。私が愚かでした。クリスティアン様は、こんなにも、至らぬ私を想っていて下さったのに…」

「まったくだ。…と言いたいところだが、お前が悲観しがちなのは、私にも責任があるからな」

クリスティアンは項《うなじ》の肉を食《は》んだまま、器用にラファエルのシャツの釦《ボタン》を片手で外《はず》していった。晒《さら》け出された胸板に白い指が伸び、ラファエルの背筋は歓喜に疼《うず》く。股間の一物《いちもつ》が、布地の下で鎌首をもたげる。

愛《いと》しい人と今すぐに繋《つな》がりたいが、まだその許しはもらえていない。もどかしくて腰をよじれば、クリスティアンは挑発するかのようにラファエルの胸の頂《いただき》を摘《つま》み上げる。鋭い痛みはすぐに欲望と混ざり合い、更なる快感の呼び水と化した。渇いた喉から、はあ、と荒い吐息が零《こぼ》れる。

「クリスティアン様…っ、どうか、クリスティアン様っ…」

犯させて下さい。愛らしい一物をしゃぶり、蜜を飲ませて下さい。繋がり合い、満足するまで腰を振ってから、子種を注がせて下さい。私の子種を垂れ流す蕾《つぼみ》を、ふやけるまで舐《な》め尽くさせて下さい。貴方が欲しい。欲しくて欲しくてたまらない……！

懇願するラファエルの前でクリスティアンはおもむろにシャツを脱ぎ、艶然《えんぜん》と微笑んだ。ああ、許してもらえるのだ。昨日に続き、今日もこの白く魅惑的な肢体《したい》に己《おのれ》を埋め、果てさせてもらえるのだ。俄《にわ》かに高まった欲望は、再び胸に走った痛みによって散らされてしまう。

「ッ……」

「二度と愚かな考えを抱かないよう、教え込んでやろう。…私がどれだけ、お前を愛しく思っているのか…」

ラファエルの胸の頂を摘んでいた指が、鍛え上げられた腹筋をなぞり、ズボンの中に潜り込んだ。大きく膨らんだ一物をやんわりと握り込まれ、背筋を戦慄にも似た快感が駆け抜ける。

「あ…、あっ、クリスティアン様…！」

「駄目だ。…今日は、私の中以外で出すのは許さない」

紅《あか》い唇で残酷な命令を紡ぎ、クリスティアンはそっとラファエルの脚を広げさせた。次の瞬間、ラファエルは驚きのあまり椅子から転げ落ちそうになってしまう。跪いたクリスティアンが、何の躊躇《ためら》いも無くラファエルの一物を舐め上げ、先端を銜《くわ》えたのだ。

ラファエルの赤黒く野太いものが、クリスティアンの可憐な唇に――。

怒涛《どとう》の如《ごと》く押し寄せる快感を、堪《こら》えるのは不可能だった。自分でも驚くほどの早さで、クリスティアンの小さな唇では到底しゃぶりきれない切っ先から大量の子種が噴き出す。

「…あっ…！」

びっくりしたクリスティアンが肉茎を支えていた手を引いたせいで、粘り気のある熱い液体はクリスティアンの顔じゅうに撒《ま》き散らされた。

この世の誰よりも尊い主君を穢《けが》してしまった罪悪感と、愛する人を己の吐き出したものに塗《まみ》れさせた充実感。這《は》いつくばって許しを乞《こ》いたい。もう一度あの唇に一物を銜えさせ、今度は喉奥にぶちまけたい。

ラファエルが背反する感情に襲われている間に、クリスティアンは口の端に付着した子種をぺろりと舐め上げた。ラファエルの出したものなど不味《まず》いだけだろうに、紅い唇はニイッと吊り上がる。魔の森で再会を果たした時からラファエルを魅了してやまない、捕食者の笑みだ。

「…私の中以外で出すのは許さないと、言ったばかりなのに」

「も…、申し訳ありません…！」

ぬかずいて許しを乞うのは不可能だった。まだ先端から浅ましく白い粘液を垂らし続けている一物を捕らわれ、小さな舌先で突かれてしまったのでは。

「ふふ…、らふぁー」

「…ッ…！」

たどたどしい口調で紡がれる愛称と、ちらちらと見上げてくる紫の双眸《そうぼう》は、ラファエルの欲望をたちまち煽《あお》り立てた。まるで、再会したばかりの頃のクリスティアンが、自らラファエルを求めてくれているかのようだ。ラファエルに喰われる悦《よろこ》びを授けてくれた、気高く無邪気なケダモノ。

「らふぁー…らふぁー」

ラファエルの反応に満足したのか、クリスティアンは上機嫌で騎士の股間に顔を埋めた。再び愛おしげに口付けられ、堪え性の無い一物はすぐさま熱を帯びる。

急速に高まる欲望を、ラファエルは懸命に耐えた。二度も命令に背いたら、いくらクリスティアンが慈悲深くても呆れられてしまうに違いない。

けれど、よく耐えた、さすが私の犬だと褒《ほ》めてもらうためにも視界に入れるべきではないとわかっているのに、目は勝手に股間で繰り広げられる淫靡《いんび》極まりない光景を追いかけてしまう。ラファエルの濃い下生えに被《かぶ》さり、絡み合う銀の髪。膨れ上がった先端に喰いつき、射精をねだるようにちゅうちゅうと吸い上げる清らかで淫《みだ》らな唇。

「らふぁー…愛してる」

「クリスティアン様……！」

クリスティアンが上目遣いに囁《ささや》いた瞬間、欲望はついに理性を食い殺した。

出したい、ぶちまけたい。この愛しい人の中に、情欲のたけを注ぎ込みたい。誰からも求められる神聖な存在を、自分だけのものにしてしまいたい。身勝手な本能にそそのかされるまま、ラファエルはクリスティアンの口内に先端をねじ込む。

「んぅっ、んっ、ん……」

クリスティアンは鼻にかかった苦しげな呻《うめ》き声を上げつつも、しっかりと大きな先端を銜え、ラファエルの暴挙を許した。叶うなら、何度も喉奥まで突き入れてから熱いものを撒き散らしたい。だが最愛の主君の唇に愛《め》でられ、なぶられる悦びは一瞬でラファエルを絶頂に導いてしまう。

「クリス、ティアン、様…っ」

「う…んっ、ん、んんっ」

迸《ほとばし》るラファエルの熱情を、クリスティアンは懸命に飲み込んでいく。んくっ、んくっ、と喉が鳴る音に、欲望が加速する。

今すぐ押し倒したい。白く柔らかな尻に顔を埋めて、ぐちゃぐちゃになるまで舐め蕩《とろ》かした蕾に、この情欲を注ぎたい。ラファエルがクリスティアンに可愛がってもらってどれだけ悦んでいるのか、身体で思い知って欲しい。

ラファエルの渇望に気付かないはずはないのに、クリスティアンはそれから随分と時間をかけてじっくり先端を舐め、味わった。辛抱を知らない一物はすぐにまた硬くなるが、このまま出したら自分の中以外では出してはならないというクリスティアンの命令に背いてしまう。

出したい。でも、今度こそクリスティアンの命令には従わなければならない。クリスティアンは優しく慈愛に満ちた主人だから、ラファエルがきちんと服従すれば、きっと素晴らしい褒美《ほうび》をくれる。

「…私の愛が、わかったか？　ラファエル」

「はい…、はい、クリスティアン様。我が主君、我が、最愛の御方《おかた》……」

ようやく顔を上げたクリスティアンに、ラファエルは涙ながらに頷《うなず》いた。この誇り高い人が、ラファエル以外の犬をこんなふうに愛し、可愛がるはずがない。

クリスティアンはふっと笑って立ち上がり、近くの寝椅子に身を横たえる。豪奢な織物の張られたそれは、客間に移動してきてから、幾度となく二人の愛の褥《しとね》となっていた。クリスティアンが脚を広げ、手招いただけでこれまでの交歓の記憶が蘇《よみがえ》り、頭の芯が熱くなる。

「ならば…ここからは、お前の好きにさせてやろう。おいで、ラファエル。私だけの、可愛い犬」

「クリスティアン様…ああ、愛しています、クリスティアン様…！」


ようやく与えられた極上の褒美に、ラファエルは歓喜の雄叫《おたけ》びを上げながら飛び付いた。

——その日から三日ほど、クリスティアンの元に書簡を届けに来た貴族の使者はみな、肝心のクリスティアンとは拝謁《はいえつ》が叶《かな》わなかったという。

あとがき

こんにちは、リンクスロマンスさんでは初めまして。宮緒葵《みやおあおい》と申します。ここまでお読み下さり、ありがとうございました！

『獣王子と忠誠の騎士』は私にとって初めての新書本です。今までも色々な犬を書かせて頂きましたが、いつもより長さに余裕があるということで、前々からやりたかった西洋風ファンタジーに挑戦してみたら見事に長くなりすぎ、初の新書にして初の二段組になってしまいました…。敗因は間違いなくクリスティアンの噛《か》み付き癖ですね。がぶがぶやってるシーンを書くのが、もう、楽しくて楽しくて止まりませんでした。

クリスティアンはプロットの段階ではもっと物憂げな王子様を想像していたんですが、いざ書き始めてみると王子様じゃなくて女王様になっていました。反対に、ラファエルはもっと俺様気質だったはずが今まで書いた中で一番後ろ向きな性格に…。クリスティアン以外の人間に対してはきちんと貴公子らしく振る舞っているはずなんですけどね。

いつもタイトルで悩む私ですが、今回はいつにも増して苦労しました。原稿のファイル名は『レトリバー騎士と野生化王子』で、このままタイトルにしてしまえばいいんじゃないかなと思ったら、担当様から『私の心のメモ帳だけにそっと留《とど》めておきますね』と微笑まれてしまい、次にかなり頑張って考えた『らぶ♡がぶ』もあえなく担当様の心のメモ帳行きに…。最終的に『獣王子と忠誠の騎士』に落ち着くまで、担当様の心のメモ帳をかなり消費させてしまいました。『らぶ♡がぶ』は我ながら気に入っているので書き下ろし短編の方に使えないかなと思ったら、やっぱりメモ帳行きになり、悲しいです。いつかどこかで絶対に使おうと思っています。

今回のイラストはサマミヤアカザ先生に描いて頂きました。サマミヤ先生、麗しい王子と美丈夫の騎士をありがとうございました！　カバーや口絵カラーを頂いた時には、あまりの美しさにうっとりと見惚《みと》れてしまいました。特にラファエルは甘い美貌でありながら逞《たくま》しく、いかにも理想の騎士で、とても王子にがぶがぶされて悦《よろこ》ぶ駄目犬には見えません。

担当して下さったM様。お声を掛けて下さり、また、様々なお心遣いを頂きましてありがとうございました。タイトルやページ数の量の調整では、本当にご迷惑をおかけしました。今度、心のメモ帳をそっと覗《のぞ》かせて下さい。

最後に、ここまでお読み下さった皆様、ありがとうございます。いつもよりかなり長めのお話になりましたが、お楽しみ頂けましたでしょうか。よろしければ、ご感想など頂けますと嬉《うれ》しいです。

それではまた、どこかでお会い出来ますように。

この本を読んでの
ご意見・ご感想を
お寄せ下さい。

〒151-0051
東京都渋谷区千駄ヶ谷4-9-7
(株)幻冬舎コミックス　リンクス編集部
「宮緒《みやお》 葵《あおい》先生」係／「サマミヤアカザ先生」係

リンクス ロマンス

獣王子と忠誠の騎士

2013年7月31日　第1刷発行

著者……………宮緒《みやお》 葵《あおい》

発行人…………伊藤嘉彦

発行元…………株式会社　幻冬舎コミックス
〒151-0051　東京都渋谷区千駄ヶ谷4-9-7
TEL 03-5411-6431（編集）

発売元…………株式会社　幻冬舎
〒151-0051　東京都渋谷区千駄ヶ谷4-9-7
TEL 03-5411-6222（営業）
振替00120-8-767643

印刷・製本所…共同印刷株式会社

検印廃止

ISBN978-4-344-82879-7 C0293
Printed in Japan

幻冬舎コミックスホームページ　http://www.gentosha-comics.net